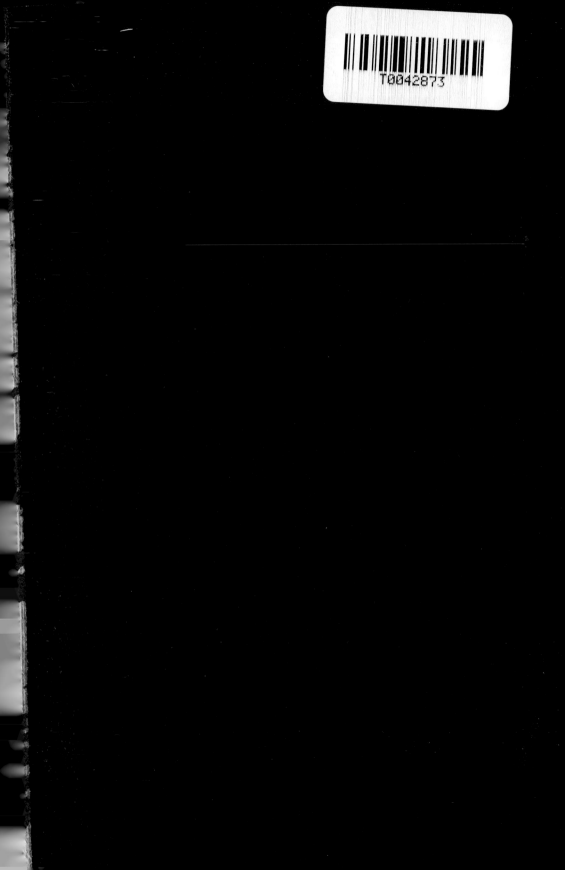

ZORRAS

Papel certificado por el Forest Stewardship Council®

MIXTO
Papel procedente de
fuentes responsables
FSC
www.fsc.org FSC® C117695

Penguin
Random House
Grupo Editorial

Primera edición: julio de 2020
Sexta reimpresión: noviembre de 2021

© 2020, Noemí Casquet López
Autora representada por Silvia Bastos S. L., Agencia Literaria
© 2020, Penguin Random House Grupo Editorial, S. A. U.
Travessera de Gràcia, 47-49. 08021 Barcelona

Printed in Spain – Impreso en España

ISBN: 978-84-666-6759-3
Depósito legal: B-4.329-2020

Compuesto en Comptex & Ass., S. L.

Impreso en Liberdúplex
Sant Llorenç d'Hortons (Barcelona)

BS 6 7 5 9 3

ZORRAS

Noemí Casquet

Estas son las canciones que escucharon Alicia, Diana y Emily. Adéntrate en este viaje con ellas.

A Vanessa, por ser mi alma externa.
Que este amor tan puro sea eterno.
Te quiero infinito, perri

I

Que lo sepa el mundo

Estoy entre dos cuerpos. Siento la cama mullida bajo mis rodillas. El sabor de sus labios en mis comisuras. Cierro los ojos. Debes dejarte llevar, Alicia. La música suena de fondo, apenas se percibe. Los gemidos de la sala hacen eco y forman parte del nuevo hilo musical. Es excitante oír a otras personas follando y oler los fluidos y las feromonas. Yo estoy a punto de hacer lo mismo.

Uno de ellos me acaricia la piel con suavidad. «Cuántas pecas tienes», me dice. Pienso en Diego. No. Hoy no.

Los dos tienen un cuerpazo. Están fibrados, sí, pero con armonía. La piel morena de uno contrasta con la piel clara del otro. Café con leche.

Me beso con el que está a mi espalda. Giro el cuello tanto como puedo. El otro me lo lame.

Es un baño de cuerpos, tacto y estímulos. Invaden mi espacio. Estoy rodeada. Me abrazan. Volteo la cabeza. Los beso. Nos peleamos con las lenguas. Llenamos nuestros labios de saliva. Un contacto que casi no me deja respirar. Jadeo. El de la piel blanca sella mi espalda con su boca. Recorre mi columna. Puedo sentir sus pollas (sí, en plural) debajo de las toallas.

Las manos de uno se acercan de forma sigilosa a mi entrepierna. Me masturba por encima de la toalla. Las lenguas

siguen lamiéndome. Un dedo se cuela por debajo de la tela.
Y ahí está, mi coño. Lo toca con delicadeza. Suspiro.

—¿Estás preparada? —me susurra uno.

Joder, ¿lo estoy?

Me quita la toalla. Esta cae en la enorme cama blanca.
No hay contraste. Me lame las tetas. El otro sigue empuján-
dome por detrás. Me masturba con ganas. Estoy entrando
en un túnel de placer. Sé cómo termina. Quiero alargarlo al
máximo. No quiero correrme tan pronto.

Les cojo la polla. Una en cada mano. Lo siento por aque-
lla a la que le haya tocado la izquierda. Los masturbo. El
calor de sus torsos. Me gimen, uno en cada oreja. Se me eri-
za la piel. Hay una mano en mi coño. Somos un puzle de
extremidades.

Entre los dos me tumban en la cama. Y justo ahí, delan-
te de mí, se lían. Se tocan. Se sienten. Son bisexuales. Pido
un deseo. Esto es como una estrella fugaz: no se ve todos los
días (por desgracia).

Me pone muy cachonda verlos comerse la boca con tan-
tas ganas. Al cabo de un rato, se separan. Clavan su mirada
en mí. Me abren las piernas. Mi coño queda expuesto. Cie-
rro los ojos. Cada uno me besa el interior de un muslo hasta
acercarse a la fuente de mis humedades. Una lengua, luego
otra. No me lo puedo creer. ¿Me están comiendo los dos a la
vez? El placer elevado al cuadrado. Se coordinan demasiado
bien. Debe de ser la experiencia. Uno me lame el clítoris. El
otro me penetra con la lengua. Intercambian posiciones, se
mueven con facilidad por los pliegues. Y yo gimo. Entrea-
bro los ojos. Veo un desconocido observando tras la cortina.
Me da tanto morbo que exagero mi excitación. Soy la pro-
tagonista de una película porno. De porno molón, no del ma-
chista.

Agarro las dos cabezas por el pelo. Las oprimo contra mi

coño. Muevo la pelvis. Estoy a punto de explotar. Hago que se besen. Tengo el control. Siguen lamiendo, se vuelven locos. Ya no aguanto más. A tomar por culo: me dejo llevar. Siento cómo sube la excitación por cada átomo de mi ser. Los gemidos se intensifican. Alguien se lo está pasando muy bien al otro lado de la sala. Yo le hago la competencia. Ellos no paran. Y veo esa luz. Me invade. Gimo. Grito. Me hundo. Contracciones. Placer. Liberación.

Pienso en dónde estaba hace un mes y en cómo he llegado hasta aquí.

En ese momento en que dije «Basta. Ya no más».

Sin el club, esto no habría sido posible. Me alegra tenerlas.

A ellas.

II

La mancha en el techo

Nunca me había fijado en la mancha de humedad que hay en el techo. Lo invade por completo, aferrándose al gotelé de una pared vieja y mal pintada. Parece una cabra, o un paisaje, no sé. Aunque si me fijo mejor, creo que es el universo diciéndome que salga de aquí. Pero ¿de aquí de dónde?

¿Esa mancha es problema del casero o mío? Vale, supongamos que es mío: ¿cómo coño se limpia una mancha de humedad? Dar una capa de pintura es tapar el problema con una solución rápida. Qué novedad, como si no hubieses estado haciendo eso toda tu puta vida, Alicia.

La cama rebota contra la pared y cada golpe hace que el techo se desconche un poco más. Diego sigue ahí, sudando demasiado y gimiendo como un oso pardo reclamando comida. Clava su pelvis contra la mía. Su polla entra y sale. Diego tiene la capacidad de quitarle la magia al sexo. ¿Cómo me voy a concentrar con esa mancha de humedad con forma de cabra mirándome desde el techo? ¿O con la señal divina del universo diciéndome que me largue lejos de aquí? Eso me lleva a plantearme lo siguiente: si Dios está en todas partes, ¿qué opinará de este polvo que estoy echando? ¿Será un castigo? ¿Estoy condenada a esto?

Un trozo de pintura blanco e irregular cae a pocos centímetros de mí y hace que desvíe la mirada hacia las sábanas. Diego las aprieta con fuerza y las arruga mientras suenan de fondo los gruñidos de este apareamiento digno de algún documental soporífero de esos que te inducen a la siesta un domingo por la tarde. Las venas se le marcan como ramas bajo la piel y a mí me invade una sensación nostálgica al recordar lo que un día fue el sexo con él. Llevamos ya cinco años de relación. Por supuesto, entiendo que las parejas caigan en la monotonía, pero ¿cómo será cuando pasen otros cinco años? Ya no recuerdo lo que son la pasión, el deseo, la sensación de adrenalina al adentrarse en un mundo desconocido y novedoso. Intento pensar en la última vez que sentí todo eso. ¿Acaso lo he notado alguna vez?

Soy demasiado básica. Como esa mancha de humedad que cada vez se hace más grande. Casi tanto como el vacío que siento en este momento.

Diego no para de gemir y frunce el ceño. Conozco su cara de preorgasmo igual que sus manías. Arruga la nariz y deja entrever los dientes y las encías. Emite unos tonos graves que nacen del fondo de su garganta e invaden el silencioso ambiente. Pienso en los vecinos. ¿Follarán también por obligación relacional? ¿Cuántas personas lo estarán haciendo ahora mismo?

Y cuántas no.

Cuántas no.

El peso de Diego me oprime las costillas, el pecho, el alma. Su pelo corto y rizado está mojado y se perciben las entradas propias de sus treinta y dos años. Inspira y espira fuerte, materializando el desgaste físico de sus partículas. Y como quien se va alejando del ruido, cada vez lo oigo menos y me siento más.

Se tumba a mi lado, me observa con esos ojos castaños

—que siempre están tristes— y me sonríe. Mira al techo. ¿Verá también la mancha de humedad? Me examina con delicadeza; tiene un trozo de pintura blanca desconchada en el pelo. Parece cocaína.

—¿Te ha gustado? —me pregunta Diego.

—Sí.

No.

—Me alegro.

Él, satisfecho. Y yo... ¿Esto será así toda mi vida?

Diego me acaricia con calma. Empieza por las manos, me recorre el pecho y acaba en la pelvis. Después de follar, le encanta contar las pecas que salpican mi cuerpo.

—Una.

Tal vez exista un lugar en lo más profundo de mi ser que sienta por él algo más allá del cariño. Dónde está ese sitio, ya no lo sé.

—Dos.

O a lo mejor sigo enamorada; pero, tras cinco años, me he acostumbrado a esa sensación. A no echarlo de menos. A, quizá, echarlo de más.

—Tres.

Recuerdo cuando me abrazaba y se paraba el tiempo. Cuando aprendí a volar entre sus manos y a navegar por sus fluidos. Pero ¿cuánto duró, Alicia? Cuánto.

—Nueve.

Mantenerme al margen siempre ha sido mi especialidad. Eso, y no aceptar las cosas que están pasando. Diego sigue tan enamorado de mí que hasta su mejor amigo me lo recuerda cada vez que nos ve juntos: «Nunca lo he visto mirar a nadie como te mira a ti». ¿Y cómo lo miro yo a él?

—Once.

La dependencia emocional, síntoma claro de necesidad.

—Trece.

La noche que nos conocimos no me llamaste la atención. Tú estabas con tu pareja, una chica pelirroja, Sandra; y yo, con la mía. Tú estabas prometido; yo, casada con el infierno. La relación que yo mantenía con tu amigo Raúl era una vorágine de control, pesadillas, celos y requisitos. Tomamos un par de botellas de vino blanco en un restaurante del centro de esa ciudad que parece un pueblo y que tanto odio. Me dijiste que eras fotógrafo. Te creí. Esa noche entablamos varias conversaciones. Eras distante, serio, el misterio elevado a la máxima potencia. Vestías ese fular negro que ahora, seis años más tarde, reposa sobre la silla donde se amontona la ropa sucia.

—Veinticinco.

Hablamos por WhatsApp e iniciamos una maravillosa amistad. Acabaste confesándome tus complicaciones relacionales, que yo no quería descubrir. Pero terminé apoyándote, algo muy propio de mí.

¿Sabes? Me volviste un poco adicta a ti. Eras una salida al control bajo el que vivía sometida a mis veinte años. Mis días se resumían en universidad, gimnasio, trabajo y cena. ¡Ah! Y en intentar no decir nada que pudiese ofenderlo a él, a Raúl, algo que, créeme, resultaba casi imposible.

—Treinta y uno.

Pero tú y yo seguíamos en ese mundo digital que todo lo ensalza y lo tergiversa. Las conversaciones se adentraron en las noches, y casi sin quererlo estábamos ¿tonteando? Fluyó demasiado bien y vi en ti una puerta para escapar de aquel infierno y recuperar mi vida. La que, según decías, me pertenecía.

—Treinta y seis.

Una tarde viniste a mi casa para charlar. Trajiste tu cámara de fotos y me pediste que posara para ti. Accedí. No entiendo cómo no te diste cuenta de lo empapadas que estaban mis bragas. Aquellas que me quitaste mientras me mirabas, aun sabiendo que lo correcto y lo incorrecto caben en un trozo de papel.

—Cuarenta.

Temblaba. Joder, me temblaba todo el cuerpo. Dejaste la cámara a un lado. Me abriste las piernas de par en par, pero antes te deshiciste del fular negro y de la camiseta. Tus labios eran finos. Tu lengua, astuta. Eso siempre lo has tenido, Diego: comes el coño de maravilla. Empezaste lento, saboreando cada una de las humedades que se presentaban ante ti. No querías correr, al menos no de ese modo. Sentí el calor de tu lengua paseando por mis labios, que se hinchaban con rapidez. Mi coño palpitaba tanto que era audible.

—Vaya, esta es nueva. ¡Una más!

Tu lengua blanda se deslizaba desde mi abertura hasta el clítoris. Te centraste en ese punto, dando vueltas a la lengua, clavándome la mirada. Eso me corta el rollo, ¿ves?, pero yo cierro los ojos y me voy. Me fui.

A partir de ese día, las fotos guarras y las pajas nocturnas protagonizaron esa vida de mierda que llevaba. Fuiste magia, Diego; la creaste en mí.

—¿Cenamos algo?

Nuestra aventura salió a la luz y dejamos a nuestras respectivas parejas para empezar algo juntos. De eso hace ya cinco años, Diego. Cinco. Mi coño ya no palpita. Ya no vuelo cuando me abrazas. No me haces fotos, no salimos de lo correcto. ¿Y los sueños, Diego?

¿A dónde van a parar los sueños cuando ya no se tienen?

Dime, dónde están.

III

El puto World Press Photo

Nos levantamos de la cama y vas al comedor. Esta casa es tan pequeña que casi puedo cagar mientras cocino. Me pongo el pijama y me sabe mal no estar aquí, contigo. Estoy allí, en el pasado. En ese pasado que hace que me ponga las bragas al revés.

Voy a la cocina antes que tú para hacer la cena. Cualquier nutricionista dejaría su profesión estando contigo. Te matarías a base de pizza, pasta y huevos fritos.

—¿Haces tú la cena?

—Sí, tranqui —te contesto.

—Perfecto. ¿Qué hay para cenar?

—Haré ensalada y un par de pechugas de pollo a la plancha, que se van a poner malas ya.

—¿Ensalada otra vez?

Ignoro tu pregunta y abro la bolsa de brotes tiernos a punto de caducar. Me da la sensación de que todo se pudre en esta casa. Será la humedad. Te enciendes un pitillo y preparas la mesa. Seguimos viendo esa serie de un caballo que vive en Los Ángeles y que está amargado con su vida. En ese capítulo suena *Wild Horses* de los Rolling Stones y hago Shazam mientras cenamos. Bendita rutina.

Apuras las últimas gotas de tu copa de vino. Yo me echo un poco más y te sonrío. Te quedas mirándome como la primera vez y tocas mi mano con suavidad. Eres un cielo, Diego, tan bueno que casi no pareces humano.

Nos vamos al sofá e intento ponerme más o menos cómoda para no clavarme la mierda de muelles en la espalda.

—¿Mañana tienes mucho trabajo? —me preguntas.

—Sí, un poco. Tengo que entregar un libro de una chavala que hace vídeos bailando en una *app* llamada Tik-Tok y que tiene no sé cuántos millones de seguidores en Instagram.

—Anda, ¿y de qué trata?

—Bueno, ya sabes. Consejos de vida trascendentales y frases que sirven para acompañar fotos de Instagram; todo escrito con la madurez propia de una chica de catorce años. —Me río.

—¿No te cansas de tu curro, Alicia?

Diego, que tú me preguntes eso tiene cojones.

—Sabes lo mucho que me gusta escribir, amor.

Ese «amor» tan automatizado, tan lejos de aquí y tan perdido en el tiempo. En qué momento empecé a decirlo sin sentirme realmente enamo(n)ada.

—Ya lo sé, vida, pero tienes muchísimo talento como para escribir libros para gente analfabeta que cobra cinco veces más que tú y que encima tienen el coño de firmar con su nombre.

Tú, siempre tan sutil.

—¡Por eso mismo! Me gusta ser escritora fantasma. Cobro bien, escribo y me olvido. A la fama que le den por culo.

—Ya, pero no sé... ¿No te apetece escribir un libro tuyo?

—Claro, algún día.

—¿Y de qué iría? Te pega mucho una novela de ciencia ficción. O, mejor, de asesinatos.

¿Ya ni te acuerdas?

—Joder, ¿en serio? Supongo que escribiría ficción, sí. Pero la trama no la tengo clara. Ni lo he pensado. Tampoco es algo que me preocupe, la verdad.

Sobre qué podría escribir. ¿Sobre mi vida en un pueblo costero llamado Montgat? ¿Sobre mi relación con Diego? ¿Sobre la inexistencia de amistades a mis veintiséis años? ¿O sobre cómo me masturbo por las mañanas y lleno de excusas las noches?

Escribir, dejar que las letras salgan, se peleen entre ellas, fluyan impresas en unas hojas de papel mal encajadas. En las letras encuentro la palabra y en la palabra, el camino. Odio escribir casi tanto como lo amo. Una relación de esas que acaban en portazo, pero que minutos más tarde... toc, toc. Vuelves a abrir, dejas entrar. No sabría vivir sin eso, el mayor de mis vicios, de mis desperdicios. Lo que soy, lo que dije ser, lo que un día fui y lo que nunca seré están aquí, bajo una remota posibilidad de existencia en una realidad paralela maquetada con pegamento y papel. Y vuelvo a empezar, cargada de ficción, de posibilidades, de oportunidades. Ese portazo, el mismo final ya conocido. No sé cuándo fue la primera vez que conecté con la escritura. Tampoco sé cuándo será la última. Pero qué más da si lo que hay, si lo que es, lo tengo a un clic de mis dedos.

—Tranquila, bonita, cuando nuestro proyecto se ponga en marcha, tendrás inspiración para aburrir.

—Diego, no sé, las cosas no salen solas. ¿De verdad crees que podremos cumplir ese sueño?

—¡Claro que lo creo! Estoy seguro de ello. ¿Tú no?

Yo no. Llevamos más años invertidos en humo que en materia. La idea de dar la vuelta al mundo surgió durante los primeros meses de relación. Era algo que de verdad queríamos conseguir. Él, fotógrafo; yo, escritora. Éramos el tándem perfecto. Éramos, pero nunca fuimos.

—Diego, ¿cuánto tiempo llevamos con este tema? ¿Cuántos años?

—Alicia, las cosas llevan su tiempo. Tenemos un gran proyecto, está ahí. Es solo cuestión de fe. Saldrá. En serio, ya lo verás.

—¿Y si no sale?

—¿El qué?

—¿Y si lo que un día soñamos nunca llega a ser real? ¿Qué pasa? —insistí.

—¿Qué pasa de qué? ¿Por qué no puede ser real?

—Piensa en ello. Llevamos cinco años con esa idea en la cabeza, luchamos muchísimo para conseguirlo y, a pesar de eso, seguimos aquí, en esta casa de mierda llena de humedad. Sí, estamos bien, vale, pero ¿qué más?

—¿Qué más quieres, Alicia? Lo tenemos todo.

Todo. El todo reducido a la nada.

—¿Qué es todo para ti?

—Joder, ¿vamos a tener esta conversación ahora? Con lo bien que estábamos.

—Sí, ahora.

Me pongo seria. No entiendo por qué. La conversación no es nueva. Es algo de lo que ya hemos hablado en alguna ocasión. Después, todo queda en esfuerzos tangibles durante unas semanas para luego, el mismo lugar, la misma serie, la misma cena y la misma mancha en el techo. El anhelo de algo que nunca fue.

¿Cómo puedo tener nostalgia de lo inexistente? ¿O es rabia por la traición? Dolor. El dolor que se comprime en mi pecho, como cuando Diego se acaba de correr. La vida que tengo, ¿la vida que quiero? ¿Y qué hay del ayer? ¿Qué hay del mañana? ¿Acaso existe? ¿Acaso hay? ¿Acaso estás?

Sigues ahí mirándome con esos ojos que emanan tristeza. Me observas, incrédulo. Sabes cómo acaba esta conversación. Forma parte de esa otra rutina que a veces se cuela dentro de la habitual. La rutina de pensar en lo que fuimos y en lo que nos hemos convertido. La rutina de ignorar a dónde queríamos llegar, quiénes queríamos ser y quiénes somos hoy. Dónde estamos. Dime, Diego, ¿dónde?

—Alicia, joder, estamos a la espera de esos *e-mails*, hablamos de preparar la ruta del viaje.

—Eso fue hace un año, Diego.

—Tenemos que poner una fecha de salida, conseguir revistas, editoriales.

—La fecha era el 14 de noviembre del año pasado. Estamos en abril.

—Joder, ¿qué coño te pasa? ¿Qué quieres? ¿Discutir?

¿Que qué quiero? Buena pregunta. ¿Te quiero a ti?

—¿Sabes qué pasa? Que me he cansado de seguir dándole vueltas a algo que no llega, a algo en lo que invertimos energía, pero que luego dejamos ir. Que me he cansado de estar encerrada en esta puta casa diminuta que no me deja respirar. Que me he cansado de echar polvos rutinarios, de ver la puta mancha en el techo. Que me he cansado de cenar lo mismo, de sentir lo mismo, de hacer lo mismo.

Silencio.

Debo intentar relajarme o a saber dónde acabará esta conversación. En un final. ¿Un principio, quizá? Diego fija su mirada en mí y percibo su sorpresa. No sé lo que siento, pero quiero explotar. Ira. Promesas falsas. Me mentiste. Me has mentido, Diego. Estos años, mentira. Yo quería seguir luchando por ese proyecto, pensaba que era nuestro sueño; el nuestro. Pero parece que, por primera vez, hablo en singular. ¿Es el mío? ¿Quién soy yo?

Quién soy.

No puedo creer que no tenga respuesta. La busco en mis adentros. Quién. ¿Llegamos a descubrirnos lo suficiente como para responder a esa pregunta? ¿Es ese el sentido de la vida? Estar siempre en el cuerpo y mente de algo y acabar por saber el qué.

Qué soy.

Una tía de veintiséis años que escribe libros para otras personas, que vive en un pueblo, que no tiene amigas y que depende de su novio para realizar sus sueños. Sueños que no sabe dónde están. Aquí ya no hay nada. Ni rastro de ellos. En qué momento decidí apostar. O en qué momento elegí dejar de hacerlo. Tus piernas se mueven. Estás nervioso. Te miro. ¿Es hoy? ¿Aquí? ¿Así?

—Dime algo, Alicia.

—No sé qué decirte, Diego. Estoy... confundida.

—¿Por qué? ¿Qué he hecho? ¿Qué ha pasado?

—¡Nada! Ese es el problema, joder. Que nunca pasa nada.

—¿Y qué quieres que pase? Dímelo. Hagámoslo.

—Estoy cansada, Diego. Siempre la misma conversación, la misma situación. Ya sé cómo acaba esto, ¿sabes? Le dedicamos tiempo a ese proyecto durante unos días y, después, nos olvidamos.

—Yo sigo dedicándole tiempo. A mí no se me olvida. Quizá a ti sí.

—Diego, no me jodas. Trabajas ocho horas llevando la comunicación de una cadena hotelera. ¿Qué me estás diciendo? Llegas a casa y lo único que quieres es descansar. Y me parece lógico, pero siento que has echado raíces aquí.

—¿Me estás echando en cara que tengo un trabajo fijo? ¿Qué coño te pasa? Dime, ¿qué?

—No te lo estoy echando en cara, joder. Solo digo que ya no piensas en lo que decidimos un día. En viajar, en fotografiar, en mí. ¿Hace cuánto que no coges la cámara por pasión? Todo es igual. Día tras día. Lo mismo.

—Perdona por no tener un trabajo como el tuyo y estar amargado escribiendo mierdas para gilipollas. Al menos mi sueldo es lo único fijo que tenemos.

—¿Cómo?

No me lo puedo creer. Imbécil.

—Pues eso. Que crees que tienes estabilidad, pero no es así. Tienes miedo de apostar por tus libros aunque tengas talento de sobra para hacerlo. Prefieres el dinero fácil. Dime, ¿quién se está vendiendo y conformando aquí?

¿Y si eso que dice es cierto? ¿Y si me he instalado en el conformismo? Piénsalo, Alicia. Es así. Casa estable, trabajo estable, vida estable, sexo estable, rutina estable. La estabilidad se ha adueñado de cada poro de mi piel, de mi ser. Un cáncer que va inhabilitando las emociones, las intenciones, las acciones; que te reduce. Y no me he enterado. O no quise hacerlo.

Mierda.

—Alicia, estamos bien. Somos felices así, ya está. Estoy seguro de que conseguiremos dar la vuelta al mundo, pero mientras...

—Mientras estamos aquí.

—Exacto. Juntos.

—Diego, ¿te puedo hacer una pregunta?

—Sí, claro.

—Tienes treinta y dos años, ¿dónde te ves dentro de diez años más?

—Viajando por el mundo y fotografiando lo que me rodea. Y ganaré el World Press Photo algún día.

Pero qué coño.

—¿Perdón?

—Sí, sé que algún día haré una foto que merecerá ese premio, un claro reconocimiento a mi trabajo como fotógrafo.

—¿Qué trabajo como fotógrafo, Diego? —Tal y como lo he pensado, lo he dicho.

—Pues mi trabajo.

—Estás perdiendo tiempo de tu vida en un trabajo de ocho horas con un sueldo fijo cada mes, ¿y crees que vas a ganar un puto World Press Photo dentro de diez años?

—Qué te pasa hoy, Alicia.

—¿Me estás diciendo que estás por encima de profesionales que llevan haciendo fotos desde los quince años, que se han metido en guerras, que han recorrido el mundo? ¿Qué has hecho tú, Diego?

—Viajar.

—¿A dónde?

—Joder, ¿qué coño es est...?

—A dónde.

—Francia, Italia, Inglaterra, Marruecos, Indonesia.

—Aham. Sigue.

—Menorca, casi toda España.

—Continúa.

—Ya está.

—¿Y pretendes ganar uno de los premios de mayor reconocimiento a la fotografía estando en Montgat, Diego?

—Sí. Estoy seguro de ello. Digas lo que digas, Alicia.

¿En qué momento la motivación pasa a ser estupidez? Nos venden siempre la misma historia: «Si crees en ello, lo conseguirás», «Si quieres, puedes». Pero nadie te dice lo que hay detrás. Trabajo, esfuerzo, superación. Arriesgar, pelear, luchar. Quién quiere escuchar eso. Nadie. Es mucho más fácil vender frases que se compran rápido antes que enfrentarse a la realidad.

Diego se levanta y se va a la habitación.

—Buenas noches.

Yo me quedo petrificada en el sofá. De repente tomo

conciencia de los muelles clavándose en mi espalda. No quiero moverme. No puedo hacerlo. Me he dado cuenta de lo que nunca será. Lo que nunca fue. Me siento traicionada. Sé que Diego no lo hace a propósito. Se está engañando a sí mismo. Se ha creído esa mentira.

Estos años en los que he invertido tanto tiempo en luchar por ese proyecto se presentan en este momento. Aquella vez que salí al jardín a llorar con todas mis fuerzas y me quedé una hora sintiendo el frío de una noche de diciembre. O aquella otra que empecé a saltar y a gritar porque nos habían citado para una reunión. Tantas lágrimas que eclipsaban a las sonrisas. Y tú ahí. Y yo aquí. Pero no era real, Diego. Nunca lo fue. Vivíamos en un espejismo que mantenía nuestras constantes. Y tú aún sigues arriba, volando entre tus ideas, tus quieros, tus puedos. Pero no tus hechos.

Justo en ese momento entiendo que la mancha en el techo es la señal divina. ¿Quiero seguir aquí, en este pueblo, conformándome con la monotonía de la existencia, con la mediocridad de las promesas? O quiero vivir.

Sobrevivir.

O vivir.

Sobrevivir. O vivir.

Bebo el último sorbo de esta copa de vino manchada por la cal. Hoy todo son manchas, joder, y no sé arreglar ninguna.

Abro Facebook después de no sé cuántos días. A ver qué me cuenta el mundo digital. Me aparece una publicación de Carolina, una antigua cliente, famosa, típica madrileña de familia bien que se dedica a subir fotos a Instagram. Alquila un pequeño piso en el barrio de La Latina, en Madrid. Calle Corazón de María, 33. Cuarenta y seis metros cuadrados. Una habitación. *Loft*. Mil euros.

Me llega un mensaje de voz. Vaya, el destino. Es Carolina. «¡Ey, tía, cuánto tiempo! Estoy de vuelta en Madrid. El viaje genial, tía, me ha cambiado la vida...» Su vida de rica, por hacer un voluntariado en África, para ella un país y no un continente. Ya, claro. «... Quiero escribir un libro sobre la experiencia, algo más trascendental, ¿saes?, más de la vida. Y quiero que tú seas la escritora, tíaaa.» Grita demasiado. Me aparto el móvil de la oreja. «He hablado con la editorial y me han dicho que sí. Tíaaa, cuando quieras hablamos por Skype o nos llamamos mañana. ¡Ah! Y cuando te apetezca una escapada a Madrid, me lo dices, ¿vale? Besis.»

El audio acaba y yo me quedo aquí, con los muelles atravesando mi espalda. Carolina ha sido una clienta estupenda. Maja, simpática, alocada y muy cercana. Aún recuerdo aquella noche en Madrid. Acabamos en su casa cantando en pelotas. Íbamos tan borrachas que nos quedamos dormidas en medio del salón.

Se me escapa una carcajada y un ápice de vida. Me quedo quieta mirando la nada. El horizonte. El *loft*. ¿Madrid? Quizá. Pero ¿y él? ¿Quién? Diego. ¿Qué? El dolor. ¿Más? Sí, mucho más. Se pasará. O no. ¿Y tú? ¿Y yo? Sí, tú, ¿qué pasa con tu vida? Mi vida, ¿cuál? No recuerdo la última vez que me lo pasé tan bien. Lo sé. ¿Entonces? Tal vez. Decide. No sé. Decide. Aquella borrachera. Decide. La libertad. ¿Qué quieres? Las ganas de volver a sentir. ¿El qué? Volver a gritar. ¿Eso? Ser dueña de mí misma. Follar. Sí, joder, follar con ganas y sin excusas, sin obligación relacional. Soñar. Soñar despierta y apostar. Apostar por los proyectos y volver a empezar. Ser. Estar. Sin el piloto automático, sin querer dormir. A ti. A mí. Sé libre. Quizá Madrid es el lugar. ¿Qué lugar? El lugar donde los sueños van a parar. ¿Es?

Vuelvo a beber. No queda nada. ¿Dónde está el vino

cuando más lo necesito? Un impulso vibra en mi pecho. Será el alcohol. O la vida. ¿Y si es la vida? ¿Y si está ahí?

Madrid.

Mi intuición y Madrid me dicen que sí, que es ahí. Será. Quién sabe. ¿Y si es? Tal vez. ¿Y si apostamos, Alicia? Qué pierdes. Todo. El todo reducido a la nada, simplificado a la mínima expresión. Y qué obtienes. Vida. La nada absorbida por el todo, Alicia. ¿Y si por una puta vez escuchas a tu intuición? ¿Y si es que sí? Pero ¿y si es que no? Arriésgate. Lárgate. Sal. Huye. Vuelve. Encuéntrate. Estás. No te ves, pero estás.

Madrid.

Sal de aquí.

Madrid.

Vete lejos. La mancha, ¿recuerdas? No es una cabra; es una señal. Es tu destino. Vivencias, aventuras. Beber en una discoteca. Sonreír por la Gran Vía. Follar sin mirar al techo. Volver a amar. Tocarme, besar, apresurarme a por el café de la mañana, no tardar, entrar en un bar, divertirme hasta no poder más, vivir las experiencias que siempre quise vivir, escribir mi propia historia, comprar algo que estrenar, sentirme poderosa, quererme, apostar. Apostar.

Me voy. ¿Me voy?

Me voy.

«Carolina, amor, oye, que he visto que tienes un pisito en Madrid. ¿Me lo alquilarías una temporada? Necesito salir de aquí. Hablamos mañana. Besos». No ha pasado ni un segundo y ya veo un «Tía, ¡pues claro! Y más barato» en la pantalla acompañado de un corazón y seguido de un «¿Cuándo llegas?». Lo pienso, no demasiado. «Mañana por la noche.» ¿Qué coño estoy haciendo? «Dale, tía. Mazo ilusión. ¿Va todo bien?», me pregunta.

Ya está. ¿Ya está? Diego. Joder, Diego.

Se enciende la luz del pasillo, que ilumina el comedor. Siento como si me hubiese pillado siéndole infiel.

—Perdona, amor, no quería discutir contigo. ¿Vienes a dormir? Quiero darte mimitos. No me gusta estar así, por favor —me dice.

—Diego.

—Por favor, ven.

—Tenemos que hablar.

He dicho las palabras, esas. No hay vuelta atrás. Qué haces Alicia, ¡¿qué haces?!

—¿Qué pasa?

—Siéntate.

Diego se sienta a mi lado. El sofá cruje. No sé cómo empezar.

—Me voy.

La psicología nunca fue mi fuerte.

—¿A dónde?

—A Madrid.

—¿Cómo?

—Diego...

—¿Te vas a Madrid?

—Diego, necesito salir de aquí. Este pueblo me ahoga, no puedo más. Necesito la ciudad, nuevas oportunidades. Reír, llorar, emocionarme con algo.

—Pero ¿qué...? ¿A dónde vas?

—A casa de Carolina.

—¿Quién es Carolina?

—Una clienta, la pija.

—¿Qué?

—Diego, si quieres, puedes venir.

No quiero que venga, no sé por qué se lo ofrezco.

—Sabes que odio Madrid.

—¿Por?

—Estarás sola, no tendrás amigas. Madrid solo te quiere por lo que das. Es una ciudad interesada.

—¿Cómo sabes eso?

—Me lo han dicho varias personas.

—Diego...

—Entonces, ¿me dejas?

—Diego...

—¿Aquí? ¿Ahora? ¡¿Así?!

—Amor...

Ese «amor» tan automatizado.

—Dime.

—Me voy, lo siento. No estoy bien. Me he convertido en lo que más odio. Me conformo con todo: el trabajo, la casa, nuestra relación, mi vida.

—¿Nuestra relación?

—Sí, joder. Vivimos en la rutina, follamos sin pensar. Estoy cansada.

—¿De follar conmigo?

—Sí, Diego. Estoy cansada de esto, de la humedad.

—¿Qué le pasa a la humedad?

—Que hay manchas, Diego.

—Pues las tapamos, ¿qué problema hay?

—No, Diego. No se tapan con pintura. Son profundas, son estructurales. No se arreglan, Diego, están.

—Alicia, hostia.

—Lo sé.

—Te quiero.

—Lo sé.

—¿Entonces?

—¿Qué?

—¿Qué de qué?

—¿Qué quieres, Diego? No me amas, me necesitas. Dependes de mí. Tienes que irte lejos, luchar por tu carrera, ganar ese puto World Press Photo, o al menos intentarlo.

—Contigo.

—Sin mí.

—¿Por qué?

—No queda nada de aquello, Diego. No hay nada.

—Será en ti.

—Será en mí.

—¿Y yo qué, Alicia? No tienes en cuenta mis emociones, mis sentimientos. Mi vida.

—Claro que sí.

—Eres una puta egoísta.

—Diego…

—¿Cómo pude ser tan imbécil, joder? ¿Cómo?

—Por favor…

—¿Cuándo te vas?

—Mañana. O sea, hoy.

Es la 01:55 de un viernes 17 de abril.

—¿Hoy?

—Sí.

—¿Ahora?

—No, mañana por la mañana haré las maletas. Me voy en coche por la tarde. Llegaré a Madrid por la noche. Carolina me estará esperando.

—O sea, ¿esto va en serio?

¿Va en serio, Alicia?

—Sí.

—No sé qué coño decirte.

Veo cómo se le cae una lágrima por la mejilla y se difumina en su barba. Sé que estás aguantando el dolor, Diego, pero qué hago. Dime, qué hago. No puedo vivir así, continuar de esta forma. Estar encerrada, amargada, resignada. No sentir. Entiéndeme.

—¿Sabes? Haz lo que te dé la gana. Lárgate. Ahí tienes la puerta. Vete. Piérdete. Pero luego no vuelvas suplicando, porque yo ya no estaré. No sabes el dolor que siento.

—Me lo imagino.

—No tienes ni puta idea, Alicia. Ni puta idea.

Diego se levanta y se larga a la habitación. Pega un portazo, no busco ese toc, toc. Entiendo que duermo en el sofá. Buena despedida. Me tapo con la manta de Iberia que robé en el avión al regresar de Perú. Intento cerrar los ojos.

Madrid.

Sí, Madrid.

A la mañana siguiente, Diego se levanta y se va. No se despide, no me despierta. Otro portazo. No lo pienso. Cojo un par de maletas y las lleno. Me dejo la mitad de las cosas. Me da igual. Quiero vivir. ¿Quiero esto? Intento no reflexionar y actúo. Me voy, me mudo. Lo dejo. Todo. ¿Estoy segura?

Diego no viene a comer. Son las cinco de la tarde y me tengo que ir. Le envío un mensaje a Carolina: «Salgo». Cargo el coche y cierro el maletero. Miro esa casa blanca, el jardín, el arbusto que se enreda, los tulipanes que están naciendo. El césped, la tierra, el mar. El cielo, siento el sol en mi piel. El calor de abril, el frío de la primavera. La humedad. Le dejo una nota a Diego con una fotografía nuestra hecha con una Polaroid. Siento que soy una hija de puta. «Lo que un día fue. Recuerda que no debes arrepentirte de nada. Lucha por tus sueños. Serás mejor sin mí. Gracias. Sigue tú.»

Las llaves reposan encima de la mesa. Echo un vistazo a mi alrededor. Lloro. Fuerte. Lloro lo que no lloré ayer. No lo pienso más porque si lo hago, no me voy. Y debo irme. La señal, recuerda.

Cojo mi portátil, cierro y recorro por última vez esas baldosas rosadas. Abro la puerta blanca, miro de reojo al pasado. Fue y ya no es. No es más. Ni será.

Me meto en el coche, seco mis lágrimas. Pongo el Maps dirección Madrid. Seis horas y cincuenta y tres minutos. Iniciar. Meto primera, espero demasiado para soltar el embrague. ¿De verdad? ¿Es esta la solución?

Alicia, a dónde van a parar los sueños cuando ya no están.

Madrid.

IV

Nueva en la ciudad

Pero qué coño estoy haciendo.

Intento no pensar en si había otra salida, otra verdad. Lo que estoy haciendo no parece real. Mi pulso va muy rápido. Puedo sentirlo bajo la piel. En mi cabeza. Me centro en la carretera, en los semáforos, en el presente. Diego no ha venido a despedirse. ¿Así acaba? ¿No volveré a saber de él? ¿La de anoche será la última imagen? ¿Su última palabra? No lo había imaginado así. Bueno, no lo había imaginado. Punto.

Me desvío para ir a casa de mi madre, que vive cerca. Siento que tengo que darle un abrazo. No sé si voy a poder contener el llanto. Ese llanto que te hace suspirar y respirar dos veces.

Aparco en doble fila y llamo al interfono.

—¿Sí?

—Mamá, soy yo. Baja un momento.

A los pocos segundos, mi madre está en la puerta con una cara de susto que se agrava cuando me ve.

—Alicia, ¿estás bien?

No sé por qué me he puesto máscara de pestañas hoy. Justo hoy.

—Mamá, me voy a Madrid.

—¿Perdona?

—Lo he dejado con Diego, mamá. Lo he dejado. No..., no podía más.

Y ahí está, el llanto con suspiro. No se ha hecho de rogar. Mi madre me abraza y le mancho la camiseta de negro. Quiero que me retenga, quiero quedarme ahí. Aquí. No quiero irme, no puedo. Mi corazón está aquí.

¿Mi vida está aquí?

—¿Qué ha pasado?

—No tengo mucho tiempo, mamá. Carolina me está esperando en Madrid. Ayer me dio un arrebato del que quizá me arrepienta, pero me he dado cuenta de que odio mi vida, mamá. Es estable, no hay novedad. No estoy viviendo nada. Y necesito vivir. Sentir, emocionarme, salir. No sé... Diego ni se acuerda de nuestros proyectos y siento que no se van a cumplir. Está echando raíces aquí, y yo no sé si este es mi lugar. No quiero estar aquí toda mi vida. Ni tan siquiera ha venido a despedirse.

—Bueno, ¿y qué esperabas? ¿Que viniera sonriente y agradeciéndote lo que ha pasado?

—No, pero...

—Pues ya está, Alicia. Haz lo que tú creas. Pero ¿lo has meditado bien? ¿Estás segura?

—No lo sé, mamá.

La gente pasa a nuestro lado. Mi coche sigue en doble fila. Esperaba otra respuesta.

—Me voy, mamá. Te aviso cuando llegue.

—Vale, Alicia. Con cuidado.

La abrazo. Entro en el coche. Me despido desde la ventanilla, pongo primera y sigo mi camino.

Lloro tanto que se me empañan los ojos. No veo bien. Necesitaba el apoyo de mi madre y no lo he encontrado. Sorpresa. ¿Estoy sola en esto? Me seco las lágrimas. Me escuecen los párpados. Intento centrarme en la carretera y no miro el tiempo que falta para llegar al que será mi nuevo hogar. Madrid. Es ahí. ¿Será?

No puedo creer que lo esté haciendo. ¿Por qué? Qué salida tenías, Alicia. Quedarte ahí y seguir. Sin más. La misma rutina. La misma casa. La misma identidad. La misma historia que contar. La misma polla. La misma cena. La misma serie. La misma obviedad.

Diego no ha venido ni a despedirse. Que le jodan. Tantos sueños prometidos, tantas expectativas. Tantas esperanzas y tantas mentiras. Porque, al fin y al cabo, todo era falso. Aunque él creyese que no, lo era. ¿En qué momento cambió? ¿Fue el trabajo?

¿He cogido el cargador del portátil? Sí, creo que sí.

Diego. Así se acaba. Así. Qué decepción después de lo vivido. Resulta que me voy. Me voy a Madrid, joder. Dios, me voy a Madrid.

Llevo un rato sin mirar atrás. Una hora en coche que me aleja de aquel lugar. De mi hogar. Mi madre me llama al móvil. Pongo el manos libres.

—Dime, mamá.

—Hija, perdona. No he sabido reaccionar. Me has pillado desprevenida. No sabía qué decirte.

—Tranquila. Es una locura, lo sé.

—Es una locura, Alicia, pero no quiero que te vayas sin saber que te apoyo. Mira, no tengas miedo. Creo que es lo mejor que puedes hacer, de verdad. Empezar de cero y probar suerte, sobre todo con tu carrera. Si no sale bien, sabes que estoy aquí. Esta es tu casa, un techo no te va a faltar, así que inténtalo. No te quedes con las ganas de saber qué hubiera pasado, ¿vale?

De repente, siento paz en medio de este caos. Pienso en las veces que voy a necesitar a mi madre en la gran ciudad y lloro porque no la tendré.

—Te voy a echar muchísimo de menos, mamá.

—No, de eso nada. Estoy en ti. Estoy contigo.

Sigo con mi llanto melodramático y revivo nuestros abrazos para intentar preservar esa sensación y esos momentos, para ponerlos en un botecito y guardarlos dentro de mí. Para que nunca me falten. Quiero retenerlos.

—La vida está hecha para los valientes, no para los cobardes —dice mi madre.

Vivir. ¿Recuerdas?

—Te dejo que sigas tu camino. Escríbeme cuando llegues. Y quiero verte, ¿eh? No desaparezcas en Madrid.

—No, mamá. Tranquila.

—Si necesitas algo, me llamas, ¿vale?

—Sí, mamá.

—Te quiero.

—Y yo. Mucho.

—*Adéu*, hija. Con cuidado.

«La vida está hecha para los valientes.» ¿Soy una persona valiente? No lo sé. ¿Cómo se mide la valentía?

Algo crece en mi interior. Lo mismo que sentí ayer por la noche. Ahí está. Madrid, Madrid. No me lo creo. Lo estoy haciendo. Y yo que pensaba que no era capaz de romper con todo, de salir de ahí. De conectar conmigo, de querer vivir. Pelear por mi carrera. Si tengo una oportunidad es allí, en Madrid.

Estoy en Zaragoza. Llevo tres horas conduciendo sin parar. Necesito estirar las piernas. Paro en una gasolinera y compro una bebida energética. Es lo que necesito. Eso, o una buena botella de vino. Pero no nos vamos a arriesgar, Alicia. Nos conocemos.

Miro el WhatsApp. Diego nada. Está conectado. ¿Con quién habla? Alicia, ese ya no es tu problema. Estás soltera. Bienvenida a tu nueva vida. Joder, sí.

Lleno el depósito y me voy. Pongo la radio y canto como una loca. Suena *Cerca de las vías*, de Fito & Fitipaldis. Subo el volumen. La canción perfecta en el momento perfecto. Causalidad. Preparo mi voz para cantar (mal) una letra inventada por mí. «¿Quieres ver el mundo? Mira, está debajo de tus pies.» Mi mundo. El mío. Mis normas. Mis reglas. Ahora sí. Mi vida. Sonrío y una lágrima cae por mi mejilla. Me aparto el pelo lacio y largo de la cara. Me hago un moño y sigo. Qué buena es esta canción.

Diego no dice nada. Acostúmbrate. No hay nadie. Estás sola. Es mejor así. ¿Y si me equivoco? La carretera, céntrate en la carretera ¿Y si me arrepiento? ¿Qué pasa? ¿Y si la he cagado? Demasiado tarde. Lo sé. ¿Entonces? Entonces, nada.

«A quinientos metros incorpórese a la derecha.»

Me quedan trescientos kilómetros para llegar a Madrid. La luz va menguando y allí, en medio de Castilla-La Mancha, presencio uno de los atardeceres más increíbles de mi vida. Me hubiese encantado que acabara de otra forma, si es que tenía que acabar, claro está. El paisaje es árido y está deshabitado. Una explanada de trigo, sol y miedos. Miedos que no paran de resonar y resonar. Que me presionan en el pecho, que rebotan en el más allá. ¿Qué pasó con los sueños que tenía? ¿A dónde fueron? Sueños que hoy mismo renacen en esta autovía recta y desierta. De pequeña, me veía viviendo en una gran ciudad, sola y con un trabajo que me apasionaba. Quizá con un gato negro que me hiciera compañía. Bebiendo vino por las noches. Escuchando jazz por las mañanas. Siendo libre, tan libre que jugaría al escondite con el viento y él jamás me encontraría. Pero crecí y apareció Diego. El viento me encontraba en cada esquina y la rutina me estaba esperando. Mi vida empezó a ser tan previsible que sabía con exactitud qué iba a pasar cada semana. La visión de mi yo infantil se fue esfumando, evaporando. Dónde está(s). Te encontré.

Otra lágrima. Creo que de felicidad. Siento que a cada kilómetro me deshago de un trozo de mi coraza, de mi conformismo, de mi calma.

Las líneas de la carretera me señalan el camino. Cae la noche, son las diez. No sé cuántas horas llevo conduciendo, pero veo un reflejo. Un cartel rojo con unas estrellas blancas. Madrid. Grito. Grito tan fuerte que me asusto a mí misma, tanto que me escucha el coche que me adelanta en ese momento. O eso parece. Madrid. Paso el cartel y boto en el asiento. Doy golpes al volante. Alicia, que te estampas. Relájate. Lo he hecho. Lo estoy haciendo. No me lo creo. Lo he dejado. He apostado por mí. ¿Y Diego? ¿Y mi casa? ¿Y la rutina? Atrás quedaron, lejos. Lejos de aquí. En ese lugar conocido al que no quiero volver.

El tráfico ha aumentado y la soledad de Castilla-La Mancha da paso a los tonos grisáceos que intuyo a través de la noche. Llego a mi calle. Corazón de María, 33. Aparco tres manzanas más abajo. Acostúmbrate. Dejo mis dos maletas y cojo solo el portátil. Joder, qué frío. Cojo también la sudadera. Ya volveré a por el resto. Ahora necesito ver mi casa, saber que he llegado. Notar que estoy aquí y no allí.

Llamo al interfono, me abre Carolina.

—Tíaaa —me grita.

Subo por las escaleras. Noto el frescor del portal. Carolina me espera en la puerta. Está igual que siempre. Sus tejanos, sus tacones, su jersey negro y una coleta alta que recoge un pelo teñido de un rubio nada natural. Salta como una loca cuando me ve.

—¡No me lo puedo creer! ¡Estás aquí! O sea, tíaaa.

Me alegra ver a alguien conocido en una ciudad desconocida. Parece que estoy de vacaciones, que es algo temporal. Pero me he mudado. ¿De verdad, Alicia?

—Bienvenida a tu casa.

V

Hogar, ¿nuevo hogar?

El piso es precioso. Tiene el suelo de parqué y unos grandes ventanales sin cortinas que dejan ver la calle. Parece luminoso. Menos mal. Un pasillo corto conduce al comedor. Es tipo *loft*. A la derecha, un sofá, un sillón y un mueble con una televisión enorme. A la izquierda, la que será mi cama. Avanzo un poco más, con respeto, como si estuviese en una casa ajena. Ajena a todo.

—Aquí tienes la cocina.

Es muy pequeña. Un cubículo organizado con maestría y que cuenta con una vitrocerámica, un fregadero y poco más.

—Y, bueno, para entrar al cuarto de baño tienes que invadir un poquito la cocina. Tienes la puerta a la derecha.

El baño tiene lo justo.

El *loft* es precioso. Pintado de blanco con alguna pared en rojo. Los muebles son claros, con toques de color en la decoración. Está listo para entrar a vivir. Es aquí. Siento en lo más profundo de mi ser que sí.

—¿Has cenado?

—No, pero tampoco tengo mucha hambre. Serán los nervios.

—¡Querida! ¡Que ya estás aquí! Voy a pedir sushi en el mejor japonés de Madrid. Invito yo. Ve a por tus maletas. ¿Te ayudo?

—No, Carolina. Traigo cuatro cosas.

—Qué bien, tía. Qué ilusión.

Abro mi coche. Cojo las dos maletas con algo de ropa. Sin nada de él. Con todo de mí. O eso deseo.

Vuelvo a casa. Ahora subo en el ascensor. Llamo a la puerta. Dejo mis cosas en la zona de la habitación para que no ocupen demasiado. Qué bien que no haya paredes, espacios separados ni puertas. Carolina abre la nevera, coge un vino blanco. Joder, sí.

—Cuéntame qué ha pasado.

Bebo un sorbo. Espera, otro más.

—Lo he dejado con Diego.

—Pero es que estoy flipando. ¿Cuánto llevabais?

—Cinco años.

—¡¿Cinco años?! ¿Y qué ha pasado?

—Pues nada. Que un día todo es maravilloso y al día siguiente te das cuenta de que tu vida está sumergida en la rutina, el conformismo y el quizá. Ves que lo que planeabas no se va a cumplir y ese atisbo de esperanza que quedaba, desaparece. Solo os une un hilo muy fino y, de tanto tensarlo, moverlo, atarlo..., chas, se rompe. Y aquí estoy.

Suspiro.

—Pero ¿cómo estás? —me dice.

—Bueno, estoy.

—¿Bien?

—Supongo.

—Estás en Madrid.

—Estoy en Madrid.

Sonreímos.

—Ayer por la noche estaba discutiendo con Diego y ahora estoy aquí, contigo, en mi nuevo hogar. A veces, las cosas pasan tan rápido que ni tan siquiera nos damos cuenta. Todo va bien hasta que, de repente, deja de ir.

—Tía, ¿y por qué Madrid?

—Ayer vi tu publicación en Facebook y me acordé de nuestra borrachera. Noté una sensación en el pecho. Algo latía en mí.

La vida. Eso era. Mi pulso por vivir.

—¿Te acuerdas de esa noche? ¡Dios mío! Iba tan pedo que no recuerdo casi nada.

—Acabamos cantando en pelotas hasta que no pudimos más y nos quedamos dormidas.

—¿Tanto bebimos?

—Demasiado.

Carcajadas. Llaman al interfono. El sushi. Carolina abre. Yo me quedo escuchando el sonido de este mi nuevo hogar. Comemos en el sofá. La comida, brutal. Una explosión de sabor en mi boca. Y yo que creía que no tenía hambre. Menos mal.

—¿Sabes algo de Diego?

Casi me atraganto. Diego, es verdad. Por un momento lo había olvidado.

—No, no sé nada. Esta mañana salió dando un portazo y no ha venido a despedirse.

—Lógico.

Supongo. El dolor. Será por el dolor.

—Se hace raro pensar que ya no está. Estoy inmersa en una transición hacia un nuevo capítulo de mi vida, pero no soy consciente de ello, me parece que sigo de viaje.

—Es normal. Tómate tu tiempo, tía.

Cojo el móvil. Aviso a mi madre de que he llegado. Diego no dice nada. Me sorprende un poco menos. Entro en mi Instagram. Lo busco. Su cuenta no aparece. Ha hecho el trabajo por mí y me ha bloqueado. ¿Se lo tengo que agradecer?

—Las rupturas son dolorosas, tía. Crean un vacío que

antes no existía y sientes que nada puede tapar ese agujero...

Pienso en la mancha en el techo. La puta mancha.

—... pero al final te das cuenta de que tú eres suficiente para cubrirlo. E incluso te sobra para ofrecer y regalar. Ahora no lo ves, es normal, pero esto es una oportunidad. La oportunidad de volver a encontrarte, tía. De saber dónde estás, quién eres y qué quieres de ti.

Joder, Carolina da unos consejos maravillosos. Será porque es *influencer* o por las frases que pone en Instagram. ¿Habrá vivido muchas rupturas? Su libro, es verdad, acuérdate, Alicia. Lo escribiste tú. A veces me cuesta diferenciar la realidad de la ficción.

—Gracias, Carolina. En serio.

Me sonríe y vuelve a su papel de chica alocada y rica que lo tiene todo en la vida.

—Tíaaa, mañana salimos a quemar la ciudad. ¡Tu primera fiesta madrileña!

¿Me apetece? Olvidar las penas. Por supuesto que sí.

—Estás loca. ¿Acabaremos otra vez borrachas y desnudas?

—Tal vez, aunque espero que te folles a alguien.

—Tía, lo acabo de dejar con Diego, no me jodas.

Follar sin mirar el techo.

—¿Y qué? ¡Por eso mismo! Noche de chicas y putivueltas. Mañana te comes un buen pene.

Pene. La palabra «polla» siempre me ha gustado más. Te llena la boca, no sé...

—Bueno, ¿cuál es el plan?

—Paso a buscarte sobre las nueve.

—Perfecto. ¿Tengo que ponerme algo especial?

—No, pero te voy a decir lo que no puedes ponerte: ni zapatillas ni sudadera.

Carolina se ríe muy fuerte. No entiendo el motivo. Mi armario nunca ha sido un referente, es verdad. Tejanos, sudaderas, camisetas, zapatillas. Cómoda para lo que sea necesario.

—Y ya sé que no es el momento, tía, pero tenemos pendiente hablar de mi libro. La semana que viene lo vemos, tranquila. Tengo muchas ganas de contarte todo.

Mierda, el libro. Hoy tenía que entregar el libro de la chica que se ha hecho rica subiendo vídeos a Tik-Tok. ¿Dónde coño tengo la cabeza?

Carolina se levanta. Recoge los restos de sushi y se aprieta la coleta.

—Tía, quedamos así, ¿vale? Me voy, así te dejo tranquila.

—Muchas gracias, Carolina.

Me abraza fuerte. Lo necesito.

—Mañana fiestón, tíaaa.

Y, tras el portazo, silencio.

VI

Sin ti

Silencio. Escucho Madrid a través de la ventana. El sonido de algún coche nocturno. Alguien que grita a lo lejos. Y yo. La soledad. Nada.

Cojo el portátil y abro el correo. Ahí está, la editora reclamando el trabajo. Me disculpo y se lo envío. Son las doce y media. En estos momentos estaría en aquel sofá, clavándome los muelles y viendo una serie. Diego me estaría seduciendo de esa forma que tanto odio y yo tendría ganas de meterme en la cama para desaparecer durante unas horas de mi previsible existencia.

Jamás imaginé que enviaría este libro desde mi nueva casa en Madrid. Toca crear una nueva rutina, una mía. De momento, me lavo los dientes y recorro el piso varias veces peleándome con las luces. Te adaptarás, Alicia. Supongo.

Madrid ilumina el comedor. Puedo verlo desde la cama. Me siento, enciendo la luz de la mesita. Tanto desear la soledad y ahora me sobra. Las lágrimas corretean por mis mejillas hasta llegar a la mandíbula. Me dijiste que sí, que pasaríamos la vida juntos. Pues resulta que no, Diego. Resulta que no.

Me desnudo y me tapo con el edredón. Huele bien. Carolina es así, detallista. Noto las sábanas frías y no hay mancha en el techo. Pienso en ti y me pregunto si estás haciendo lo mismo. Si tú también sientes este vacío, o al menos algo parecido.

Las sábanas pesan, Diego, pesan si tú no estás aquí. Y mi corazón tampoco está; en su lugar, el mismo agujero que hay aquí, a mi lado. No estás. Joder, no estás. Ni un ápice de tu presencia en esta casa. Tal vez no quería perderte, pero ya está hecho. Te dejé marchar. O sobreviví, no lo sé. No te noto. Mis pies fríos te buscan intentando encontrar ese calor, tus gritos cuando te tocaba en pleno invierno con la punta de mis dedos bajo el edredón. Entonces me abrazabas y yo ponía el culo helado entre tus piernas.

Madrid se hace grande sin ti. O yo soy demasiado pequeña para estar aquí.

Los recuerdos se amontonan en este momento y me llueven imágenes como si estuviese viendo el tráiler de cualquier película romántica. Éramos perfectos, Diego. ¿Lo éramos? De ser así, qué hago en Madrid. Cómo voy a poder olvidarte si sigues en mí, en mi cabeza, en mi memoria. Peleando por estar presente en todo momento y yo huyendo de ti.

Dónde aprendo a olvidarte si, al cerrar los ojos, otra vez vuelves a estar. Te veo. Recuerdo. El aire acondicionado del coche se cuela entre nuestros dedos entrelazados. Estoy perdida, tanto que no sé ni qué hago aquí, contigo. Contigo. Miras a través de esas gafas Ray-Ban, presencio tu volátil sonrisa y vuelves a poner el piloto automático para conducir por esa carretera que tantas veces había recorrido. Suena Love of Lesbian y me dedicas una canción, otra más. Estoy perdida porque no sé a dónde voy, aunque esté contigo. Cantas bajito y compartes el momento con una chica que, de repente, ha conquistado cada poro de tu piel. Acaricio tu mano apoyada en el cambio de marchas de este coche que no para de moverse. No sé, pero sé que es contigo.

Dejé de perderme y tracé un camino hacia ti. Te olía el cuello, estaba en casa. Como cuando entras e inspiras fuerte y sientes que ese es tu hogar. Como cuando lo echas mucho de menos y vuelves. Siempre vuelves. Se paraba el tiempo aunque pasara deprisa a tu lado. Y creí que eras mago y pude ver el efecto de tu magia en mí. Cogiste con cuidado las piezas rotas que quedaban de mí tras la relación infernal con Raúl. Les quitaste el polvo, poco a poco, con la calma que te caracteriza. Yo no sabía qué hacías, por qué lo hacías, pero me dejaba hacer. Conseguí salir. No tenía miedo. Me giraba y estabas ahí, sonriendo. Siempre sonriendo. Empecé a caminar, cogida a ti; y tú, orgulloso. Me viste correr, saltar, volar. Me viste caer, herirme, romperme; y me volviste a curar. Y parecía que nada iba a interponerse entre nosotros, que nada nos vencería, que nuestros sueños se harían realidad. Porque para eso están.

Pero llegó el hoy y las piezas se caen. No se ajustan, no se aguantan. Estás ahí, pero no del todo. Te has ido. Sigo caminando, las piezas no funcionan. Se rompen, no congenian. Y grito y te imploro. Tú no te das cuenta de que las piezas no encajan, de que no te tengo para ayudarme a que esto marche, de que se está creando el vacío en mí. De que sin ti no soy nada, de que diseñaste mi universo y de que ahora mis piezas no funcionan, joder, no funcionan si no estás aquí.

Y lloro, lloro. Grito con todas mis fuerzas. Me enfado. Rompo lo que queda, te lo tiro a la cara. Pero ya no estás. ¿Y qué hago yo? Me siento vacía sin ti. No te imaginas cuánto. Es un dolor indescriptible, inefable. Una pérdida real que no puedo procesar. Porque fuiste mi absoluto y ahora tengo que aceptar que eres mi nada.

Te echo de menos.
Infinitamente.

Abro el WhatsApp, te escribo un «hola». Lo borro. «Te echo de menos.» Lo borro. «Sin ti no sé.» Lo borro. «Tenías razón.» Bloqueo el móvil.

Debo dejarte ir, Diego. Aprender a vivir.

Sin ti.

VII

Aquella noche

Son las once. ¿Cuántas horas he dormido? Espera. ¿Dónde estoy? Ah, ya. Madrid.

Miro el móvil. Nada. Es lógico. Me levanto, meo y me doy una ducha rápida. Mi hogar. Así es. Me pongo unos tejanos y una sudadera y cojo las llaves. Me voy. Hoy desayunaré en ti.

El barrio es precioso. Calles estrechas, gente a todas horas. El ritmo frenético de una gran ciudad. Siento ansiedad, los segundos pasan muy rápido. Hay una cafetería cerca, entro a desayunar. Un café y unas tostadas «pantumaca». Creo que en estos momentos mi tierra llora.

Paseo. Paseo por la Gran Vía. Paseo por la calle Montera. Paseo por Sol. Paseo por Ópera. Paseo por ti. El bullicio, los golpes sin querer, las prisas por llegar. Las ganas de morir. La gente mirando el móvil. Los planos mostrando la dirección correcta. Las luces de los semáforos pitando. ¿Dónde estoy? Los artistas callejeros. La dura realidad de una sociedad de clases. Restos de la noche en la mañana de la capital. Gris, asfalto, cemento. No hay blanco, mar, tiempo. Los escaparates invitando al consumismo. Un vestido negro que me dice «tal vez». Entro y le respondo «sí». Esta noche me emborracharé en ti.

Se pasa el día. Vuelvo en metro a mi hogar. Las parejas se abrazan en el andén y tú que ya no estás.

Deshago la maleta y ordeno mi ropa en el armario. Me sobra la mitad del espacio. Son las ocho. Entro corriendo en la ducha, canto fuerte. Me pongo el vestido y seco mi pelo largo y lacio. Me maquillo estos ojos verdes en los que te sumergías y que solían sostener tu caída.

Suena el interfono. Carolina.

—Tíaaa.

Me abraza fuerte. Sigo necesitándote.

—Joder, estás buenísima. ¿Y ese vestido?

—Me lo ha regalado Madrid.

—Estaba preocupada. Ya me veía quemando alguna sudadera vieja. —Se ríe—. Bueno, qué. ¿Ya estás?

—Sí, supongo.

—¡Pues vámonos! Que se prepare la ciudad, ¡Alicia está aquí!

Cojo las llaves, el móvil, el monedero y la dignidad. Espero no perder nada esta noche.

Carolina ha reservado mesa en un restaurante vegetariano del centro. Cenamos con vino blanco. Hablamos del futuro, de su viaje a África, del chico que le come el coño muy bien y de su gato, que saltó por la ventana. Mira el móvil, sonríe con frecuencia.

—¿Quién te escribe tanto?

—Alejandro.

Esos ojos. La sonrisa. El amor.

Paga Carolina tras pelearnos por la cuenta. El primer bar. Bebemos un par de tercios. Aquí lo llaman así, «tercio». Música comercial. Pedimos dos más. Nos vamos. Entramos en otro garito. Misma rutina, misma necesidad: la de olvidar. A Carolina se le cierran los ojos. Yo me tropiezo a menudo. Pero el presente vibra aquí y unos chicos nos invitan a un chupito de tequila con limón y sal. Hablo con uno de ellos. Veo a Carolina detrás de él gesticulando como si se comiera una polla invisible. Bailo con Jorge, un ingeniero informático de Salamanca con ojos negros y pelo oscuro. Me roza la cintura. Qué raro es esto.

Un chupito más. Limón y sal.

Aúllo cuando ponen esa canción de Beyoncé que tanto me alucina. Saltamos en grupo, aunque Carolina ya no está. La veo liándose con un chico. Sí, es Alejandro. Miro a Jorge. ¿Va a ser esta noche? ¿Con él? La verdad es que me pone bastante, no me importaría. Déjate llevar, Alicia.

No sé cuántas cervezas, chupitos y cubatas huérfanos me he bebido, pero estoy borracha. Veo a Carolina borrosa, apoyada en la pared con ese tipo alto y guapo. Su coleta rubia está despeinada. Sus ojos, entreabiertos. Jorge me coge por la cintura. Las luces estroboscópicas. El mundo en diagonal. Suena Vetusta Morla y la gente se vuelve loca. Me empujan por detrás. Todo da vueltas y no tengo a nadie en quien confiar. Diego no está.

Me mareo. Mucho. Joder, voy a vomitar.

Entro en el baño empujando a las masas que se interponen en mi camino. Espero llegar a tiempo. Paso por delante de un espejo abarrotado de gente. Me sorprendo de lo poco que aguanta esta máscara de pestañas. Parezco un mapache. Alicia, vomitar. Ah, sí, es verdad. Los baños están ocupados y yo con esta necesidad, la de expulsar. Hay una puerta entreabierta. La abro de par en par. Pero qué... Veo a una tía meando y a otra sujetándole las tetas. No entiendo nada.

—No es lo que parece —me dice la rubia, la que sujeta.

Típica frase que refuerza mi teoría sobre la situación. Me disculpo y salgo. Sudor frío. Necesito entrar.

Las dos chicas salen rápido. Una es muy blanca, rubia,

con ojos azules. Pelo liso por debajo del pecho. Lleva un *septum* étnico. Una camiseta noventera y unos tejanos ajustados evidencian un cuerpo atlético. Va en zapatillas. Qué suerte la suya.

La otra es negra, con muchas curvas. Tetas enormes, culo grande. Tiene volumen en esas zonas no normativas que la sociedad insiste en recortar. Barriga, muslos, brazos. Es morena, con el pelo afro; lo lleva recogido en una coleta. No va maquillada. Viste un mono con la espalda al descubierto. Intuyo que no utiliza sujetador.

—Ey, ¿te encuentras bien?

Las empujo y entro a vomitar. Una de ellas, no sé cuál, me sujeta el pelo. La otra se queda en la puerta espantando a los *voyeurs* que se paran a mirar.

—¿Qué miras? ¿Acaso nunca te has emborrachado o qué? —grita la chica.

Agradezco en lo más profundo de mi ser que estén aquí. Mi cuerpo expulsa el alcohol y la cena. Siento un asco inmenso. Yo solo quería olvidar. A Diego. Montgat. Silenciar esa voz de mi mente que de forma constante busca algo que ya no está. Al corazón que cuestiona la realidad. Miro la obra de arte que acabo de plasmar en el váter. La chica tira de la cadena y los tropezones de seitán se pierden en las profundidades del agujero, empujados por varios litros de agua. Menuda metáfora de la vida; aquí, entre el tequila y el qué dirán.

Escucho música a lo lejos. Me siento en el suelo, meado y pegajoso. Pienso en el vestido nuevo. Lo siento, pero no puedo con mi cuerpo.

—¿Estás mejor? —me dice la rubia.

—Has echado tu vida por la boca, amiga —comenta la morena.

No puedo hablar. La lengua me pesa. Hago un esfuerzo.

—*Ssshí*, estoy mejor. Perdonad, eh, que *eshtabáis* ahí en pleno...

—¡¿Qué?! —gritan.

Se miran y sueltan una carcajada.

—No. Es que me tengo que quitar el mono para poder mear y llevo pezoneras y con el sudor se me resbalan, así que le he pedido el favor a esta chica tan maja —explica la morena.

—Sí, el favor de sujetarle las tetas para que las pezoneras no se le cayeran —grita la rubia.

—Yo sola no podía, joder. Me tenía que apoyar en la pared mientras cogía el mono para que no se manchara de pis. Está el suelo como para...

Como para sentarse en él. Ya lo sé.

—O sea, que le has aguantado las tetas a una desconocida —balbuceo.

—Sí. Es una de esas cosas que le contaré a mis nietos algún día —dice la rubia.

—Sin duda, lo mejor de la noche —cuenta la morena.

—Pues sí, vaya mierda de fiesta. Mi amiga se está liando con un tío, así que yo, además de tetas, estoy sujetando velas.

Nos reímos.

—Ya, a mí me pasa igual. He perdido a mis compañeros de universidad. Vine a mear antes de pirarme a casa.

—¿Ya te vas?

—No tardaré mucho, aunque no me apetece. Para una vez que me dejan salir, ¡quería darlo todo! —añade la morena.

—¿Perdona? ¿Qué edad tienes? —se sorprende la rubia.

—Veinticuatro.

—¿Y tienes que pedir permiso para salir?

—Bueno, mis padres no son muy modernos, más bien al contrario. ¿Cuántos años tenéis vosotras?

—Veintidós —dice la rubia.

—Veintiséis —respondo.

Miro el panorama, ajena a él. Las dos apoyadas en el marco de una puerta sin pestillo y yo tirada en el suelo rodeada de papel higiénico, tampones usados y el resultado de la falta de puntería de algunos coños. La boca me huele fatal. Siento el sabor ácido del olvido. Limón y sal. Vaya tela, Alicia. Primera noche en Madrid. Maldita soledad.

—¿Qué tal te encuentras?

—¿Eh? ¡Ah! Bien. Mejor, gracias.

—Genial.

—Gracias por cuidarme, tías. Sigo mareada, pero ya se me pasará.

—Vas a flipar con la resaca mañana, amiga.

—No me lo recuerdes.

—Oye, a todo esto, ¿cómo os llamáis? —dice la rubia.

—Soy Diana —responde la morena.

—Alicia. ¿Y tú? —pregunto.

—Emily. ¿De dónde sois?

—Situación complicada. Nací en Suecia pero he vivido en diferentes países. Hace unos meses que estoy en Madrid y ojalá no tenga que moverme más —cuenta Diana, la morena.

—¿Y eso?

—Mi padre es diplomático. Pero, vaya, nada interesante. ¿Y vosotras? ¿Sois madrileñas?

—¡Qué va! Soy americana.

No sé por qué coño las personas estadounidenses tienen que decir que son americanas, como si todo el continente se redujera a su país.

—¡Qué dices! Pero si no tienes acento —grita Diana.

—Ya, bueno, mi madre es española. Soy bilingüe.

—Menuda suerte —balbuceo.

—¿Y has venido con tus padres? —dice Diana.

—No, no. Estoy sola.

—¿Estudiando?

—No. Trabajo en una cafetería. Año sabático, digamos.

Emily se pone un poco triste. Su energía arrolladora se calma y la chica se pone introspectiva durante unos segundos. El dolor de algo que no quiere contar a dos desconocidas.

—Yo soy catalana. Ayer lo dejé con mi chico, con el que llevaba cinco años de relación, y aquí estoy, viviendo en Madrid.

Mi dolor, sin embargo, sale fácil. Será el tequila, las cervezas, el vino, aquel ron... ¿o era whisky?

—Tía, ¿qué dices? ¿Qué pasó? ¿Puedo preguntar? —dice la versión desbocada de Emily.

—Claro, preguntar puedes. Otra cosa es que quieras escuchar la chapa que voy a soltar.

Se ríen.

—Venga. Cojo palomitas —suelta Diana.

—¿Sabéis cuando de repente os dais cuenta de que vuestra vida está sumida en una rutina más predecible, aburrida y estable? Llevaba cinco años con Diego, un tipo monísimo, el típico que le presentarías a tu familia como una joya cedida por el universo.

Ambas asienten con la cabeza. Prosigo con mi discurso.

—Teníamos un sueño común brutal: dar la vuelta al mundo juntos. Él es fotógrafo y yo, escritora. Era ideal, coño. Los dos trabajando para revistas, escribiendo un libro quizá. Era nuestro sueño desde que nos conocimos, pero lo hemos ido dejando y dejando y dejando hasta que se ha convertido en nada.

Me escuchan atentas. Calladas.

—Y no sé... El otro día estábamos follando y no me ponía, al contrario. Otra vez abierta de piernas, cumpliendo con lo que se espera de una relación. A mí me gusta follar, pero era todo tan previsible... Un polvo que se repetía una y otra vez.

Una. Y otra. Y otra. Y otra. Y otra. Y otra. Y otra. Y otra. Y otra vez.

—Esa noche discutimos y se fue a la habitación, cabreado. Yo entré en Facebook para acallar la mente. Vi que una clienta alquilaba un piso, le pregunté si podía quedármelo y me dijo que sí. Así que ayer cogí el coche y, después de más de seiscientos kilómetros, aquí estoy.

—¿Y cómo estás? —pregunta Diana.

—No lo sé, aún no me lo creo, ¿sabéis? Me parece irreal, algo temporal, como si en cualquier momento me fuera a despertar y estuviese allí, a su lado. Vuelta a empezar.

—Pues tía, te aseguro que es muy real —dice Emily.

—Supongo.

—¿Sabes algo de él?

—Nada.

—Normal.

—Supongo.

—¿Y conoces a alguien en Madrid? —dice Diana.

Suspiro.

—A Carolina, mi clienta. A nadie más.

—Y a nosotras. —Sonríe Emily.

Y a vosotras, un par de tías a las que me he encontrado en el baño de un garito cutre mientras una meaba y la otra le aguantaba las tetas.

—Tampoco es que tenga muchas amigas.

Solo necesito un segundo para percatarme de lo triste que es mi vida.

—Qué deprimente, chicas. Perdonad —me disculpo.

—Qué dices, tía. Yo hace poco que estoy en Madrid, pero te puedo presentar a gente para salir. En esta ciudad nunca estás sola —dice Emily.

—Yo tengo a mis compañeros de universidad y poco más.

—Gracias. —Sonrío.

—¡¿Ves?! No estás sola. Además, lo bueno de estar soltera es que podrás zorrear al máximo —añade Emily.

—¿Zorrear? —pregunto.

—¡Sí, tía! Conocer a un tío una noche, bailar con él, liarte en medio de la discoteca..., ya sabes.

—Hace tanto que no hago eso... No me acuerdo ni de cómo se hacía —digo.

—Pues yo soy una profesional.

No sé ni qué hora es. Si ha amanecido o si la noche cubre todavía la ciudad. Estoy cómoda, a pesar del olor a pis y del suelo pegajoso. Son ellas, lo hacen fácil. Y puedo olvidar, por fin. Intento levantarme. Diana me ayuda. Me limpia el vestido y me lleva al lavabo. Lavo mis manos.

—Tías, podíamos quedar un día para tomar unas cervezas o algo —propone Emily.

—Pero sin tequila —añado.

—Sin tequila.

—Esperad, dadme vuestros números de teléfono y hago un grupo, ¿os parece?

—Apunta.

Emily coge su móvil. Yo cojo el mío. Joder, las seis. La música se para. Salimos del baño. Las luces están encendidas y la sala, llena de zombis. La gente mira a su alrededor. Sí, ese es el momento en el que descubren con quién se estaban liando. Y huyen. Lejos.

Carolina no está. Jorge tampoco. Siento cierto alivio.

Al menos en mi mente. Mi coño se cabrea un poco. Normal. Pero después pienso en ese verbo. «Zorrear.» Quizá pronto.

Salimos a la calle. Nos despedimos con un abrazo.

—¡Nos vemos pronto! —grita Emily.

—Ha sido un placer, chicas. Qué bien. —Sonríe Diana.

Me subo a un taxi y leo la dirección de mi nuevo hogar que he apuntado en una nota. Te acostumbrarás.

Abro la puerta de casa con cierta dificultad. Pienso en los vecinos. Y en la resaca de mañana. Dejo el bolso tirado en el sofá. Me desmaquillo y me lavo los dientes con una automaticidad que me sorprende. Me quito el vestido meado y vomitado. Debería ducharme, pero... bah. Cojo el móvil. Tengo muchos mensajes de WhatsApp. Emily acaba de crear el grupo. Leo el nombre:

«ZORRAS🦊».

VIII

Primer orgasmo en Madrid

Son las cuatro de la tarde. ¿Dónde estoy? Ah, ya, Madrid. Otra vez igual que ayer.

Levanto este cuerpo tan pesado. Mover más de doscientos músculos para caminar da cierta pereza. Tengo la boca seca, voy a por un vaso de agua. La habitación da vueltas, creo que sigo borracha. Me estalla la cabeza. El puto tequila. Nunca más. Ya, claro, Alicia, hasta la próxima vez. Me tomo un antiinflamatorio y abro la nevera. Está vacía. Es domingo. Pido comida china a domicilio. Lo bueno de levantarse a estas horas es que comes y meriendas a un tiempo.

Saboreo los tallarines fritos y veo una serie que me tiene enganchadísima. La tarde se presenta bien, en soledad. Pienso en lo bueno que estaba Jorge. ¿Lo comería bien?

Carolina me llama al móvil. Me cuenta su polvo de ayer con detalles. Quizá no es necesario. Siento cierta envidia. Las dos chicas siguen escribiendo en el nuevo grupo de WhatsApp. Doy señales de vida, ya toca. ¿Tengo amigas en Madrid? ¿Así de rápido? ¿Tan fácil? Suspiro. Sonrío. Apoyo mi cuello en el sofá y miro al techo. No hay manchas de humedad. Qué alivio.

El aburrimiento se adueña del ambiente y lo que antes me entretenía, ahora me distrae. Entro en Twitter. Río a carcajadas con algunos memes, me tenso al leer una noticia sobre desahucios. Otra sobre una violación. Asco de sociedad, joder. Leo un hilo sobre animales extraños y me quedo fascinada al ver la cantidad de *haters* que tiene una *influencer*. En realidad, tienen razón. Más memes, más noticias, más hilos sin importancia.

De pronto, mi corazón se acelera al ver un vídeo de dos minutos, no más. Una tía le come las tetas a otra. Las lame, las toca. Se miran con ese deseo fingido que parece real. Y mi coño hace pam, pam. Ahí está. Me quedo embobada. Se están quitando la ropa lentamente. Una le besa el abdomen a la otra y va bajando poco a poco. Saca la lengua y la mira. La otra se abre de par en par, exponiéndose entera, sin miedos. Justo cuando va a empezar a lamerle, se acaba el vídeo. Me cago en mi vida. Entro en esa cuenta. Hay cientos de escenas. Justo la primera es la continuación de la trama. Sigo, pero esta vez cojo el móvil con la mano izquierda y meto la derecha por dentro del pijama. Mi pijama de Hello Kitty. Porno *millennial*. Estoy mojada. Bastante. Mi clítoris está palpitando. Jorge hizo la mitad del trabajo ayer. *Play*.

La tía le lame el coño, suave. La cámara se acerca. Esos ojos azules se clavan en el horizonte y vuelve a pasar su lengua. Una vez más. La otra chica gime bajito, contrae el abdomen. Qué bien lo come. Me humedezco más. Apoyo mis dedos encima del clítoris y los muevo en círculos. Estoy cachonda. Mataría porque alguien me comiese el coño de esa manera. ¿Será cierto que las tías lo hacen mejor?

Introduce un dedo; yo, otro y sigo acariciando mi clítoris con la palma de mi mano. Mi interior está hinchado. Abro al máximo las piernas, dejo el móvil a un lado. Lanzo el pantalón a la esquina del comedor. Continúo viendo la escena. Permanece en pantalla esa comida de bajos tan cuidadosa y esta vez lo veo con detalles. Los pliegues de los labios. La saliva. El hilo que conecta la boca de una con los fluidos de la otra. Miro hacia abajo. Ahí están los míos. Me abro más. Escucho los gemidos que se transforman en gritos. Subo el volumen en un acto de liberación. No pongo ningún tipo de resistencia; el placer me empapa, sí, más. Quiero gemir y jadear. Mover mi pelvis descontroladamente. Resuello, cierro los ojos y frunzo el ceño.

Paso al siguiente vídeo. Tres tías comiéndose el coño entre ellas. Están en una fiesta, es algo más *amateur*. La calidad es mala, está grabado con un móvil. Pero parece real y eso hace que me excite más. Fantaseo con ser una de ellas. Estar ahí, saboreando y dejándome saborear. Acariciar un clítoris con mi lengua mientras estoy a punto de correrme. Acelero el ritmo de mis dedos. No paro de lubricar. Veo cómo una de ellas está orgasmando como una loca. Las demás se ríen, victoriosas.

Voy a explotar.

Mi agitada respiración rebota por el comedor. Que se jodan los vecinos. Estoy en Madrid, en mi casa. Meto mis dedos con rapidez y fantaseo con ser follada en ese instante. Y ellas que no están. La mano derecha adquiere un ritmo frenético y circular. No puedo más. Ellas gimen. Yo jadeo. Se están corriendo delante de mí y yo, en la distancia, delante de ellas. Me da morbo. El placer invade mi cuerpo. Ahí llega, la descarga. Un orgasmo que despega mi espalda del sofá. No respiro. Cierro los ojos. Esa sensación, esa droga. Un instante de paz comprimido en unos pocos segundos y luego... ya.

Mis manos se quedan quietas. Están húmedas debido a mi corrida. Suspiro. Dios, necesitaba esto. Lamo mis dedos, noto el sabor ácido. Cierro Twitter. Miro al techo, una vez más. Pienso en cómo he fantaseado con esa escena, con ese trío. Me he imaginado allí, entre ellas. Qué extraño y qué nuevo. Lo es, Alicia. Primera vez que te planteas algo así. ¿Será Madrid?

Absorta en mis pensamientos, me analizo. Y bien, quién eres.

IX

«El club de la lucha»

Al fin, martes. Tenía ganas de que llegaras para verlas a ellas. Hemos quedado a las nueve para cenar en mi casa. Estoy nerviosa, emocionada.

Aprovecho el día para planificar la próxima publicación de Carolina. Ayer quedé con ella y estuvimos más de tres horas hablando de su viaje, de la experiencia y del contenido del futuro libro.

Recopilo las fotos de Carolina en Tanzania para narrar su viaje espiritual. Qué superfluo todo. La falsa superioridad, los *likes* en Instagram con fotos de niños negros (importante si quieres quedar como la salvadora blanca), menores. No creo que haga lo mismo cuando viaja a Inglaterra. Qué hipocresía.

Me he pasado el día delante del ordenador. Mis ojos se resienten. Son las siete. Aprovecho para darme una ducha y adecentar la casa. Voy a cocinar unas hamburguesas vegetarianas, mi especialidad. Qué ganas.

Suena el interfono. Abro la puerta y ahí están. Diana con el pelo recogido y una sudadera que cubre casi todo su cuerpo. Emily peleándose con su melena, que se rebela de forma constante. Lleva zapatillas, tejanos y una chaqueta. Y yo, con mi ropa vieja, que huele a mar. Me pregunto a qué olerá mi hogar.

—Tía, ¡qué ganas tenía de verte! —Emily me abraza con efusividad.

—Qué guapa estás. ¿Ya recuperada? —dice Diana.

—Por suerte sí. Pero el domingo fue mortal.

Pienso en cómo me masturbé esa tarde. Intento apartar el pensamiento.

—Mmm..., qué bien huele. ¿Qué es?

—Hamburguesas de lentejas. ¿Queréis comer ya?

—¿Abrimos el vino primero? —propone Emily.

Asentimos sin dudar. Cojo tres copas de vino y charlamos sobre los exámenes de Diana, su decepción con la carrera de empresariales y su incesante búsqueda de la creatividad. Habla de forma calmada y controlada, acaricia cada palabra con los labios, pero en su interior se está rebelando. Una fiera salvaje convertida en una gatita doméstica.

—Perdonad, chicas. Parece que hoy me toca a mí contar mis dramas. ¿Cenamos? —se interrumpe.

Comemos en la mesa de centro debido a la escasez de mobiliario. A ellas no les importa, al contrario. Seguimos bebiendo, conversando y disfrutando de la noche madrileña que se cuela por la ventana.

—¡Tías! Podemos ver una película. ¿Habéis visto *El club de la lucha*? —pregunta Emily.

—No —responde Diana.

—¿Os apetece?

Pienso en Diego y en las veces que me insistió para que la viese con él. Siempre le dije que no y ahora a ellas les digo que sí. Lleno un bol de palomitas. Apago las luces. *El club de la lucha*. Vamos allá.

La película es intensa, un alegato a la libertad. Justo lo que necesito. Emily mueve los labios con determinadas frases. No sé cuántas veces habrá visto la película, pero ha memorizado los diálogos.

«Solo cuando perdemos todo, somos libres de hacer lo que queramos.» Diego. Montgat. Mi antigua casa. La humedad. La tristeza que condensa el ambiente. Aquella extraña mancha en el techo que me pregunta «A dónde vas, Alicia». Tu voz contando mis pecas. La distancia del bienestar. Rutina. Más rutina. Lo que un día tuve y decidí que ya no más. Que me largaba. Que vivir no era solo respirar. Un portazo. Madrid. La libertad. Masturbarme en el sofá, el mismo que acoge a estas dos mujeres que me encontré en un bar. Fantasear con estar entre dos tías y estremecerme. Algo en mí ha cambiado, aunque no sé qué. Quién. Quién soy. Esa pregunta. ¿La responderé algún día? «Somos la mierda cantante y danzante del mundo.» Y yo sin saber.

¿Y si para saber quién soy tengo que experimentar? Dejarme llevar, empezar respondiendo al cómo para poder responder al quién. Cuántas locuras he hecho en mi vida. «No quiero morir sin tener cicatrices.» Mi mente sigue pensando en ello. La única locura de verdad ha sido venir a Madrid. Sí, ya está. «Moría cada noche. Y cada noche volvía a nacer. Resucitaba.» Primero debo morir.

Una sensación de efimeridad se apodera de mí. Emily aplaude fuerte. Leo los créditos sin prestar atención.

—¿Os ha gustado?

—Me ha encantado —comenta Diana.

—Tiene algunas frases que te dejan en *shock* —añado.

—Sí, sin duda. Es una de mis películas favoritas. Cada vez que alguien me dice que no la ha visto, me siento en la obligación de recomendársela. Dice tantas cosas... ¡Me encanta, joder!

—Es brutal.

—Siempre he fantaseado con pertenecer a un club como

ese en el que poder ser yo misma, hacer lo que me salga del coño con mi vida. ¿Sabéis a lo que me refiero?

No, pero sí.

—Ser otra persona, ¿verdad?

—Sí, exacto. No sé, no pensar demasiado las cosas y probar. Siento que estoy perdiendo mi juventud, tías. Seguro que nuestros padres se lo pasaban mejor.

—Bueno, los tuyos —matiza Diana.

—Y los tuyos —dice Emily.

—Ni de coña, son demasiado conservadores. Están obsesionados con el qué dirán y con los planes de futuro.

—Ya, pero follarán y se emborracharán como todos —suelta Emily.

Mis padres follan. Eso seguro.

—Creo que tenemos que redistribuir la energía sexual del planeta y equilibrar el mundo. Hay tanta gente que no ha tenido ni un orgasmo..., ¡joder! Ni un orgasmo, tías, ¿os lo podéis creer? —añade Emily.

—Siempre pienso en lo que se pierden. Correrse es una droga muy adictiva. —Me río.

Diana no dice nada. La miramos. Sospecho. Se inquieta un poco. ¿En serio? ¿Nunca? ¿A tu edad?

—Yo no he tenido ningún orgasmo.

Me hago la sorprendida.

—¿Por qué? ¿No te masturbas? —pregunta Emily.

—No.

—Tía, ¿es broma?

Diana se siente un poco incómoda. Interrumpo la conversación. No quiero quedarme sin amigas tan pronto. Para dos que tengo...

—No pasa nada, Diana. Es normal. Si tus padres son conservadores, seguro que has tenido una educación muy estricta.

—Sí. Son muy religiosos y me han enseñado que eso está mal.

—Pero ¿alguna vez lo has intentado?

—Alguna, pero me siento culpable y paro. Nunca he hablado de esto con nadie. Qué vergüenza, chicas.

—Ey, nada de qué avergonzarse. Estamos aquí.

Emily se levanta de un salto como si el mismo universo la poseyera en ese instante. Tiene una expresión de grandeza en la cara, desconozco el motivo. Diana y yo la miramos un tanto desconcertadas. ¿Nos hemos perdido algo? La energía de Emily es arrolladora, creo que la podría sentir a kilómetros. Se queda de pie, frente al sofá. Alarga un poco el misterio y suelta las tres palabras:

—Tengo una idea.

Me da miedo preguntar. A Diana también. Nos quedamos calladas. Emily se queda inmóvil y expectante. Pasan unos segundos que parecen eternos. Hay tensión. Nadie emite ni un sonido. Vale, seré yo.

—¿Qué?

Respira profundamente. Se le escapa media sonrisa pícara. Ay.

—¿No os dais cuenta de que las tres estamos en la misma situación? Somos jóvenes, desconocidas en la capital, sin amigos y con ganas de fluir. Nos han dicho qué cosas están bien y cuáles están mal, pero nunca hemos vivido esas cosas como para decidir eso por nosotras mismas. Yo quiero experimentarlo todo.

Yo también.

—Quiero saber quién soy a través de las vivencias. Quiero dejarme llevar durante una noche de borrachera y probar. Colarme en una fiesta privada o que me aten y me azoten fuerte.

¿Perdón?

—Quiero probar las drogas. Levantarme con cien personas alrededor.

Esto se pone interesante.

—Comerle el coño a una tía, ¡no sé! Vestirme como una zorra y salir a reventar la ciudad. Probar a ser mil yoes y escoger finalmente a uno; al de verdad.

Silencio.

—¿Vosotras no queréis lo mismo? —pregunta.

Diana y yo nos miramos. Sus ojos negros son tan impactantes que me desconcentran durante un momento. Se le escapa una lágrima. Qué significa. Sonríe. Felicidad o libertad. Libertad. Sonrío con ella. No estás sola, Diana. Somos muchas las que nos sentimos culpables, las que cuestionamos nuestra sexualidad, pero te juro que no te morirás sin tener un orgasmo.

Miramos a Emily. Asentimos al compás. Ella sonríe. La maldad se apodera de todas.

—¿Y ahora? —pregunto.

Emily salta victoriosa. Para. Carraspea un poco. Se aclara la voz. Allá va.

X

Las ocho reglas

Jamás pensé que este martes terminaría así. Qué coño, jamás imaginé que mi vida daría un giro tan radical.

—Hagamos un club.

—¿Un club?

—Un club para vivir experiencias juntas.

—¿Qué tipo de experiencias?

—Aquellas que siempre hayamos querido vivir.

—¿Hablamos de sexo? —pregunta Diana con cierto miedo.

—¡Hablamos de todo! Cumplir fantasías sexuales, sí. Romper con los estereotipos, dejarnos llevar, hacer locuras, tías.

Diana y yo nos quedamos petrificadas. El sofá nos absorbe. Qué decir. No lo sé.

—¿Qué os parece? ¿Estáis dentro?

¿Esto va en serio? Parece que sí. Emily está comprometida con la idea y espera una respuesta. Diana sigue reflexiva. ¿Y yo? ¿Estoy dispuesta? Sí, he venido a jugar. Total, no tengo nada que perder.

—Estoy dentro.

—¿En serio?

—¡Aaah! —grita Emily mientras salta.

En mi interior se instala el mismo runrún que noté en el

coche camino de Madrid. Es como si fuera a explotar de un momento a otro. No lo puedo contener. Se me acelera el pulso. Menuda gilipollez. Estoy nerviosa.

Esperamos la respuesta de Diana. Percibo la dicotomía entre su alma y su mente. Entre lo que pide una y lo que niega la otra. Pero ¿y el cuerpo, Diana? ¿Qué te pide el cuerpo?

—No estoy muy segura de esto, chicas.

—¿Por qué?

—¿Y si me pillan mis padres? Dios, no quiero ni pensarlo. Si les tengo que pedir permiso cada vez que salgo de fiesta.

—Diana, ¿qué sientes? Mira en tu interior, ¿qué te gustaría hacer? —le insisto.

—¿A mí?

—Sí.

—Aceptar.

—¿Entonces?

—Ya, pero, mis padres...

—Ellos tienen su vida.

—Me pillarán.

—No si les dices que tienes una fiesta de pijama con tus amigas —añade Emily.

—¿Cada semana?

—Cada semana. Ya buscaremos excusas.

—No sé, joder. Me siento fatal.

—Escúchate. ¿Qué quieres?

Escucho el tictac de un reloj perdido en algún rincón del piso.

—Necesito saber quién soy.

—Sí.

—Necesito salir, vivir... Dejar de mudarme una y otra vez. Tener vida propia.

—Bien dicho. ¿Qué más?

—Tener un orgasmo.

—Claro que sí.

Emily la mira con sus ojos azules muy abiertos. Da un poco de miedo. Diana se acomoda en el sofá. Arquea su espalda, estira el cuello hacia un lado. Un crujido fuerte. ¿Eso es sano para las cervicales? Nos mira. Espira resignada.

—Vale.

—Vale, ¿qué?

—A la mierda. Estoy dentro.

Gritamos como locas. Los vecinos. Bah, qué más da. Nos abrazamos fuerte. Benditas locuras. La euforia se alarga unos segundos. Si el mundo se acabara en ese instante, qué más daría. Por fin me siento viva. Más viva que nunca.

—¿Y ahora qué? —interrumpo.

—En *El club de la lucha* tienen ocho reglas, ¿no? Pues yo creo que nosotras también deberíamos tener las nuestras —dice Emily.

Buena idea.

—¿Vemos de nuevo la película o las buscamos en internet? —pregunto.

—¡Qué dices! Me las sé de memoria. Coge papel y boli —ordena Emily.

—¿No lo podemos apuntar en el móvil y ya?

—No, tía. Tenemos que firmar, es nuestro club.

—No sé si tengo papel y boli, chicas —comento.

—¡Ah! Yo tengo una libreta, espera.

Diana se levanta, saca una libreta de su bolso, arranca una hoja y coge un bolígrafo. Se apoya en la mesa de centro, lista para anotar las ocho normas. ¿Esto va en serio? Parece que sí.

—Vamos allá. La primera norma dice algo así como: «Nadie habla sobre el club de la lucha».

—A mí me parece bien dejarla así. No podemos hablar sobre la existencia de nuestro club. ¿Os parece? —pregunto.

—Hecho.

—La segunda es: «Ningún miembro habla sobre el club de la lucha».

—Pero... esta es igual que la anterior —comenta Diana.

—En realidad, esta se refiere a nosotras y la anterior, a los demás.

—Pero ¿cómo van a hablar los demás del club si no saben que existe? No me cuadra.

—Diana tiene razón. ¿Qué hacemos?

—Bueno, cambiemos entonces la primera por esta: «Ninguna de nosotras habla sobre el club». Y punto.

—¿Llevamos una? —Me siento perdida.

—Sí.

—La tercera es: «La pelea termina cuando uno de los contendientes grita "Basta", desfallece o hace una señal». Vamos a adaptarla.

—Sí, mejor.

—Sería algo así como: «La experiencia termina cuando una de las contendientes grita "Basta", desfallece o hace una señal».

—¿Desfallece? Eso me da mal rollo. ¿Vamos a desfallecer en algún momento?

—Diana, cuando te corras por primera vez me lo cuentas. Nos reímos.

—Una vez leí que en el sado se tiene una palabra de seguridad un poco *random* para evitar decir «Basta», «Para» u otras palabras que pueden formar parte de la práctica, ¿entendéis? —añado.

—¿Y qué palabra podemos usar?

—No sé...

Miro la mesa.

—¿Palomitas?

—Vale. Entonces, quedaría: «La experiencia termina cuando una de las contendientes grita "Palomitas", desfallece o hace una señal».

—¿Y cuál es la señal? —pregunta Diana.

—Claro, tiene que ser un gesto que se adapte a las circunstancias.

—¿Dos palmadas?

—Pero eso se puede confundir con el sonido de los azotes —dice Emily.

Esta conversación es la más extraña que he tenido en mi vida. De momento.

—O con un aplauso irónico.

—Vale, pensemos otra.

Silencio.

—¿Y si hacemos un aleteo? —dice Diana.

—Perfecto. Apunta entonces.

—Hecho.

—La cuarta norma en la película: «Solo dos hombres por pelea». Esta no nos sirve demasiado, ¡ja, ja, ja!

—¿Esta sería nuestra tercera? —pregunto.

—Sí.

—Pues podríamos poner algo así como: «Se necesita el consentimiento de las tres para aceptar una experiencia». Así hacemos de filtro las unas de las otras.

—¡Buena idea, Diana! Apunta.

—La siguiente: «Solo una pelea cada vez».

—«Solo se puede vivir una experiencia por día.» ¿Os parece?

—Vale.

—«Se peleará sin camisa y sin zapatos.»

—¡Ya lo tengo! —grito.

—Di.

—«Las experiencias se vivirán siempre con preservativo.»

—Y con ropa sexy. Ese será nuestro uniforme —suelta Emily.

Me va a salir cara la broma.

—¿Siguiente?

—«Cada pelea durará el tiempo que sea necesario.» Esta me gusta. «Cada experiencia durará el tiempo que sea necesario para vivirla.» ¿La dejamos así?

—¡Sí! *Next.* —Diana está animada.

—La última norma en la película es: «Si esta es tu primera noche en el club de la lucha, tienes que pelear».

El ambiente está cargado. Abro otra botella de vino en busca de inspiración.

—Yo esta no la pondría. Tal vez...: «Todos los miembros deben cumplir tres fantasías sexuales que compartirán con el club».

—No entiendo —comenta Emily.

—Podríamos poner en el contrato tres fantasías sexuales de cada una y cumplirlas.

—¿Y si no me gustan las tuyas? —pregunta Diana.

—No las hagas. ¡Soy yo quien debe realizarlas!

—Vale, chicas. Entonces: «Para entrar en el club debes compartir tres fantasías sexuales de obligado cumplimiento».

—Me parece bien, aunque eso nos separa un poco. Cada una podría cumplirlas por su cuenta.

—Es cierto.

—Establezcamos una última norma: «Si una va a cumplir una fantasía, las demás deberán acompañarla al encuentro, aunque no vayan a participar».

—Apuntado.

Repasamos las normas. Una a una cogemos el boli y firmamos. Es una promesa. La promesa de adentrarnos en mundos hasta ahora desconocidos. Es emocionante.

Cruzamos las miradas. A lo lejos se escucha Madrid. Restos de la cena y copas vacías reinan en la mesa de centro en la que acabamos de firmar el contrato.

—Deberíamos ponerle un nombre al club —dice Diana.

—¡Lo tengo! —grito.

Me levanto para teatralizar el momento.

—Queridas, acabáis de firmar el pacto que nos une para vivir todas las experiencias nuevas que surjan. Es un pacto de amistad, de juventud, de vivencias, de sexo, de amor y, sobre todo, de libertad. Aquí y ahora, os doy la bienvenida a este club...

Me callo durante unos segundos. Los ojos negros de Diana están muy abiertos. Emily se agita, nerviosa.

—El Club de las Zorras.

LAS REGLAS DEL CLUB DE LAS ZORRAS

1. Ninguna de nosotras habla sobre el club.
2. La experiencia termina cuando una de las contendientes grita «Palomitas», desfallece o hace una señal (un aleteo).
3. Se necesita el consentimiento de las tres para aceptar una experiencia.
4. Solo se puede vivir una experiencia por día.
5. Las experiencias se vivirán siempre con preservativo y ropa sexy.
6. Cada experiencia durará el tiempo que sea necesario para vivirla.
7. Para entrar en el club debes compartir tres fantasías sexuales de obligado cumplimiento.
8. Si una va a cumplir una fantasía, las demás deberán acompañarla al encuentro, aunque no vayan a participar.

XI

Tres

A dónde nos llevará esto. No lo sé, pero Madrid me ha hecho el regalo más anhelado desde hace años: la amistad. Y de la forma más estúpida. En un baño. Vomitando. Ellas y yo. Las tres mosqueteras dispuestas a cambiar el curso de nuestras vidas, cansadas de perpetuar los roles y de las falsas promesas. Hoy, aquí, ahora, hemos dicho basta. Un poco borrachas. Vale, muy borrachas.

No hay excusas. No hay marcha atrás. A lo largo de la vida somos diferentes personas. Evolucionamos. Y ahora nos toca ser unas zorras.

El contrato firmado reposa encima de la mesa y nosotras, novatas en esto de consolidar un club, desconocemos cuál es el siguiente paso. Repasamos las normas y nos percatamos de que hemos olvidado algo importante.

—Chicas, faltan nuestras fantasías —comento.

—¡Mierda! Es verdad. ¿Las tenéis claras? —añade Emily.

—Más o menos.

—¿Vamos a por ello?

—Vale.

—¿Quién empieza?

Tres, Alicia. Tres fantasías. ¿Acaso sé cuáles? ¿Alguna vez me lo he planteado? Estaba viviendo con el piloto automático puesto y, de golpe, tengo que plantearme qué quiero hacer con mi sexualidad. Y tengo que decidirlo esta noche, con ellas delante.

—¡Venga! Empiezo yo —dice Emily.

La escuchamos con atención y con cierto morbo. Parece que el vino hace su trabajo.

—Me gustaría probar el MDMA, participar en una orgía y follar en un club de intercambio.

—¿Qué tipo de intercambio? —pregunta Diana.

—Tía, ¿qué intercambio va a ser? De parejas.

—¿Y qué se hace ahí?

Qué no se hace, Diana.

—Se hace de todo. Nunca he ido a ninguno, pero dicen que la gente va allí a follar —explico.

—¡Oh! Espera, tengo algo mejor. Ir a un club de intercambio en Cap d'Agde —añade Emily.

—¿En dónde?

—Un pueblecito francés.

—¿Aquí en Madrid no hay?

—Sí, claro. Pero Cap d'Agde es la meca de ese mundillo, un pequeño rincón donde la gente va en pelotas y folla en las playas. Vi un documental sobre el tema.

—¿En serio? Ay, Dios. Vale. ¿Estas son tus tres fantasías, Emily? —pregunta Diana.

—¡Sí! ¿Las apuntas?

Intento dejar volar mi imaginación y pienso en lo del domingo. Podría ser, pero aún me faltan dos.

—Te toca, Alicia.

—¿A mí? No las tengo muy claras.

—Anda ya. Dale.

—Me gustaría hacerlo con una tía.

—¿Así, tal cual?

—Sí.

—¿Qué más?

Eso, ¿qué más?

—He leído algo sobre sadomasoquismo.

—Vaya, vamos fuerte.

—Me gustaría tener una experiencia sado.

—Apuntado. ¿Y la última?

—Follarme a dos tíos a la vez.

¿Alicia? ¿Estás ahí? ¿Eres tú?

—¡Menos mal que no lo tenías muy claro!

—Te toca, Diana.

—¿A mí?

—Sí, claro.

—Quiero masturbarme y tener un orgasmo.

—Ahí tenemos la primera. ¿Siguiente?

—Ir a un festival.

—Pero eso no es sexual.

—Probar el MDMA tampoco.

—Tienes razón. ¿Y la última?

—No sé. No se me ocurre nada.

—¿Nada?

—No.

—¿Probar con una tía?

—Ni me lo he planteado.

—¿Pero te gustaría? —pregunto.

—Tal vez.

Diana y el sexo. Qué difícil combinación.

—Oye, Diana, ¿has follado? —interrumpe Emily sin mucho tacto.

—Sí, follé con un amigo del instituto.

—¿Y?

—Una mierda.

—Ya, como todos los primeros polvos.

—Supongo.

—¿Supones?

—Digamos que no he follado mucho más.

Nos quedamos calladas. Siento que Diana se hace cada vez más pequeña. La vamos a perder. Intento animarla.

—Diana, esto es una oportunidad.

—¿Para qué?

—Para encontrarte.

—¿A través del sexo?

—No es solo sexo. Son experiencias, momentos, risas, llantos, locuras...

—Ya.

—¿Qué locura te gustaría hacer?

—Este club es una buena ida de olla.

¿Conseguiremos mantener esto? ¿Cumpliremos todas las fantasías? Pienso en Diego y en sus promesas, en su World Press Photo y en su conformismo.

—Vale, la tengo.

—¿Y bien?

—Quiero ser otra persona.

Enmudecemos. Diana nos mira con cierta tristeza. Sospecho que forma parte del proceso.

—No tengo claras mis fantasías porque no sé quién soy, lo que me gusta o lo que no. Desde que era pequeña me han dicho lo que debo hacer; es la primera vez que alguien me pregunta qué me apetece a mí. Y es raro.

Asiento. Emily mira al suelo. ¿Dónde está? ¿A dónde se va cuando su energía desaparece? ¿Quién hay ahí?

—Tengo veinticuatro años y no he tenido un orgasmo.

—Eso da igual, Diana.

—No, no da igual. Quiero tenerlo, pero no me dejan.

—¿Quiénes?

—La educación, los fantasmas que rondan mi cabeza, la culpabilidad, la religión, mis padres, la presión por llegar a ser una empresaria de éxito y mantener el estatus. El miedo. La opinión de los demás. Sé que en mi interior hay otra persona. Soy otra.

Apuro las últimas gotas de la copa. Pienso en aquella noche en Montgat cuando estaba a punto de tomar la decisión de venir a Madrid y me veo reflejada en las palabras que Diana está sacando desde lo más profundo de su ser. Allí, donde está atrapada.

—Esa es mi última fantasía.

La anota en la hoja junto a las demás. Emily sigue ausente. Me levanto, las miro.

—Chicas, os conozco poco, pero siento que estamos creando un vínculo muy fuerte y no me gustaría que esto se quedara en palabras vacías. Necesito hechos.

—Yo también.

—Y yo.

Nos abrazamos fuerte en este comedor iluminado por la televisión y las luces callejeras.

Emily y Diana se marchan y yo vuelvo a mi soledad. Veo el contrato firmado encima de la mesa y las fantasías de cada una. Sonrío. Ese runrún. Felicidad. Escucho el sonido del móvil. Un wasap. ¿Diego? Lo miro. Emily ha escrito en el grupo: «Chicas, deberíamos empezar a cumplir las normas. ¿Tenéis ropa sexy?». Medito la respuesta. Lo único sexy que tengo es el vestido que me compré el otro día. Lógico. La vida estable de Montgat. Las pocas ganas de verme bien. La rutina que te quita el quién y el cómo y lo reemplaza por el «me la suda». «Quedamos el jueves. Tenemos que cambiar de look, tías. No parecemos unas zorras.» Cero zorrerismo hay en mí. Es cierto.

Me siento en el sofá. Hace diez minutos estaban a mi lado mis dos nuevas —y únicas— amigas. Aquí, en Madrid. Tenemos un club secreto que no sé a dónde nos llevará. Pero sin duda puedo asegurar que me encanta estar aquí. Ahora sí.

LAS FANTASÍAS DEL CLUB DE LAS ZORRAS

EMILY:

- Probar el MDMA

- Participar en una orgía

- Follar en un club de intercambio de parejas en Cap d'Agde

ALICIA:

- Hacerlo con una tía

- Probar el sadomasoquismo

- Hacer un trío con dos tíos

DIANA:

- Masturbarme y tener un orgasmo

- Ir a un festival

- Ser otra persona

XII

El zorrómetro

Tengo el escritorio lleno de fotografías, citas y reflexiones varias. Ayer quedé con Carolina para seguir trabajando en su libro. Está entusiasmada. Yo, cansada. Tengo ganas de escribir lo que me dé la gana. Mi historia, la nuestra. Algo que trascienda más allá del dinero y los *likes* en Instagram. Algo que mueva, que eluda, que emocione. Pero el qué.

Dejo el plato lleno de tomate encima de la mesa y absorbo el último espagueti. Me tumbo media hora en el sofá. La paz me abraza en mi hogar. El anhelo de su piel sigue ahí y seguirá. ¿Pensará en mí? Tal vez, igual que yo en él. A pesar del bloqueo, sigo mirando sus redes sociales. Su cuenta está abierta. Entro en la web. Ha subido una foto en el jardín. «Renacer.» Un *emoji*. #freedom. Estará aliviado. Tanto drama y resulta que le he hecho un favor. O eso parece.

Tiro el móvil en el sofá. La rabia de no ser especial. Échame de menos, joder, como yo a ti.

Suena la alarma. Me levanto más cansada de lo que me he acostado. Las siestas son una lotería. No sabes cómo te van a sentar.

Hemos quedado a las cuatro. Me hago un moño, me ducho. Tejanos, sudadera. Llaves, móvil y cartera, la gran protagonista de la tarde. Alfombra roja hacia el datáfono. Plástico en la mano y a gastar. Nadie dijo que tener un club fuese barato.

Cojo el metro, línea azul. Me bajo en Sol. Allí están. Las tres llevamos el pelo recogido. Será por la mierda y la suciedad. Tenemos hora a las cuatro y media en la peluquería. Queremos cambiar. Dejas a tu pareja y te da por cortarte el pelo. Menudo estereotipo. Qué real.

Llegamos a Malasaña. Entramos en un local de aire retro: sofás de cuero, grandes espejos. El dueño se presenta, Raúl. Un hombre de unos cincuenta años con cierto renombre en la gran ciudad. O eso dice Google.

—Venga, chicas. Contadme. ¿Qué teníais pensado?

—Queremos un cambio radical —dice Emily.

—¿Las tres?

—Sí, las tres. Algo atrevido, moderno, seductor.

—¿Tenéis alguna idea? —pregunta Raúl.

—Estamos en tus manos. Haz con nuestras melenas lo que quieras.

La última vez que dije eso acabé en mi casa, llorando, con el flequillo trasquilado y con diez centímetros menos de pelo. Respiro hondo.

Julia y Álex son sus ayudantes. Raúl se los lleva a un rincón. Charlan. Nos miran. Gesticulan de manera exagerada. Nosotras seguimos quietas, de pie. Diana me coge de la mano. Aprieto.

Raúl se viene conmigo. Coge un mechón, lo deja caer. Lo recoge. Lo mueve. Hace esas cosas de peluqueros que nadie entiende. Mezcla un tinte. Voy viendo la evolución un tanto ausente, entregada a las horas que pasan y pasan.

Las cinco.

Tengo en la cabeza un tinte muy oscuro. ¿Negro? Emily está dormida. Admiro su capacidad. Diana me sonríe.

Las seis.

El agua cayendo por mis orejas, se me cuela por debajo de la camiseta. Moja mi piel. Me miro en el espejo. Negro. Será porque está mojado. Seguro. De repente, chas. Un mechón que cae. Es muy largo. ¿Tanto? Cierro los ojos. No quiero mirar.

Las siete.

Emily grita. Oigo el sonido del secador. Lo apaga. Laca. Pequeños retoques. Abro los ojos. ¿Perdona?

—¡Tíaaas!

Los rizos de Diana se han esfumado, no están. Ahora lleva el pelo lleno de trenzas oscuras. Las mueve de un lado a otro.

—Me pesa la cabeza.

—Normal.

Se ríe. Abraza al peluquero. Está a punto de llorar. A través del espejo, Álex le muestra los peinados que puede hacerse con su nuevo look. Me quedo embobada. Está increíble.

Emily me abraza por detrás. Adiós a su melena. El corte es recto y las puntas tocan ligeramente sus hombros. Lleva la raya al medio. Su rubio californiano es rosa, un rosa pastel precioso que refuerza el azul de sus ojos.

¿Y yo? Observo mi reflejo. ¿Quién eres? Un flequillo simétrico y perfecto corona mis cejas y enmarca estos ojos verdes que tanto quieren ver, pero que poco han visto. La nuca, rapada. Mis puntas no llegan a tocarme. Un corte *bob* clásico, ligeramente más corto por detrás que por delante. La negritud de la noche en mi nuevo yo. Parezco Mia Wallace en *Pulp Fiction*.

—Tenemos el zorrómetro a cien, tías —dice Emily.

¿El zorroqué?

—¿Qué dices? —Ríe Diana.

—El zorrómetro, nuestro medidor de zorrerismo.

¿Cómo se le ocurrirán esas cosas? Es sorprendente.

—Venga, ¡a comprar!

A gastar. Más. Recorremos Malasaña, Gran Vía, Fuencarral. Nos probamos los modelitos más sugerentes. Aquellos que jamás se pondría mi antigua yo. Aquellos que dejaría en la percha. Tarareo *Pretty Woman* mientras intento mantener el equilibrio encima de unos tacones. Minifalda de cuero. Camiseta de rejilla. Escote infinito. Espalda al descubierto. Gafas *cat eye*. Sujetador de encaje. Perreamos delante del espejo de la tienda. A Diana se le sale una teta de ese vestido rojo que acentúa sus curvas.

—Con este escote voy a tener que sujetarte las tetas toda la noche —bromea Emily.

Reímos y reímos. Me duele la mandíbula. Las manos llenas de bolsas. Prefiero no consultar la cuenta bancaria, me produce ansiedad. Muevo la cabeza a un lado y al otro. La ligereza de lo que ya no está. Paramos en un bar. Son las nueve de la noche. Pedimos unas cañas. Nos ponen una tapa. Gratis. ¿Madrid es el paraíso?

—¿Cómo está el zorrómetro ahora?

—Tías, va a reventar —comenta Emily.

—Menos mal, porque después del dinero que nos hemos dejado, ya no sabría qué más hacer —dice Diana.

Brindamos por nuestro club. Saboreo la fría cerveza.

—Tenemos que escoger una de las fantasías para cumplirla, ¿no? ¿Quién será la primera? —pregunta Diana.

Emily y yo nos miramos. Asentimos. Nos leemos la mente. Ni lo pensamos. Giro dramático. Clavamos nuestras pupilas en los ojos negros de Diana. No comprende qué pasa. Entonces se sorprende y niega con la cabeza.

—¿Yo? Ni de coña.

—Diana, primero debes tener un orgasmo.

—Pero, chicas, podíais empezar vosotras y así yo me animo.

—No.

—¿En serio me vais a hacer esto?

—¿Quieres tener un orgasmo?

—Sí.

—Pues vamos a por él.

Invito a la ronda. Cojo a Diana de la mano. Ella enlaza la otra con la de Emily. Cruzamos la calle. Entramos en una tienda erótica que hace esquina.

—No me jodas.

Me acerco al mostrador.

—Quiero el juguete erótico más increíble que tengas.

—¿Para qué?

—Para que mi amiga se masturbe y tenga un jodido orgasmo.

Nos enseña un aparato que no conocemos. Parece un limpiador de cutis.

—¿Esto es un vibrador? —suelta Emily.

—No. Es un succionador de clítoris. ¿Sabéis qué es? —pregunta la dependienta.

No respondemos.

—Pues está revolucionando el mercado actual. Tiene una tecnología que crea un ligero vacío y hace una pequeña succión del clítoris.

—¿Pero vibra? —insiste Emily.

—No, no vibra. Succiona. Probadlo en la mano.

Es cierto, cero vibración. Noto unos ligeros toques de ¿aire?

—¿Y con esto se correrá mi amiga?

Emily, tan sutil.

—Eso no lo puedo asegurar. Pero la gente lo adora.

El nombre ya lo dice todo. Satisfyer. Lo cojo. Pesa un

poco. Tiene unos botones para subir o bajar la velocidad. Nada de frecuencias. Menos mal. Cuántas veces me habrá cortado el orgasmo el cambio de ritmo.

—Nos lo llevamos.

Emily y yo pagamos a medias. Diana está petrificada.

—¡Feliz bautizo, zorra! —grita Emily.

La dependienta nos mira extrañada. Salimos.

—Chicas.

—¿Diana?

—¿Cómo vamos a hacer esto? Una de las reglas es que tenemos que estar presentes en las experiencias de las otras.

Mierda, es verdad.

—¿Significa que me tengo que masturbar delante de vosotras?

—¡No, tía! *Ew*. Que tengamos que estar presentes no significa que tengamos que verlo —precisa Emily.

—Mirad, ¿qué os parece si mañana os venís a comer a mi casa y pensamos en cómo lo hacemos?

—Perfecto. A las dos estamos allí.

Regresamos a Sol. Nos abrazamos durante casi un minuto. Emily se lleva el nuevo juguete de Diana, «por si acaso». Veo cómo se marchan en direcciones contrarias. Son las doce.

Y de nuevo, la añoranza.

XIII

Gemidos

El sol se cuela por la ventana y me ilumina la cara. El frío se aleja, aunque Madrid se empeña en retenerlo. Hoy me siento agradecida. Abro el portátil. Voy a escribir un rato antes de hacer la comida para las chicas.

Hay una línea que separa lo correcto de lo incorrecto. Es delgada, apenas se ve. Está trazada por los que siendo ratas se creen dioses. Los mismos que nos hacen pecar y adorar. Los que señalan. Los que oprimen. No lo hagas, ya lo hago yo. Yo decido por ti; tú solo déjate llevar.

La ignorancia es la manzana prohibida. La que mordemos, la que nos condena a la muerte en vida. Quiero irme de aquí. De aquí de dónde. A dónde. A cualquier lugar. Correr sin mirar atrás, porque eso te absorbe y te lleva hasta las entrañas de la estabilidad. Intento salir. No puedo respirar. Hay una raíz. Trepo.

La luz se filtra por la podredumbre de la necedad. Y yo sin ver. Te busco rápido con la mirada entre la multitud que avanza hacia el vacío. Te quiero coger. Estás ahí. Pie derecho, mano izquierda. Paso militar enfilado, miles de seres más. Grito. Sal de ahí. No quieres. Estás bien. Podrido. A dónde vas. Miro el suelo. A ningún lugar. Te caerás. Quiero sujetarte, pero ya no te veo. Tu mente les pertenece.

Tu alma llora la pérdida. Piensa: «Otra más». Te adentras en las sombras del sistema. Él te alimenta. Yo lucho por agarrarme fuerte a esta raíz que me sostiene. La consciencia. Miles de personas se desploman detrás de ti. Vendes tu alma por el desconocimiento. La falsa estabilidad. La miseria del conformismo. Creer que no puedes más. El saber que ya no hay nada.

Sigo la luz. Quiero salir, irme. A dónde. A donde sea. Sin ti. Debo asumir que te he perdido. Me cuesta levantar mi peso. Escalo. Sudo. Lloro. Tengo que huir. Por mi alma, por mi mente. Por mí.

Hago un último esfuerzo. Siento la tierra bajo mis pies. El mundo que acabo de dejar se rompe en mil pedazos. Por qué. Supongo que cuando tomas conciencia ya no hay vuelta atrás. Como cuando empiezas a ver. Puedes cerrar los ojos, pero jamás volverás a ser ciego.

Ring. Son ellas. La comida, joder.

—Chicas, perdonad. Me he liado y no me he dado cuenta de la hora.

—¡Nada, tía! Pedimos cualquier cosa.

Nos abrazamos fuerte. No nos acostumbramos.

—¿Qué os han dicho de vuestros nuevos peinados? —pregunto.

—Mis compañeros de piso han flipado.

—A mis padres no les ha gustado nada. Menuda bronca.

Recuerdo el susto que me llevé esta mañana al verme en el espejo. Yo no he visto a nadie desde ayer. Eso refuerza la nostalgia de compartir y vivir. Tanta sed de soledad y ahora me ahogo en ella.

Pedimos comida a domicilio y, como siempre, abro una botella de vino. Comemos sentadas en el suelo. Emily nos cuenta el drama personal que tiene con un tal James.

—Ayer hablé con él por primera vez después de varios meses y otra vez me palpitan el corazón y el coño como a una loca. Pero no puede ser. Probamos a llevar la relación a distancia y mi galería de fotos acabó pareciendo la página de inicio de Pornhub.

—Tía, pero ¿cuánto tiempo llevabas con él?

—Bastante. Desde los quince, ¡imaginaos!

—¿Cómo se quedó cuando le dijiste que te mudabas? —pregunto.

—Fatal. Se volvió loco. La emprendió a golpes con la pared, chilló muchísimo y estuvo una semana sin hablarme. Después, vino a mi casa con un ramo de rosas enorme y me pidió perdón.

—¿Le perdonaste?

—Bueno, sí. James es así. Tiene mal carácter.

¿Mal carácter? ¿Desde cuándo a la violencia se le llama mal carácter?

—¿Lo echas de menos? —dice Diana.

—Mucho. Hoy nos hemos escrito. Allí es de noche. Le he enseñado mi nuevo look.

—¿Y?

—No le ha gustado demasiado.

—Vaya. Pues a mí me parece que estás guapísima.

Emily mira el móvil. Suspira.

—Discutimos desde el principio, desde que empezamos a salir. Yo pensaba que era normal, que todas las parejas lo hacían y no le di importancia. Era tan detallista conmigo... Si pasábamos por delante de un escaparate y me gustaba algo, me lo compraba. Cenas a la luz de las velas, baladas románticas... Era genial.

—¿Y qué pasó?

—Cuando llevábamos un año, su actitud cambió. Se cabreaba por tonterías, si salía con mis amigas no me hablaba, me preguntaba a todas horas dónde estaba. Al final, dejé de salir por mi cuenta e iba con él y sus amigos. James está obsesionado con el gimnasio, está buenísimo. Yo empecé a ir también y me metí en el mundo del *fitness*. Él controlaba mi comida, mi peso y el ejercicio que hacía. Parecía mi entrenador.

—¿En serio?

—Pero nunca era suficiente. Su mal carácter tampoco ayudaba.

—¿Y tus amistades?

—Se alejaron. No me hablaban. Yo había cambiado mucho. Cuando me quise dar cuenta, solo salía con James o para ir al gimnasio.

—No entiendo por qué no lo dejaste.

—Es difícil. Cuando se enfadaba, todo era una mierda; pero cuando estaba bien, era el chico más increíble del mundo. Romántico, cuidadoso, guapísimo. El problema era que yo vivía en tensión porque nunca sabía cuándo se iba a torcer la cosa. Y vivir con miedo no es vivir.

—¿Por eso decidiste marcharte?

—No exactamente.

—¿Sigues con él?

—Hablamos, nada serio. Lo echo de menos, pero él sigue tonteando con tías. Ya lo hacía cuando estábamos juntos, solo que ahora, en la distancia, duele menos. O eso creo.

Vaya capullo el tal James. Conozco la adicción que generan los tíos como él. La jaula que crean. La comida que te dan. El control sobre tu vida. La dependencia emocional. El querer gustar y no conseguirlo. La autoestima por los suelos. La falta de un «te quiero». El exceso de «perdóname». Normalizar. Un día te empuja. Otro día te cierra la puerta. Y acabas por permanecer callada y quieta. Muerta de miedo. Te moldea a su antojo. No te compras esa camiseta porque tiene demasiado escote. Controlas tus comidas por lo que pueda pasar si engordas. Y lo que pasan son los años. Y tú ahí dentro, tan dentro que no te encuentras. Entre capas y capas de desesperación, anhelos y olvidos. Entre recuerdos, gritos y llantos. No estás, aquí ya no queda nada de ti.

—¿Estás bien? —pregunto.

—Sí.

Emily parece unas veces tan libre y otras tan encerrada en sí misma... No sabes dónde está. Quién hay detrás. Esas ansias por romper, por experimentar, por vivir, por enloquecer. Y después, el querer gustar(le).

—En fin, Diana, ¡te tienes que masturbar, tía! —suelta Emily, recuperada.

A Diana le pilla por sorpresa. A mí también. ¿Ya está? Entendemos que es doloroso. Decidimos no inmiscuirnos más.

—¡Eso! ¿Lista? —pregunto.

—Sí, supongo. ¿Cómo lo hacemos?

Me levanto y hago una radiografía de los rincones que ofrece mi nuevo hogar. Cada vez me son más conocidos. Eso me calma.

Emily se levanta y saca de su bolso la caja del Satisfyer. Se lo da a Diana. Ella lo abre con mucho cuidado; tanto, que me pone nerviosa.

—¿Cómo funciona?

—Hay tres botones, tía. No es muy difícil —dice Emily.

—Este es el botón de encendido. Y estos dos son para variar la intensidad —añado.

Diana lo examina meticulosamente. Cada detalle, cada redondez. Cómo será el placer. A qué sabrá un orgasmo. Dónde nace. ¿Podré? Son tantos los pensamientos que se acumulan en su mente y que no la dejan salir de ahí, de donde la tienen raptada...

Nos mira con esos ojos negros y nos pregunta dónde se va a masturbar. En un *loft* es algo difícil. El único espacio cerrado es el baño, y para un primer orgasmo prefiero que esté tumbada y cómoda. Le llenaría la cama de pétalos de rosa si pudiera.

—Mira, haremos lo siguiente. Emily y yo nos encerramos en el baño. Así te dejamos espacio para que puedas experimentar.

—¿Puedo tumbarme en tu cama?

—¡Claro, amiga! Sin problema. Haz lo que quieras y tómate tu tiempo. Disfrútalo. Nosotras estaremos a tu lado.

—Qué vergüenza.

—Tranquila, tía, que no te escucharemos —dice Emily.

—Vale, pues... allá vamos.

El baño es minúsculo. Emily se sienta en el váter. Yo me quedo de pie, esperando.

—¿Crees que sabe dónde tiene el clítoris?

—No seas mala, Emily.

La casa está en silencio. No se escucha nada. Es incómodo estar esperando a que tu nueva amiga tenga un orgasmo en la habitación de al lado. Emily se ríe. Lo entiendo, la situación es surrealista.

Oigo los pasos de Diana. Se desabrocha el cinturón, los pantalones caen al suelo. Se quita las zapatillas. La cama cruje. Ella carraspea. Las paredes de este piso deben de ser de papel, porque percibo hasta su respiración. Casi sin quererlo, Emily y yo vamos a presenciar una masturbación.

—Joder, se escucha todo —susurra.

Asiento con la cabeza. ¿Lo conseguirá?

—¡Chicas! ¿Cómo se encendía esto? —grita Diana.

Abro la puerta del baño, como si no la hubiera escuchado.

—Diana, ¿has dicho algo?

—¡Sí! ¿Cómo se enciende este cacharro?

—¡Es el botón más grande! —chillo.

—Vale. ¡Encendido!

Cierro. Emily no puede aguantar la risa. Le digo que se calle, que nos va a escuchar. Se levanta y pega la oreja a la pared.

—Pero ¿qué haces? —murmuro.

—Escuchar. ¿Qué voy a hacer?

—Dale intimidad.

—¿No te da morbo?

Sí, sin duda. Decido ponerme a su lado. Nos miramos a los ojos. Emily me sonríe. Sus ojos azules miran al techo para agudizar su oído.

Escucho el Satisfyer. Miro el reloj. Son casi las cinco. Diana respira fuerte. Inspira y espira alargando el proceso como si se tratara de una meditación. Aumenta la intensidad. Emily me da codazos. La cama sigue chirriando. Unos gemidos tímidos rebotan en las paredes. Y nosotras aquí, con la oreja pegada, moviéndonos entre el morbo y el intrusismo. El juguete está cada vez más presente, Diana ha subido la velocidad. Parece que ya controla los botones. Jadea tan fuerte que nos asustamos. Emily me clava sus ojos azules. Nos quedamos mirándonos el tiempo suficiente como para que resulte extraño. Luego gime bajito. Su cuerpo se relaja. Se deja llevar. De sus labios salen sonidos sordos hasta ahora desconocidos. Y se retuerce. Se oye el roce de las sábanas. Algo se cae al suelo. Le da igual. Diana golpea la cama con la mano. Me la imagino arrugando el edredón como hacía Diego al correrse. Los quejidos van a más. No hay control. Suenan y suenan sin ningún tipo de filtro. Su cuerpo se expande. Aumenta la potencia del Satisfyer. No puede dominar su sexo. El sexo la domina a ella. La respiración, desacompasada, llena el vacío que han dejado los gemidos. Sus cuerdas vocales vibran. Puedo oírlo. La escucho como si estuviera allí, a su lado.

Un momento. Mis bragas están mojadas. Lo noto. Emily me coge de la mano. Ahora no, por favor. Soy capaz de cualquier cosa. El morbo domina a la intrusión. Pego más la oreja. Emily hace lo mismo.

—Joder, me está poniendo cachonda —suelta.

A mí también, pero no lo verbalizo. Lo dejo ahí, en mis pensamientos. Diana grita fuerte. Nos asombramos. Vaya, lo está dando todo. Jadeos, gemidos de esos que suenan en seco. Gemidos que sueltas con la boca abierta cuando no puedes ni respirar. El aire no entra. No sabes dónde estás. Siento cierta envidia. Me encantaría tocarme. ¿Sería moral? Ahí está, el orgasmo fluyendo por mi piso.

—¡Me cago en su puta madreee! —grita Diana.

Ahoga la vocal en un grito. La alarga mientras su coño palpita. Oímos cómo se mueve la cama. Parece que se vaya a romper. Emily me aprieta la mano. Estoy en el límite entre el dolor y la fuerza. Acompañamos a Diana en la distancia. Estamos allí, con ella. No la dejamos sola. Siéntelo, amiga. En cada poro de tu ser. En cada ángulo de tu alma. Muere con cada pálpito. Abraza el placer. Llena el vacío. Apaga el dolor. Olvida el tiempo. Rompe el espacio. Expándete.

—¡Joder, joder, joder!

No para. Miro el reloj. ¿Pero qué clase de orgasmo es ese? Emily me susurra.

—No me jodas que es multiorgásmica.

Parece que sí. Los golpes en la cama se multiplican. Diana debe de estar rebotando sobre ella. ¿Lo soportará el colchón? Eso espero. Cómo le explico a Carolina lo ocurrido sin que suene extraño. Pero, Alicia, ¿a ti esto te parece normal?

La orquesta de jadeos, gemidos, golpes y gritos ya no nos sorprende. Parará en algún momento. Supongo.

—Y otro más.

El ritmo baja. Son las cinco y veinte. Su respiración se vuelve lenta, acompasada, meditativa. Se escucha a lo lejos. El Satisfyer se para. Escucho a Diana.

—Madre mía. ¡Chicas!

Alejamos nuestra cabeza de la pared, como si nos hubiera pillado. Abro la puerta del baño.

—¿Diana?

—¿Podéis venir? Pero, por favor, no os asustéis.

—¿Qué ha pasado?

—¡Venid!

Salimos del váter, atravesamos la cocina y nos asomamos. Diana está sin pantalones, con las piernas cruzadas, mirándonos con cara de circunstancia. El ceño fruncido. Su expresión me recuerda a un dibujo animado.

—¿Qué pasa?

Antes de que pueda acabar la frase, Emily grita.

—¡¿Qué coño es eso?!

Señala al suelo. Hay un charco transparente. Mi cama está mojada. La sábana gotea. Un chorro perfectamente visible que nace en el coño de Diana y acaba casi en la pared de enfrente. Me da por reír. Emily me sigue, Diana también. No puedo parar. Me duelen las costillas. Me caigo de rodillas al suelo. Basta, por favor. Voy a vomitar.

Nos calmamos, aún se escuchan los ecos de nuestras risas.

—¿Te has meado? —pregunta Emily.

—No lo sé, creo que no. No he podido contenerlo.

—¿Te has corrido?

—Sí, varias veces. ¿No me habéis escuchado?

Miro a Emily. Negamos a la vez.

—Lo siento, Alicia. Te he dejado la cama empapada.

—No te preocupes, de verdad.

—Dios, ahora entiendo por qué os flipa el sexo. Qué barbaridad.

Le doy una toalla a Diana para que se seque las piernas.

—¿Quieres ducharte?

—Sí, mejor.

Mientras, friego el suelo. Emily recoge las sábanas con cara de asco. Huele fuerte, pero no a orina. El líquido es transparente. Dejo el colchón sin funda. Menuda mancha. Toc, toc. «Pasa», dice Diana. Cojo el secador, me lo llevo a la habitación, lo enchufo. Voy a tardar una eternidad.

Diana sale con la toalla enrollada. Ha dejado sus tejanos secándose porque el fluido misterioso ha llegado también hasta ellos.

—No sé qué ha podido pasar. Perdón.

—Tía, no te rayes. Es lo más divertido que he vivido en mucho tiempo —la tranquiliza Emily.

Cojo el portátil. Me siento en el sofá. Google. «Me he corrido y ha salido un líquido transparente.» Diana se acomoda a un lado. Emily, al otro. Aparecen 343.000 resultados. Alguien comenta en un foro que le ha salido un flujo blanco por el culo. Sigo buscando. Un enlace. «*Squirt*.» Clic. Leo rápidamente. Hago *scroll* como una loca buscando información. Ser escritora me ha enseñado a separar el envoltorio e ir directa al contenido. Ahí está.

—Aquí pone que el *squirt* es la expulsión de un líquido transparente y abundante en el momento del orgasmo.

—De momento va bien.

—También pone que huele fuerte.

—¡Joder si olía! —suelta Emily.

—Pero, entonces, ¿qué es? —pregunta Diana.

Sigo leyendo. Tecleo en Google el término específico. Analizo varios artículos.

—Parece que no está muy claro. Es uno de los grandes debates de la sexología. Mirad, en este artículo hablan sobre ello.

—¿Y qué dicen?

—«Existen varias hipótesis. La más consolidada explica que el *squirt* sería un desajuste de la hormona vasopresina...»

—¿La qué?

—La hormona vasopresina. Por lo visto, es la encargada de retener el agua en los riñones.

Hago una búsqueda rápida. Wikipedia. No me entero de una mierda. Sigo. Aquí está.

—Resulta que la vasopresina tiene una función de retención y reabsorción de los líquidos. Está conectada con el sistema nervioso central.

Vuelvo al artículo anterior.

—«... encargada de retener el agua en los riñones.» Vamos, que es pis. Sin embargo, otros estudios recientes señalan que, pese a ser parecidos en su composición, hay una diferencia importante entre ambos fluidos: el *squirt* contiene PSA. La orina no.

—¿Y eso qué es?

—Aquí lo pone. «Es líquido prostático, propio de los hombres y que —¡sorpresa!— también existiría en las mujeres.»

Sigo leyendo el texto. Me quedo mirando la fotografía de una chica abierta de piernas. Lleva el mismo corte de pelo que yo.

—¿Qué estás leyendo, tía? —pregunta Emily.

—La verdad, no lo sé.

Busco la autoría de la noticia para averiguar cómo alguien puede salir en un medio de comunicación metiéndose los dedos. Noemí Casquet. Quién es.

—Es de una periodista especializada en sexualidad.

—¿Periodista? Vaya zumbada —suelta Emily.

—La gente no sabe qué hacer para llamar la atención —comenta Diana.

Estoy de acuerdo. Sigo indagando en internet. Ellas se cansan de esperar y cogen sus móviles. Veo que Emily chafardea el perfil de la periodista en Instagram.

—¿Y bien? ¿Tenemos alguna conclusión?

—Sí, pero solo son hipótesis, no hay una teoría fundada al respecto.

—¿Y qué dicen?

—Que el *squirt* se produce por un desajuste de la vasopresina.

—Eso ya lo has dicho —dice Emily.

—Y en momentos de mucha intensidad o prolongación del placer.

—Entonces, ¿es orina? —pregunta Diana un tanto preocupada.

—No exactamente. Se mezcla con PSA, líquido prostático, el mismo componente que se encuentra en el semen. El único órgano que puede retener tanto líquido es la vejiga, así que se entiende que sale de ahí.

—Mi vejiga no es capaz de retener tanto líquido como el que ha soltado Diana.

Nos reímos.

—Diana, mucha gente sueña con tener esa experiencia, aunque la gran mayoría lo consiguen tocando el punto G.

—¿Y cómo se toca eso? Yo quiero probar —dice Emily.

—Se introducen los dedos índice y corazón en el interior de la vagina, se localiza el hueso pélvico y se sube en dirección al ombligo. Por lo que dicen, no hace falta subir demasiado. Es una zona rugosa y muy placentera.

—Apuntado.

—Pero yo no me he tocado el punto G —añade Diana.

—Ya, eso es lo interesante. Parece que tu vasopresina reacciona así cuando tienes orgasmos.

—¿Eso significa que me mearé encima con cada orgasmo?

—No es pis. Pero sí, podría suceder.

—No me jodas.

Diana, la chica que nunca se había corrido, resulta ser multiorgásmica y eyaculadora. Como decía la canción, «La vida te da sorpresas, sorpresas te da la vida».

—¡Tía! Me encanta. —Ríe Emily.

—Pero ¿cómo me voy a masturbar en mi casa?

—Pues o aprendes a controlarlo o duermes con un protector de colchón y una fregona, una toalla y un secador a mano. Elije.

Pasan las horas, la noche cae en Madrid. Las luces se encienden. Los coches pasan. Ellas aquí, tiradas, planeando mil fórmulas para controlar el *squirt*.

—Conclusión: mastúrbate en la ducha.

—Además, tienes que conocer otro instrumento de placer: la alcachofa de la ducha —añado.

—¿Perdón?

—¡Joder, es cierto! —contesta Emily.

—¿Cómo se hace eso?

—Coges la alcachofa de la ducha y te la pones encima del clítoris. Lo ideal es que se pueda regular la presión del chorro. Y nada, a disfrutar.

—Cuidado con la temperatura, que yo una vez me quemé el coño —dice Emily.

—Estoy deseando masturbarme otra vez. Lo que me estaba perdiendo...

—Ya te lo dijimos. Correrse es llegar al cielo sin escalas.

Diana nos abraza. Pienso en lo bonito que resulta ser partícipe del autoconocimiento de alguien. Calma, felicidad. Diana se ha corrido. Emily está haciendo el tonto. Todo marcha bien. Tú no estás. No estás aquí, Diego. Y eso me consuela. De verdad. No sabes lo que estoy viviendo sin ti. Sí, también he vivido contigo, vale. Pero sin ti. Ahora. Imagínalo. Estoy tocando la libertad con la punta de mis dedos y es infinita.

—¿Os apetece salir a tomar algo? —dice Emily.

Ni de coña. Tengo que trabajar.

—Imposible, estoy inmersa en un nuevo proyecto y tengo que ponerme las pilas.

—¿Qué estás escribiendo?

—Un libro sobre el viaje trascendental de una clienta.

—¿Es famosa?

—Sí, digamos que sí.

—¿Cómo se llama?

—¡No te lo puedo decir, Emily!

—Vale, vale. Dejamos que escribas tranquila, pero mañana... ¿salimos?

Adicta a quemar Madrid.

—Todavía no hemos celebrado el nacimiento de nuestro club —dice Diana.

—¡Eso!

—Vale, venga. Mañana salimos.

—¡Bien!

Nos abrazamos otra vez y se van. Después, ese silencio ya familiar. Mi casa en la semioscuridad. Voy directa al portátil. Leo lo que he escrito esta mañana. ¿Por qué no me animo? Por qué no seguir. Pienso en Diego. De repente, lo echo de menos. Abro un documento en blanco. La barra parpadea esperando la inspiración. Apunto el título: «Sin ti».

XIV

Que te jodan

Me he quedado dormida encima del móvil. Seré gilipollas. Voy al baño, me miro en el espejo. Tengo la marca rectangular en la cara. Idiota. Son las doce. ¿Las doce ya? Las chicas están excitadas. Nuestra primera noche oficial como club. Miedo me dan. Hablan sobre lo que se van a poner. Qué pereza pensar en eso. No sé ni lo que voy a desayunar. Cereales con leche. Suficiente. En algún momento tendré que ir a comprar. Es sábado. Reacciono. Hace una semana que las conozco. Joder, una semana. Lo comento en el grupo. Se animan más. Ya que estoy con el móvil en la mano, entro en el perfil de Diego. ¿Qué tal estará? Alicia, no deberías. Ya, díselo a la curiosidad.

Desde su «Renacer» ha subido dos fotos más. Una de una baldosa con una forma extraña. «Encajar en esta sociedad.» #soñador. Sigue teniendo los mismos cojones y las mismas mentiras en su cabeza. Qué novedad. En la siguiente foto sale él. Me impacta bastante. Hacía tiempo que no pensaba en su pelo rizado, en su nariz, en sus labios, en su ser. Y ahí está. Con esos ojos de perro clavados en el horizonte, reflexionando. Seguro que está pensando en si comerá pizza o pasta esa noche. Apoya su barbilla en sus manos. De fondo, el mar. Una canción de Bunbury.

No conozco a nadie
que mienta como tú
con tanta disciplina,
precisión y sinceridad.

Te ganaste tu lugar
con ingeniosa ingenuidad.
No entiendo cómo eres capaz de sentirte peligrosa
siendo tan vulgar.

Hachazo a mi ego. Mensaje recibido. Doble *check*. El odio se activa, me enciende la piel. Grito. Imbécil. Mentiroso. Ahora me dices tú a mí. Qué. Dime, qué. No fuiste capaz ni de vocalizar. Gilipollas.

Miro los cereales. Están flotando. La inmensidad. No tengo más hambre. Voy a comprar un buen vino, quizá tequila. Esta noche hay que celebrar. Celebrar que ya no estás, Diego. Celebrar que yo sí estoy. Lejos de ti. Si me vieras ni me reconocerías. Te caerías al suelo, te daría un infarto. Quién es esa diosa. ¿No me conoces? ¿Alicia? Sí, Diego, soy yo. Vaya, ¿qué tal la vida? Me muero sin ti. Lo sé. ¿Lo sabes? Claro, Diego, estuvimos juntos cinco años. Es cierto, qué suerte la mía. Pues sí. Quiero volver, Alicia. Diego, por favor, sabes que no. Te lo pido de rodillas. No me convences, adiós.

El día pasa lento. No tengo ganas de trabajar. He empezado una nueva serie que me tiene enganchada. Otra más. Miro el reloj del móvil. Las chicas están compartiendo sus posibles looks. «Es una ocasión especial.» Lo es. Suspiro. Vale, venga. Abro el armario, cojo una falda de cuero y una camisa medio abierta. Sujetador de encaje. Taconazos. Voy toda de negro. Perfecto.

Me ducho. Me limpio bien el coño. Mejor prevenir que

curar, dicen. *Eyeliner* negro. Mierda. Una raya más alta que la otra. Vuelvo a empezar. Joder. Pongo un poco más en el otro ojo. Cierro el párpado. Dios mío. Menuda mancha. Desmaquillante. Paciencia, Alicia, te saldrá. Hoy no es mi día. La gente te verá de lejos, nadie se va a fijar. Pasando. Pintalabios rojo y ya. Adoro mi reflejo. Suena pedante, lo sé, pero es así. Soy una *femme fatale*. Miau. Me visto. Llevo la lencería de follar. ¿Se presentará la ocasión?

Cojo el móvil. Te vas a enterar. Me hago un selfi. Y otro. Y otro. Y otro más. Treinta fotos después, un par de filtros y... ¡boom!, lo subo a Instagram. #nochedechicas #sábadosabadete #areventarlaciudad. ¿Descripción? Que te jodan.

XV

MDMA

Abro la puerta. Diana ya está aquí.

—Traigo todo en la maleta. Le he dicho a mis padres que íbamos a ver una peli.

—Bien hecho.

Se mete en el baño para cambiarse. Es normal. Intimidad. Aunque a estas alturas... Tarda un rato. Sale. ¿Y esta mujer?

—No sé si me he pasado.

—Te has puesto el vestido de las tetas.

—¡Sí! Menudo escote —comenta.

—Estás espectacular.

—¿No se me notan demasiado los michelines?

—¡¿Qué dices?!

—Ay, no sé. Me veo gordísima con esto.

—Yo te veo guapísima. Eres un pibón.

—¿Y el pelo?

—Perfecto.

Lleva las trenzas recogidas en un moño. Vestido rojo por las rodillas. Estrecho. Escote infinito. Tetas enormes. Descomunales. No puedo dejar de mirarla. Labios rojos. Su piel negra brilla, resplandece.

—Me encanta cómo me miras.

—¿Yo? ¿Por? —titubeo.

—Me haces sentir sexy.

Suena el interfono. Abro. Veo a Emily de espaldas. Se da la vuelta de golpe. Lleva el móvil en la mano. Nos escanea.

—¿Qué haces?

—¡El zorrómetro!

Risas y más risas. Su sentido del humor es increíble.

—¿Y qué dice?

—Zorra *approved*.

Lo celebramos. La primera vez que festejo que me llamen zorra. Es curioso, no lo siento como una ofensa, al contrario. Empodera. Me recuerda que nos han castigado, que nos han sometido, que nos han silenciado y que ahora somos nosotras las que mandamos. Aquellas a las que llamaban zorras, en este momento follan con la liberación.

—Estás increíble —dice Diana.

—¡Gracias! Llevas el vestido de las tetas. ¿Es una indirecta? —pregunta Emily.

—Tienes el título oficial de sujetatetas, amiga.

Emily lleva unos pantalones de cuero ceñidos y un body blanco. Su pelo rosa, suelto y con volumen. Labios fucsia.

Pongo música. Cojo el tequila. Hoy será una gran noche. Sirvo tres chupitos en unos vasos demasiado grandes. La escasez. A ellas sigue sin importarles.

—¡Por el zorrerismo! —grito.

Limón y sal. Ardor en la garganta. La última vez que bebí tequila acabé charlando con dos chicas desconocidas en el baño meado de un garito madrileño. Qué nos deparará esta vez la oscuridad.

Charlamos un rato. Decidimos cenar en mi casa. Pedimos unas pizzas. Debatimos sobre si debe llevar piña o no. Abro una botella de vino.

—Voy a emborracharme antes de salir, tías —suelta Emily.

—Ese es el plan.

Llegan las pizzas. Cenamos. Hablamos sobre la causalidad de la vida, sobre nuestro encuentro, sobre la amistad. Pasan las horas. Son las once y media. Otro chupito de tequila. Limón y sal. Selfi. Diana sale con los ojos cerrados.

—¡Nos movemos, chicas!

—Vamos a reventar la ciudad, zorras —digo.

Cojo las llaves, el móvil, el monedero. Me dejo la dignidad en casa.

Correr con tacones debería ser deporte olímpico. Llegamos al metro. Menos mal. Nos bajamos en Tribunal. Malasaña se transforma por la noche. Hay gente en la calle. Nos ofrecen latas de cerveza a un euro. Pillamos un par. Entramos en un bar que hace esquina. La relaciones públicas nos invita a tres chupitos. Limón y sal. A estas alturas ya voy contenta. Siento la música en mí. Quiero bailar. Lo damos todo en la pista. Estamos increíbles. Nos miran. Ese poder, esa sensación. Es adictiva. Bajamos perreando hasta casi tocar el suelo. Emily controla el escote de Diana. Parece misión imposible. Sus tetas insisten en ver la luz. Nosotras insistimos en que no. Olvido dónde he dejado mi cerveza. El bar está lleno. Emily nos guía hasta la barra. ¿Otro más? Limón y sal. Mi cuerpo se desinhibe. Saltamos con la canción de La Casa Azul. Gritamos. «Esto es una revolución sexual.» Estoy sudando. La falda de cuero se pega a mi cuerpo. Voy a mear. Cuando vuelvo veo a Emily y a Diana hablando con un señor de unos cincuenta años. Pienso en las fantasías de cada una. Creo que ninguna quería follarse a un madurito. Me acerco, sonrío y escucho.

—¿Y dices que es exclusivo? —pregunta Emily.

—Sí, solo puedes entrar con contraseña.

—¿Qué hay en ese lugar? —cuestiona Diana.

—Qué no hay. Es un sitio donde puedes hacer lo que quieras. Hay gente muy diversa, no hay límites. Es solo para mentes abiertas. Creo que no me equivoco si os invito, ¿no?

—No, no. Nosotras somos muy abiertas. De mente, de mente, claro —puntualizo.

El hombre sonríe. Parece guapo. No sé si será la luz o la borrachera. O ambas cosas.

—Entonces, ¿os apuntáis?

Nos miramos. Dejarnos llevar, ¿recuerdas? El Club de las Zorras es así. A todo que sí.

—Sí, claro.

—Perfecto.

Mete la mano en el bolsillo de su pantalón y saca una tarjeta negra. El Apartamento. Hay una cerradura dibujada, el nombre de una calle y un número. Nada más.

—Os veo luego. ¿Me decís vuestros nombres?

—Diana, Alicia y, yo, Emily. ¿Y el tuyo?

—Soy Mario.

Mario se acerca a Emily. Le susurra algo y desaparece entre la multitud. Un tipo demasiado elegante para este sitio. Diana nos pide que la acompañemos al baño. Nos miramos en el espejo. Le pido a una chica si me deja su *eyeliner*. Intento arreglarlo. Tampoco está tan mal, Alicia. Ya, lo mismo le dijeron a la señora que restauró el Ecce Homo.

Entramos las tres, cierro la puerta. Diana se levanta el vestido.

—Chicas, si me miráis, no me sale el chorro.

Nos damos la vuelta. Parece que lo ha conseguido.

—¿Qué os ha parecido ese tío? —pregunta Emily.

—No sé, me da mal rollo. ¿Y a vosotras?

—También. ¿Y si vamos a ese sitio y resulta que no hay nadie? —dice Diana mientras se limpia.

—O es un puto psicópata —añado.

—¿En serio? A mí no me ha parecido raro. Al contrario, me da morbo la situación.

—Sí, en cierto modo sí. Tal vez podríamos probar y si vemos que no nos gusta, salimos corriendo.

—Estoy cagada, chicas —informa Diana.

—Tía, no va a pasar nada. Ya verás, confía en mí.

Salimos del baño. Volvemos a la pista. Intentamos seguir bailando, pero algo ha cambiado. El Apartamento. ¿Qué habrá en ese lugar? ¿Por qué nosotras? ¿Quién es Mario?

Son las dos. Aforo completo. Nos empujan. ¿Y si probamos?

—Tías, creo que ha llegado la hora.

Subimos las escaleras. El portero nos despide en la puerta. Ponemos rumbo a El Apartamento. La noche en Madrid impacta. No me acostumbro. Gente borracha, olor a meado, marihuana en las esquinas. Pizzerías abiertas, luces parpadeando. Alguien grita «capullo». Otros salen perreando. La vida pasa rápido, se pierde el control. El ritmo no afloja ni un segundo. Las prisas por experimentar. Y las ganas de morir.

Diana me coge de la mano. Tiene miedo. Yo también. La única que parece decidida es Emily. Nos mira, intenta calmarnos.

—¡Ey! No va a pasar nada. Será increíble.

Fluir. De eso se trata. Hasta el final. Para eso creamos el club. Para eso nos conocimos. Para romper, para renacer. Aprender a perder el control. Saldrá bien.

Doblamos una esquina. Saco dinero en el cajero, por si acaso. Estamos al lado. Torcemos a la izquierda. Número 86.

Es un local negro. Ningún cartel o señal que lo identifique. Hay un interfono gris al lado de la puerta. Pulsamos el botón. Alguien descuelga el teléfono, pero no dice nada. Nos miramos.

—La mente es una distopía de la realidad —dice Emily.

La puerta se abre. Se me revuelve el estómago. Vamos allá.

Parece el portal de un piso cualquiera. Una luz parpadea. El polvo se acumula en los buzones. Aquí no debe de vivir nadie. Hay una persona en la portería. Tiene la cara llena de *piercings* y tatuajes, la cabeza rapada. No sabría identificar su género. Como si eso importara. Nos observa con cierta pasividad.

—Vuestra primera vez, ¿verdad?

—Sí, ¿tanto se nota? —digo.

—Bastante.

Sonrío. No es recíproco. Se me queda mirando con cierto sarcasmo. A mí se me borra la sonrisa.

—A ver, muñequitas, os tengo que explicar las normas de este lugar.

¿Muñequitas?

—No se pueden hacer fotos ni vídeos. El resto está permitido. Es un lugar donde poder liberarse de los tabúes y las normas sociales. Eso significa que no juzgamos a los demás. Ni los miramos. Y si queréis hacer algo, es importante que haya consenso.

—Vale.

—Son veinte euros.

—¿Perdón?

—Veinte euros cada una para entrar.

—Ah, pensaba que solo se consumía.

—Lo que pensaras me da igual. Veinte euros.

Qué simpática esta muchacha. Así da gusto.

—Tenéis una consumición con la entrada.

Seguimos quietas, de pie, esperando alguna instrucción más.

—¿Tengo monos en la cara o qué?, joder. Largaos. Tercera planta. Llamad al timbre.

Nos faltan piernas para subir las escaleras. Diana nos para en el segundo piso.

—Chicas, chicas. Recordad nuestra palabra de seguridad y nuestro gesto.

—«Palomitas» o un aleteo —digo.

—Exacto. Si en cualquier momento alguna de nosotras está incómoda, salimos de aquí.

—¡Vamos! —grita Emily.

Llegamos a la puerta. No es de madera como las demás. Parece de hierro. Toco el timbre. Respiro hondo. Abre una chica vestida de arlequín. La falda muy corta, medias por encima de las rodillas. Maquillaje de fantasía, purpurina.

—Bienvenidas a El Apartamento.

La seguimos como si del conejo de *Alicia en el País de las Maravillas* se tratara. Caminamos por un pasillo oscuro iluminado por luces ultravioleta. Hay telas de colores colgadas en el techo que te acarician la cara cuando pasas. Cuadros de principios de siglo un tanto eróticos. Se escucha música de fondo. En la pared, frases escritas con pintura fluorescente. «El éxtasis está en ti.» «Somos psiconautas.» «El alma pilota tu cuerpo.» «Entra en otra dimensión.» «Follarte hasta dejarte sin aliento.» Es extraño y fascinante a la vez.

Cruzamos una puerta. Y ahí está. Una barra enorme preside el centro del local. Hay muchos sofás. Gente hablando, esnifando cocaína, bebiendo Moët. Un chico se levanta. Está desnudo. Lleva una pajarita negra en el cuello. Una *drag queen* baila *pole dance* subida encima de veinticinco centímetros de tacón. Dos chicas se enrollan en una cama blanca. Los demás miran a su alrededor mientras se acarician. El DJ va vestido de conejo. Pincha música electrónica psicodélica. Hay gente en trance bailando en medio de la pista. La iluminación es la misma que la del pasillo; te hace los dientes más blancos. ¿Qué lugar es este?

—¿Esto es un club *swinger*? —pregunta Emily.

—No, cariño. Esto es la libertad del ser —responde la chica arlequín.

Necesito beber para digerir todo esto. Involuntariamente, le hago una ligera mueca a nuestra guía personal. Ella desaparece entre la multitud. Nos sentamos en la barra. Dónde estamos. No decimos nada. ¿Qué podemos aportar? Estamos fascinadas con el entorno. Parece una dimensión paralela en el centro de Madrid. O hemos caído por el agujero, no lo sé.

—¿Qué queréis?

—Tres gin-tonics —dice Emily.

—¿Os puedo recomendar algo? —pregunta el camarero.

Sí, el que va en pelotas.

—Claro.

Intento no mirarle la polla, pero no lo consigo. En efecto, ahí está. Sin un solo pelo.

—La salvia de la Pachamama —comenta.

—¿Y eso qué es?

—Ginebra, limón, tónica, absenta y algunas hierbas naturales.

¿Nos quiere drogar? Emily se me adelanta.

—¿Lleva droga?

—Solo alcohol. —El camarero se ríe.

Nos prepara el cóctel en un cuenco de madera. El líquido es verdoso.

—Sois nuevas en El Apartamento, ¿a que sí? —pregunta el camarero.

—¿Lo llevamos escrito en la cara o qué? —contesto un tanto cansada de sentirme como una novata.

—No os preocupéis. Al principio impacta, pero os recomiendo vivir la experiencia al máximo. Es alucinante y adictiva.

—¿Y qué nos aconsejas? —lo interrogo.

—Venid, os voy a presentar a alguien.

Seguimos el culito prieto del moreno cañón. Nos alejamos de la sala principal. Al final de un segundo pasillo hay otro espacio abierto. La música es más relajada. La gente flota. La iluminación es cálida. Velas, tonos naranjas. Un mandala gigante corona un futón lleno de cojines. Un grupo se está tocando la cara y flipando. «Qué suave», se dicen. En el medio, un hombre mayor sentado. Pantalones y camisa ancha de lino blanco. Sonríe mucho y bebe champán. El camarero se le acerca y le susurra algo. Él asiente. Nos mira. Tiene los ojos pintados de negro. Mirada profunda. Impacta.

—Os presento a Rajiv. Es el dueño de El Apartamento.

Pero qué cojones.

—Bienvenidas. ¿Qué tal estáis? Sentaos aquí conmigo.

El camarero se va. A mí todo me parece muy extraño. Accedemos. Intento sentarme lejos de Rajiv y ponerme cómoda entre tanto cojín.

—Tenéis unas almas bellas pero poco exploradas. ¿Para qué estáis aquí?

Nos miramos confusas.

—Un tal Mario nos ha invitado y, no sé, hemos decidido venir —explica Emily.

—Ah, Mario, sí. Viejo amigo. Mario descubrió este lugar hace unos cinco años. Ahora busca almas bellas en la oscuridad de Madrid. Ha vivido todo tipo de experiencias. Es un gran hombre, muy consciente.

—Sí, parecía majo —comenta Diana.

Yo sigo callada. La borrachera se me ha bajado de golpe. Bebo un sorbo del mejunje que sostengo entre mis manos.

—No me habéis respondido a la pregunta. ¿Para qué estáis aquí?

Titubeamos. No sabemos muy bien qué responder. Pasan unos segundos que se hacen eternos. Rajiv nos mira con esos ojos llorosos enmarcados en un negro intenso. Su sonrisa no descansa ni un segundo.

—No sabíamos lo que nos íbamos a encontrar —dice por fin Emily.

—Claro. Y ahora que lo sabéis, ¿para qué estáis aquí?

Y dale.

—Venimos a experimentar. Queremos dejarnos llevar y fluir —añade Diana.

—Ya, ya veo —asiente Rajiv.

De repente, respira de forma profunda, como si estuviera meditando. Mira al techo. También yo miro hacia arriba. No hay nada. Vuelvo a centrarme en Rajiv. Ahí sigue. Llevo de nuevo mi atención al techo. Qué estará viendo.

—Ay, perdonad, me está dando el subidón.

¿Está drogado? ¿Pero qué edad tiene este hombre? ¿Setenta años?

Pasa un rato. Vuelve a la realidad. Expulsa el aire con un sonido sordo. Se acaricia las manos.

—¿Qué queréis experimentar, bellas almas?

—¿Qué nos recomiendas? —pregunta Emily.

Estoy nerviosa. A dónde voy. Es sobrenatural.

—¿Habéis probado a qué sabe el amor en vuestro cuerpo?

¿El amor?

—¿El amor? —pregunta Diana.

—Dónde nace y dónde muere.

Hace una pausa. En cualquier momento le va a dar un infarto a este señor.

—Aquí el amor se mide en gramos —añade.

Empiezo a entender por dónde va. Miro a la derecha. Hay un par de chicas haciéndose una raya en una mesa de cristal. Arquean la espalda, se tapan un agujero de la nariz, el derecho. Voltean los ojos. Ya está. Siguen hablando como si nada hubiese pasado.

Rajiv busca en sus bolsillos. Saca una bolsita transparente con un corazón dibujado. En su interior hay un polvo blanco.

—¿Qué es eso? —pregunta Emily.

—¿Esto? El amor del que os hablé.

—En serio.

El hombre sonríe.

—¿Primer contacto con las drogas?

Asentimos.

—Tranquilas. No tenéis que hacer nada que no os apetezca. Esto es MDMA, también llamado cristal. ¿Sabéis lo que es?

—¡Sí! —grita Emily.

—Bien. ¿Sabéis qué provoca?

—No —responde Diana.

—Se le llama la «droga del amor» porque eso es lo que ofrece, amor. Te sientes eufórico, excitado. Aumenta tu empatía, cambia la percepción de los sentidos. Es la felicidad extrema.

—Vaya, ¿así sin más? —pregunta Diana.

—Lo que hace el MDMA es aumentar la serotonina que produce tu cerebro. La serotonina es la hormona encargada de tu alegría.

De gurú espiritual a enciclopedia de las drogas.

—¿Es peligroso? —ahora pregunto yo.

—Vaya, qué bien escucharte al fin. Toda droga en exceso es peligrosa. El alcohol, el tabaco, el azúcar, la marihuana, el MDMA, el ego...

—Ya.

—No os preocupéis. Si experimentáis alguna sensación extraña, yo estaré a vuestro lado. En este viaje estamos todos juntos. Vamos hacia la misma dimensión.

Emily está encantada con la idea.

—Tías, ¡es mi fantasía! —grita.

No hace falta que lo hagas, Alicia. Debes estar presente, pero no tienes por qué experimentarlo. Qué pasa si lo hacemos. Qué hay más allá. Una dimensión desconocida. Nuevas sensaciones. Pero ¿es este el lugar?

—Yo lo voy a hacer —afirma Emily.

Diana me mira. Va borracha. Observa a Rajiv.

—Yo también.

Siento un retortijón. Tengo ganas de cagar. El corazón me va a mil. Lo siento golpeando fuerte en mi pecho. Tiemblo. Estoy nerviosa. Sé mi respuesta. Me da miedo.

—Vale, hagámoslo —digo.

—Genial. A partir de ahora os recomiendo que bebáis agua. El MDMA deshidrata y es importante llenar vuestro cuerpo con el líquido de la vida.

Tan místico...

—Es posible que durante el despegue tengáis náuseas o mareos. Si es así, avisadme. Yo os guiaré, bellas almas.

No sé si fiarme de un hombre de casi setenta años al que acabo de conocer en una fiesta psicodélica llena de drogas, sexo y alcohol. Dónde está el instinto cuando más lo necesito.

—Los efectos se pasarán, tenedlo presente. Volveréis

a vuestro estado natural, pero..., pero algo habrá cambiado. El qué debéis descubrirlo vosotras. Cuando se viaja a «la dimensión», el tercer ojo se expande y acabamos percibiendo el universo en su totalidad.

Rajiv abre la bolsa. Nos observa. Escucho el rugir de mi estómago.

—¿Preparadas?

¿Lo estoy?

—Sí, ¡vamos a por ello! ¡Tías, qué bien! —Emily está excitada.

—No quiero pensarlo demasiado —dice Diana.

Asiento con la cabeza, sin más. No puedo hablar.

—El MDMA se ingiere por la boca. ¿Cómo? Muy sencillo. Chupad vuestro dedo meñique y metedlo en la bolsa. El cristal se quedará pegado. Después lo volvéis a chupar y listo. Os recomiendo que os lo pongáis al final de la lengua. El sabor no es agradable.

Rajiv sigue sus propias instrucciones. Se chupa el dedo, lo mete en la bolsa, coge un poco de polvo blanco y lo saborea.

—¿Veis? Sencillo.

Emily lo imita. Diana la sigue. Y yo..., yo no quiero razonar. Humedezco el meñique y observo el polvo en mi huella dactilar. Hay algunos grumos, parecen rocas minerales. Suspiro. Es la hora. Brindamos.

Si existe Dios, por favor, que me cuide. Alicia, si existe Dios, esto es pecado, inútil.

Apoyo el dedo al final de mi lengua. Al instante siento un sabor amargo, químico. Trago rápido. Sigue ahí. Es asqueroso. Bebo del cóctel que nos ha preparado el moreno con el pubis rapado. Qué bendición.

—Joder, ¿qué mierda es esta? —grita Emily con cara de repulsión.

—Lo mal que sabe y lo bien que sienta. Abróchense los cinturones —dice Rajiv.

—¿Cuánto tarda en hacer efecto? —pregunto.

Rajiv sonríe.

—Olvídate y déjate llevar. No puedes controlar el viaje. Ahora estás en la nave espacial. Respira profundo y disfrútalo. Somos compañeros en esta aventura.

Gracias por aclarar mis dudas. Presto atención a mi cuerpo. Sigue igual. Mis ganas de cagar, intactas. ¿Taquicardias? ¡Presentes! ¿Temblores? Aquí.

—Id a descubrir el lugar, bellas almas. Yo estaré aquí. Venid a verme cuando notéis algo o si no os encontráis bien, ¿de acuerdo?

Nos vamos. Tengo que mear. Pregunto por el baño al morenito del culo prieto. «Al fondo a la derecha», me dice. Perfecto. Las chicas me preguntan si quiero que me acompañen. Prefiero ir sola. Necesito respirar. Atravieso la sala. Hay un pasillo. Otro más. En sus paredes están dibujadas las constelaciones. Son fosforescentes. Sigo caminando. Una sola puerta. ¿Y el género? Sale un chico. Su pelo es oscuro, ondulado y largo y lo lleva recogido en un moño. Se le escapan algunos mechones que esconde detrás de la oreja. Tiene una barba espesa. Ojos castaños. No es alto, pero está fuerte. Lleva purpurina plateada en un pómulo. Me quedo fascinada. No sé muy bien qué decir.

—¡Perdona! ¿Te he dado?

Ojalá me hubieses dado un buen pollazo.

—¿Hola? —insiste.

—¿Qué? ¡Ah! No, no. Estoy buscando el baño.

Señala la puerta con las dos manos, como si la hubiese hecho aparecer por arte de magia. Acompaña el gesto con un tachán que suena a gloria.

—¿Este es el de chicas o el de chicos? —pregunto.

—¿Primera vez aquí?

Ya estamos otra vez.

—Sí, se nota. Llevan toda la noche diciéndomelo.

—Tranquila. Siempre hay una primera vez en El Apartamento.

—Supongo.

—Claro. Bueno, el baño. No hay géneros. Solo hay un baño y es este.

—Gracias. —Sonrío.

—¿Cómo te llamas?

—¿Perdón?

—Que cómo te llamas —repite.

¿Estoy sorda o qué me pasa?

—Ah, sí. Soy Alicia. Perdona, estoy un poco...

—No te preocupes. Son muchos estímulos.

—Demasiados.

Carcajeo y casi se me cae un moco. Salvo su fatal descenso inspirando fuerte.

—Yo soy Hugo. Encantado.

Se acerca y me besa en la mejilla. Huele muy bien, a esas colonias que te ponen cachonda sin que sepas muy bien por qué. Hacen que te mojes. Vaya si lo hacen. Mi coño se despierta del letargo sexual. Estaba tardando.

—¿Has venido sola?

—No, no. Con unas amigas. ¿Y tú?

—Con unos amigos. Intentamos venir como mínimo una vez al mes. Esto es adictivo.

¿Se drogará?

—Eso dicen —respondo.

—Bueno, no te quiero entretener. Vete al baño. Si quieres, hablamos luego.

—Es que me estoy meando bastante. ¿Me esperas?

—Sin problema, Alicia.

El baño tiene pintadas unas setas gigantes, hadas, duendes y un bosque mágico que cautiva. Entro corriendo. Apoyo mi cóctel pachamámico en el suelo. Meo. Mucho. Me miro en el espejo. ¿Se habrá fijado en mi *eyeliner*? Espero que no. Me alboroto un poco el pelo. Me peino el flequillo. Me abro la camisa para que se vea el sujetador de encaje negro. Zorra sí, pero elegante.

Esta noche quizá sea la noche. Mi coño dice sí. Mi mente, tal vez.

Abro la puerta con cuidado para no darle un golpe a Hugo. Ahí está, apoyado en la pared, rodeado de estrellas que brillan. Brillan mucho. Mira cómo brillan las estrellas. Brillan demasiado. ¿Antes brillaban así? Vaya, es alucinante. Y el color, ¡oh, Dios! Ese color tan increíble. Deslumbran. Puedo ver el halo de luz, su destello. Giro la cabeza y la sala reluce. Veo las líneas que se expanden desde el corazón de los focos ultravioleta. La claridad sale disparada. Inunda la sala. ¿Han subido la potencia? Estoy flipando.

«Qué tal», pregunta Hugo. Bien, ¿por qué iba a estar mal? ¿Estoy mal? No. O sí. Es extraño. No puedo dejar de mirar las luces. Soy como una polilla atraída por la muerte. Voy directa, quiero alcanzarla. Es profunda. Infinita. Jamás había visto algo tan fulgente.

Hugo está contento. ¿Se ríe de mí? De repente, parece que algo va a estallar en mi interior. Mi corazón se acelera de forma abrupta. Tengo ganas de vomitar. Náuseas. El baño está ahí, a un metro. Pero Hugo, ¿qué pensará? Dudo. Me mira. Por qué. Un mareo profundo se adueña de mi equilibrio. Quiero salir de aquí. De aquí de dónde. De donde quiera que esté. Una explosión me sube por el pecho. Siento un cosquilleo en las manos. Parece un ataque de ansiedad. Sí, como aquella vez en casa que no podía respirar. Igual.

La sensación de que algo malo me va a pasar. Y las luces que no dejan de brillar.

—Perdóname un segundo.

Busco a Rajiv. Él mismo dijo que si nos sentíamos mal acudiéramos a él. Allá voy. Cruzo la pista. Las chicas están charlando con la gente. No me ven. Mejor. Entro en la habitación cálida. Rajiv se ríe mientras abraza a una pareja.

—Rajiv.

Clava sus ojos en mí. No hace falta que le diga nada. Sabe lo que me está pasando. Me transmite paz.

—¿Estás bien, bella alma?

—Siento que voy a reventar. Quiero que esto acabe. Por favor, haz que pare.

—Bella, estamos en un viaje. Hemos subido a la nave espacial. No puedo pararla.

—¿Qué me pasa? Todo es muy intenso. No..., no puedo respirar. ¿Y si me muero? Joder, no debí...

—Ven, acompáñame.

Rajiv me coge de la mano. Cruzamos la sala. El pasillo de las telas. La chica vestida de arlequín en la entrada. Los latidos retumban en mi cabeza. El mareo que no se va. Las náuseas que no cesan.

Subimos un piso. Abre la puerta. Hay una azotea. Siento la brisa fría en mi piel.

—Respira.

Inhalo. Exhalo. Lleno los pulmones. Al principio, me cuesta. Después, me sana.

—Cógeme. Vamos a caminar un poco.

Lo cojo del brazo como hace mi abuela cuando quiere contarme un chisme. Damos vueltas en círculo por una terraza no muy grande. Se ve Madrid iluminada. Las luces me ciegan. Es un mar de líneas y destellos. Rojos, naranjas, amarillos. Todo destaca. Todo es esplendoroso. La luna está sobre nuestras cabezas. Me paro y la observo. Es bella. Siento que me abraza con su luz. Un diamante. Un halo en mitad de la oscuridad.

—¿Cómo te encuentras, Alicia?

Vaya, recuerda mi nombre.

—Mejor.

Dibujo una sonrisa, muy lenta. Las ganas de estallar se han esfumado. Tal y como han aparecido, se han ido. No están. Me río. No sé de qué.

—Cuando tenemos un mal viaje, debemos virar el rumbo. Salir, pasear, cambiar de escenario.

—Eres una enciclopedia de las drogas —digo hablando con muchas pausas y un exceso de cariño.

—La experiencia, pequeña.

Seguimos los círculos que hemos dejado atrás. Peso diez kilos menos. Mi cuerpo es ligero. Acaricio el brazo de Rajiv. Es suave. No puedo parar. Es adictivo. Qué suave. Qué textura. ¿Y el lino? Vaya, el lino. Qué liso. Es agradable. Suave suave. Me encanta.

—¿Quieres volver? Creo que es el momento —dice Rajiv.

—No quiero estar mal.

—No lo estarás, no te preocupes. Yo estaré observándote y acompañándote. Estoy en esta aventura contigo, ¿recuerdas?

—Sí.

—Deja de pilotar tu cuerpo. Obsérvalo desde la distancia. Que sea tu alma la que te guíe.

Bajamos las escaleras. La chica arlequín. El pasillo de telas. La pista. La música está muy fuerte. Rebota en mí. Cada poro de mi piel escucha. Mis sentidos están superdesarrollados, como si el mundo tuviese un filtro de Instagram que lo hace parecer mejor, diseñado a mi gusto. Qué belleza.

Necesito bailar. Me acerco al altavoz. Rajiv está en la barra, apoyado. Junta las palmas delante de su cara y hace una reverencia. Imito su gesto.

Apoyo mi mano, puedo tocar el sonido. Cada compás, cada nota, cada onda se expande suavemente por mi cuerpo. Balanceo mi ser a un lado y al otro. Lenta, sigilosa. Sintiendo cada partícula. El universo explota en mí. La música. Miro al conejo que está pinchando. Le sonrío. Me saluda. Qué bello es vivir.

Arqueo mi espalda. Elevo mi mirada. Cierro los ojos. La energía me sube por los pies, las piernas, el coño, el estómago, el pecho, los hombros, el cuello, los labios, los ojos, la mente. Se dilata. Mis brazos dibujan olas en el espacio. Soy como esa diosa hindú, Kali, con muchos brazos. Estoy conectada con la Madre Tierra, con el tiempo. El pulso de la música electrónica se fusiona con mi latido. Follo con el sonido. No puedo dejar de sonreír. Las células están celebrando, bailando, amando, fluyendo. Mi cuerpo se mueve a su antojo. Yo solo observo desde la distancia de mi alma.

Abro los ojos. Veo el techo. Noto cómo sincronizo mi energía con la tierra y el cielo. Estoy en perfecta armonía. Mis manos suben recorriendo mi cuerpo. Palpo mi figura como si fuese la primera vez. Suave. Lisa. Perfecta. Un instrumento capaz de enseñarme el mundo, de mostrármelo tal y como es. Bello en su plenitud.

Dejo de ser. Ya no soy más. Percibo la división. Trinidad. Cuerpo, mente y alma. Uno, muestra; otra, razona; la última, pilota. Me toco los pechos, los redondeo. Subo por el cuello, me toco la cara. Flipo. Es terciopelo. No puedo parar de acariciarme. Es éxtasis puro. Bailo con el presente.

Lo demás es exceso. Siento un poder que invade mis huesos, mi sangre, mi templo. La belleza se fusiona en mí. Y danzo como las diosas danzaban ante la vida. Sintonizo con el alma ancestral. Estoy viva. Aquí, en este mundo. Con un cuerpo nuevo.

Quién soy. Qué soy.

Movimiento, vida, evolución. Mis caderas se expanden, se acuestan en la cuna del deseo. Mi coño palpita fuerte. Se moja. Los fluidos del sexo. Soy mujer. Y estoy viva. Más viva que nunca.

Rajiv se acerca. Me da un poco de agua. El elixir de la vida. Así lo siento. Lo abrazo fuerte. Gracias, gracias.

—Eres mi compañero de viaje y de alma.

—Habitantes de la misma dimensión.

Ahora suena música tribal. Un cántico en un idioma que no entiendo. Es salvaje. Los tambores me ciegan. Pierdo el concepto del ser. Solo puedo estar. Elevo mis manos al cielo. Muevo las muñecas, rozo mis brazos. El cuerpo. Este templo nuevo que nunca he venerado, que nunca he adorado. Ahora estoy en mí.

No sé dónde están las chicas. Miro a mi alrededor. A mi lado está Diana. La alcanzo. Me abraza fuerte. Huelo su perfume. Espera, un poco más. Nos miramos. Cogemos nuestras manos, las movemos de un lado al otro. Sus tetas se van a escapar. Lleva purpurina plateada. Oh, ¡purpurina!

—¡¿De dónde la has sacado?!

—Ese grupo tan maravilloso me la ha puesto en el pecho.

Son los amigos de Hugo. Él está ahí. Me saluda. Casi se me desencaja la mandíbula de tanta felicidad. Apoyo mi cabeza en las tetas de Diana. Son blandas. Qué belleza de mujer. Su piel deslumbra.

—Qué suave eres.

—Te quiero mucho —me dice.

¿Cuánto tiempo hacía que no escuchaba eso?

—Y yo. Estoy muy feliz de conocerte.

—De verdad, te quiero —insiste.

—Yo también.

Seguimos mirándonos, estamos fusionadas. Sus ojos son oscuros. Me absorben. Yo solo quiero ir, encontrar la salida. No sé en qué momento decidí perderme.

La textura de la música es blanda. Puedo distinguir todos los sonidos que atraviesan mis oídos. Una voz. Los tambores. Una guitarra eléctrica. Pájaros. Distorsión.

Diana me abraza. Acaricia mi cara. Se va. Yo sigo bailando con los ojos cerrados, sonriendo como una estúpida que no se entera de nada, celebrando que mis átomos están vivos. Y ya solo con eso la vida es sublime. Joder, estoy en Madrid. ¡Estoy en Madrid! La definición de júbilo se plasma en mi baile. Rajiv se acerca. Lo vuelvo a abrazar. Vuelvo a beber agua.

—Estoy flotando.

—Lo sé. Eres una diosa.

Me siento una diosa. La divinidad naciendo de mis chakras. La espiritualidad surgiendo de mi ser. Noto la mandíbula tensa de tanto sonreír. No puedo controlarla. Recorro el interior de mis dientes inferiores con la lengua. Están duros.

Sigo bailando, hipnotizada por la calidez del sonido. Cierro los ojos. Me imagino formas, notas. El cosmos representado ante mí y yo flotando en la inmensidad de la existencia.

Unas manos se apoyan en mis caderas. Me sorprendo.

—Veo que Rajiv nos ha llevado a la misma dimensión —me dice.

Esa voz. Giro la cabeza, no demasiado. Veo esos músculos fuertes, ese tatuaje mahorí. Una camiseta verde pálido marcando sus pectorales. Apoyo mi cabeza en su clavícula. Él sigue ahí, detrás. El eco nos traslada al Medio Oriente. Las notas árabes son las protagonistas del hilo musical de esta nave espacial. Se mezclan con una música electrónica que rebota en mí, me recorre por dentro. Hugo mueve mis caderas de un lado a otro. No tiene prisa. Pego mi culo contra su paquete. Suspira. Estoy tan cachonda que deberían declarar el lugar zona catastrófica por inundaciones. Me palpita hasta el dedo pequeño del pie. Sube sus manos, acaricia mi cintura. Mezclamos nuestra vivencia con esta química que ha conseguido detener el tiempo y acelerar mis bajos. Nos agitamos al mismo compás. Uno, dos, tres. Volamos con la naturaleza. Un instinto primitivo sujeta mi cuerpo. El olor a feromonas ambienta el espacio. Solos, él y yo, en medio de la creación.

Hugo desliza sus dedos por mis hombros. Acaricia el cuello de mi camisa. Me muevo por inercia. El vello se me eriza. Mis pezones se ponen duros. La piel de gallina. Sigue la tira de mi sujetador de encaje. Se ha dado cuenta de mis intenciones, aquellas que tenía incluso antes de conocerlo. Se esconde en mi pelo. Primero toca mi cuero cabelludo. No sé dónde estoy, pero este sitio es nuevo. Aquí no he venido nunca. Masajea mi cabeza. Tira suave de un buen mechón. Eso obliga a mi cuerpo a pegarse más. Olfatea. Respira. Retiene. Relaja. Entierra su nariz en mi pelo negro. Su cabeza oscila. Una brisa caliente sale de su boca y acaba en mi lóbulo derecho. Un mordisco. Abro la boca. Ligero jadeo. Si querías poseerme, lo has conseguido. Soy tuya, estoy a tu servicio. Él añade su propia composición al ambiente. Su propio sonido, una respiración acelerada, cachonda, excitada. Noto su polla empalmada a través del pantalón. Es grande. Mi culo soba su erección. Hugo suelta el aire de golpe y despeina mi pelo. Yo arqueo la espalda. El movimiento se disipa, pero no del todo. Seguimos ahí, mecidos por el vaivén musical. El roce de sus labios en mi oreja hace que mi piel se ponga en guardia. Mi energía transmuta, se centra en mi entrepierna. Me giro. Estamos cerca. Clavo mis ojos verdes en el espejo de su alma. Él contrae el párpado inferior. Se intensifica la excitación. Tiene la boca entreabierta. No para de jadear. Nos sincronizamos. Estoy temblando, tan cachonda que siento que voy a estallar. Acerco mi boca a la suya. Hay cierta fricción. Sin prisas. Humedezco con la lengua mis comisuras, me muerdo el labio inferior. Sigo inmersa en sus pupilas. Con un solo movimiento, pega mi cadera a la suya. Su polla es la representación tangible de este deseo. Nos besamos. Su lengua entra en mi boca. Lucha contra la mía. Besa muy bien. La velocidad va aumentando. Aceleramos. Nos fusionamos más. Y más. Y más. Coge mi nuca con fuerza. No me voy a ir, al menos no de esa forma. Contrae sus manos con mi pelo en medio. Un tirón, otro más. Eso me pone. No sé cuánto tiempo llevamos besándonos, pero ya no puedo más.

—Vamos al baño —balbuceo.

Lo cojo de la mano. Arrastro su cuerpo a través de las constelaciones y las estrellas fluorescentes que siguen brillando. Entramos en el baño. Cierro con pestillo. Seguimos besándonos con cierta desesperación, como si el tiempo se esfumara. Es una necesidad vital. Me apoya contra el mármol del lavabo. Soba mis tetas, mi culo. Mi cintura, mis caderas. Mi pelo, mi espalda. Muerde mi cuello, mi oreja. Para. Me clava sus ojos. Una mueca perfila la parte derecha de sus labios. Me levanta la falda de cuero y se arrodilla ante mí, con tanto respeto que parece que se va a poner a rezar. Acerca su nariz. Huele mi coño. Jadea. Sus grandes manos me aprietan el culo. Lo empujan. Introduce su olfato. Lame mi coño por encima del tanga de encaje. Puedo sentir la humedad traspasando la tela. Gimo flojito. Besa mi pubis mientras me quita la ropa interior. Cada trozo de piel liberado lo venera. Estoy chorreando. Cuando termina, alza la vista. Saca la lengua y se acerca poco a poco. No tiene prisa. Con la punta me acaricia el clítoris. Está hinchado. Pum, pum. Desvía sus ojos y se centra en mi coño. Hace largas pasadas y, con cada una, me abre un poco más los labios. Mete la lengua en mi agujero. Se separa. Un hilo de saliva mantiene el contacto. Llena su boca con mis fluidos. Acelera el ritmo. Lame y lame. Chupa, absorbe. Juega en las esquinas, persigue cada rincón. Unos mechones le caen sobre la cara. Su moño está a punto de deshacerse. Qué paradoja.

Hugo humedece un dedo y lo introduce poco a poco. Noto cómo sube dentro de mí. Clic. Un brote súbito de placer hace que no pueda contener el grito. Él continúa, acelerando el ritmo de su lengua de forma progresiva, llevándome al éxtasis. Jadeo. Me tiemblan las piernas. Aprieto las manos contra el mármol frío del lavabo. La música suena a lo lejos. Estoy nadando entre planetas y soles. Veo una luz ligera en medio de esta oscuridad. Se acerca. El placer aumenta, me eleva. Hugo adquiere cierta rutina. Sigue lamiéndome y moviendo su dedo. La combinación es explosiva. Y, por fin, la luz me alcanza. Grito. Creo que me voy a desmayar. El orgasmo se expande por todo mi ser. Me colapsa. Mi mano derecha resbala. Me voy a caer. No puedo dejar de gemir. Me corro y me corro. Muevo mi pelvis. Un tic en mis piernas y brazos. La descarga eléctrica por mi espalda.

Miro al techo. No hay manchas.

XVI

La almohada

El espacio, ajeno. Nada ha cambiado. *A priori*.

Hugo se detiene, yo trato de regular mi respiración. El compás, no lo pierdas. Relajo los músculos. Intento volver a mí, es difícil. La experiencia me mantiene flotando en el cosmos. Miro a Hugo. Él, como si no fuese responsable de nada.

—¿Qué tal estás? —me pregunta.

No tengo respuesta. Es inefable.

—Joder. No puedo..., no puedo ni respirar.

—¿Te ha gustado?

—¡¿Estás loco?! Ha sido increíble.

Se levanta. Se estira. Acaricia mi cara. Suspiro. ¿Y ahora?

—¿Quieres venir a casa? —le pregunto.

Sonríe. Sus dientes blancos y perfectos. Se humedece el labio con la lengua. Este tío está de compra una panadería entera y moja.

—Me muero de ganas —responde.

Salimos del baño. Hay una chica esperando. Pone mala cara. Lógico. No sé cuánto tiempo hemos estado dentro, pero seguro que el suficiente como para sembrar el caos en su vejiga. Me acerco a las chicas. Emily habla y habla. Diana, más calmada, sigue bailando.

—Me voy a casa.

Diana mira a mi nuevo compañero de fluidos. Me guiña el ojo. Se acerca.

—Pásalo bien, zorra —susurra.

Que no te quepa duda, amiga. La abrazo.

Bajamos las escaleras. La chica borde de la entrada no se despide. Tampoco lo esperaba. La noche es fría. Dicen que la hora antes del amanecer es la más oscura, la más profunda. Paramos un taxi. Le digo mi dirección de memoria. Me siento madrileña.

Hugo me acaricia la pierna con deseo y cariño. Quiero sentir el peso de su cuerpo, el tacto de su piel. Su desnudez debe de ser un sueño. No hablamos. El taxista sube la música. Está escuchando electrónica. Yo sigo a cámara lenta. Todo se espacia, se prolonga, se amplía, se ensancha. Estoy feliz y conectada con el hombre que tengo a mi lado. Aunque no es en quien pienso. Rajiv. Ni tan siquiera me he despedido. ¿Se enfadará? No creo. He creado un vínculo con él que no podría describir. «Compañeros de viaje», dice. Habitantes de la misma dimensión. Quiero saber más. Conocerlo más. Indagar en su mente. Menudo personaje.

Llegamos a mi casa. Pago. Abro la puerta. En el portal, Hugo me besa. Ahora el que está desesperado es él. Subimos por las escaleras. Y ahí está, mi hogar.

—Este es mi pequeño rincón.

—¡Vaya! Me encanta.

No hay tiempo para más. Sigue con la guerra que le ha declarado a mi humedad. Lucha con mi lengua. Desabrocha mi camisa. La respiración, Alicia, mantén el compás. Observa mis pechos. Cada detalle, cada surco, la curvatura. Me quita la falda. Y ahí estoy, expuesta delante del primer hombre al que me voy a follar después de Diego. Cinco años con la misma polla, ¿habré perdido técnica? Reacciona, Alicia. Deja de pensar. Le quito la camiseta. Está fuerte.

Tiene más tatuajes. Un ojo de Ra, una frase en un idioma desconocido. Pectorales definidos. Es bello por naturaleza. Su piel morena iluminada por las luces de la calle. Beso su cuello, su torso.

—Vamos a la cama.

Me siento en el borde. Él se quita los pantalones. Calzoncillos grises con pizzas estampadas. Me encanta. Se abalanza sobre mí. Me obliga a tumbarme. Seguimos besándonos apasionadamente. Me aprieta las tetas, aparta el sostén. Mis pezones están duros. Mi coño es una fiesta. Absorbe fuerte. Su mano baja por mi vientre. Se cuela dentro de mi tanga. Toca mi clítoris suave.

—Parece que alguien reclama atención.

Desciende por mi abdomen, besándome. Me mira. ¿Este tío no se cansa de comer coño? Lame y lame de esa forma ya conocida. Es alucinante. Gimo alto. Hola, vecinos. Empujo su cuerpo a un lado. Ahora me toca a mí. Está duro. Su polla también. Con mi lengua tanteo el grosor y la longitud. La humedad penetra los calzoncillos grises estampados, que se oscurecen. Él jadea. Ese deseo, lo quiero ver. Retiro lo sobrante. Y ahí está, una polla erecta lista para cabalgar. La admiro. ¿No hay nada imperfecto en este hombre o qué? Acaricio su glande con la lengua. Lo mojo. Se le escapa un quejido. Introduzco su miembro hasta el fondo de mi garganta. Él se levanta de golpe para mirar cómo lo hago. No me cabe entera, pero la cubro con las manos para que el efecto no se pierda. Y a saborear. La huelo. Me muevo por sus ángulos. Los huevos. El glande. Arriba. Abajo. Siento el poder. El poder de controlarlo a través del placer, a través de su polla. Yo decido si dejarlo suplicando o si darle el gusto. Hacerle una mamada me empodera. Para un hombre, es una situación de máxima exposición. Esa entrega en cuerpo y alma. Y yo aquí, drogada, sí, pero empoderada. Liberándome de mis miedos. Repitiéndome una y otra vez quién soy. Soy una zorra.

Cojo un condón. Pienso en Diego. Son los mismos que usábamos para protegernos durante esos polvos eternos y aburridos. Lo abro. Hugo está en el cielo, volando. Yo, en la tierra, pilotando. Saco el condón, absorbo la punta. Aprieto con la lengua y endurezco los labios. Lo coloco encima del glande. Lo deslizo. Me ayudo de las manos. Y listo. Tachán. Hugo no se cree lo que acaba de ver. «Magia», le digo. Una palabra basta para sacarlo de su desconcierto. Es él quien me posee. Me baja el tanga. Elevo el culo. A cuatro patas. La mete poco a poco, con suavidad. Menos mal. Con esa polla, se agradece. Entra entera. Mueve la pelvis. Y empieza el show.

Un giro brutal de los acontecimientos hace que salte al vacío. De repente estoy cansada, el cuerpo me pide parar y la excitación y la euforia pertenecen al pasado. A dónde os habéis ido. El subidón del MDMA ha cambiado de dirección. Voy en caída libre.

Hugo empuja su cadera contra mis nalgas. Una y otra y otra vez. Adquiere ritmo, es monótono. Empotrador. Aburre. Cuento los segundos que pasan entre embestida y embestida. Él está en su fiesta particular. A mí no me ha invitado. Y dale. Y pim. Y pam. Un azote. El sonido rebota por la casa. Coge fuerte mis caderas y aumenta el ritmo. La respiración. El sudor le cae por la cara y el pecho. Es un espectáculo. Intento conectar con el momento, encontrar placer en la homogeneidad, pero sigo sin paracaídas.

Aún voy colocada. Lo siento, lo noto. Pero ya no es igual. Retozo en el caos con la misma intensidad con que percibía el mundo hace unas horas. Es extraño. Percibo el olor a sexo. Las luces ya no iluminan tanto, pero siguen ahí. La transición entre las dos dimensiones.

Busco una posición más cómoda. Mi cabeza descansa sobre la almohada. La mancho de *eyeliner*. El puto *eyeliner*. Hugo penetra y penetra. Diego y Hugo suenan similar. Otro azote me hace volver a la realidad. Él jadea, no para de moverse. Qué intensidad. Gimo para decorar el ambiente. Tapo mi boca con la almohada. Son las siete de la mañana. No es necesario ser la estrella de la próxima reunión de vecinos. «Hay una chica que folla sin silenciador.» Y yo allí, diciendo que no sé de quién hablan, que no caigo.

—Me voy a correr —jadea.

Las embestidas continúan. Mi cara en la almohada subiendo y bajando. La mejilla irritada. Hugo me pregunta si puede correrse encima de mí. No será la primera vez. Saca la polla, se quita el condón con tal rapidez que se pega un latigazo. Lo disimula bien. Se pajea mientras se me acerca caminando de rodillas sobre la cama. La situación es penosa, pero divertida. Me dan ganas de reír. Ahora no, Alicia. Jadea, grita, gime. Frunce el ceño. Cierra los ojos. Arruga la cara. Pienso en Diego. Me salpica las tetas y el cuello. No paro de notar perdigones. ¿Cuánto semen tiene este tío? Y justo en ese momento, zas, el karma.

—Mierda.

Cierro el ojo lo más rápido que puedo. Lo he visto entrar a cámara lenta. Directo a mi córnea. Qué puntería. Me levanto y camino con la claridad del día que se cuela por las ventanas. Voy directa al baño. Abro el grifo, me echo agua en el ojo. Lo abro y lo cierro. Duele. Hugo se asoma. Es la quinta vez que me pide perdón. «No pasa nada», le repito. Sigo un rato limpiándome el ojo. No está bien. Lo tengo rojo. Se me pasará. Hugo se viste. Otra vez perdón. Otra vez la negación.

Es de día. Estoy cansada. Él parece que se va.

—Si no te importa, prefiero dormir en casa. La resaca, ya sabes.

—Tranquilo, sin problema.

Me abraza. Nos besamos. Le abro la puerta con el ojo tuerto. Adiós.

Entro en la ducha, siento el agua caer por mi cuerpo. Acabo de desmaquillarme. Me tumbo en la cama, desnuda. Respiro. No puedo abrir el ojo. Pienso en la cara que pondrá la farmacéutica del barrio cuando le pida un colirio para mi ojo lleno de semen. Ruedo por la cama, feliz. La caída en picado se ha estabilizado. He caído, sí, pero no hasta las profundidades. ¿Cuándo se me pasará el colocón?

Pero qué cojones.

Me incorporo. Gracias a la luz natural puedo ver el picasso que se ha marcado Hugo. Hay semen hasta en la mesita de noche. La almohada está llena. Tengo toda la cara manchada. Huele a fuet. Me recuerda a mi tierra. Quito la funda y la echo a lavar. Cojo el móvil, les escribo a las chicas. «¿Estáis bien?», pregunto. Cada una en su hogar. Me piden detalles. Bah, mañana. O sea, hoy, pero más tarde.

Entro en Instagram. Veo mi última foto. Tiene 165 *likes*. De quién. Una lista de usuarios se presenta ante mí. Mi compañera de instituto, mi prima María, aquella clienta... Un momento. Hago clic en su perfil. No puede ser. Imposible. ¿Diego?

XVII

Nunca más

¿Me estoy volviendo loca o aún estoy alucinando? ¿Será verdad? Diego. Hace una semana que no sé nada de ti y apareces así, de repente, dándole *like* a mi última foto. Sí, esa que te dediqué. A dónde nos llevará esto. Dime. No quiero ser de esas que siguen vinculadas a su ex y no pueden pasar página. El capítulo está cerrado. En el momento en que salí por esa puerta, escribí el punto final de nuestra historia. O tal vez fuese antes, no lo sé. ¿Cuándo se deja de narrar?

¿Qué hago ahora? ¿Te escribo? ¿Te devuelvo el *like*? ¿Te bloqueo? ¿O simplemente dejo que fluya el momento? Me gustaría saber de ti. Ver que estás bien. Notar que me echas de menos. Será por el ego. Es por el ego. Pero qué más da. Algo en mí aún está vinculado a ti. Me pregunto si será así siempre. Algo crónico.

¿Has sentido la necesidad de saber, de conocer? ¿Estabas borracho cuando le diste al *like*? ¿O en casa viendo esa serie que tanto nos gusta? Qué pensaste. Por qué lo hiciste. Estábamos bien sin estar presentes. Sin tener ni rastro. Sin seguirnos la pista. Y ahora qué. Qué hago. La dicotomía. La curiosidad. La nostalgia. Y la soledad que siento aquí, entre estas cuatro paredes, en Madrid. Nadie te invitó a mi vida, Diego. Sin embargo, has decidido aparecer.

No es momento de tomar una decisión. Mi cuerpo está raro. Entre nervioso y cansado. No sé si podré dormir. Dejo el móvil a un lado. Miro al techo. Cierro los ojos. La luz se cuela incluso en la oscuridad que crean mis párpados. Acabo de follar con un tío al que he conocido en una discoteca. Creo que es la primera vez que hago eso. He probado el MDMA. En eso sí que me he desvirgado. Es extraño. Qué intensa se ha vuelto mi vida en una semana. Tenía unas expectativas muy elevadas con el primer polvo como soltera y, aunque no ha estado mal, no hay fuegos artificiales. Nada. Espero que no sea siempre así. Quizá necesito descubrir cómo soy estando soltera. Cómo actúo. Cómo pienso, cómo siento. Cómo estoy. Qué es lo que quiero lograr con esto. Supongo que a mí.

Intento dormir. Lo consigo durante hora y media. Me despierto con una pesadilla horrible. He soñado que me convertía en un poto. No voy a buscar el significado del sueño en Google porque creo que nadie puede ser tan gilipollas como para soñar eso. El corazón me va a mil. Estoy algo agobiada. Tengo escalofríos. Náuseas. Me siento igual que cuando me dio el subidón del MDMA, pero esta vez estoy sola. Y rara. ¿Alguien ha muerto por colocarse? Alicia, no vayas por ahí. Cojo el móvil. Voy directa al buscador. «Taquicardias MDMA no puedo dormir.» A ver qué sale. Leo en diagonal. Vale, no soy la única. Aprendo un concepto nuevo: «comer techo». Algunos síntomas: taquicardias, pesadillas, inseguridad, cansancio extremo, insomnio, nerviosismo, ansiedad. Sí, correcto. Alguien dice en un foro: «A lo hecho, techo». ¿Te lo has pasado bien, Alicia? Pues ahora te jodes. Sigo los consejos de un tal Amador145. «Lo mejor es masturbarte o distraer la mente. Escribir, pintar, ver series, salir a comprar..., pero no te quedes en la cama porque no vas a conseguir dormir.» Te haré caso,

Amador145. Abro el portátil mientras me preparo una infusión relajante bien caliente. Documento en blanco. La barra parpadea. Mi mente va a mil. Escucho a Rajiv en mi cabeza. Vuelvo a «la dimensión». Déjate llevar. Pierde el control. Que la mente no pilote. Que por primera vez lo haga tu alma. A ver qué pasa.

Las horquillas del universo.
Todo está conectado con un sinfín de ramificaciones que van desde las venas hasta las constelaciones. Las conexiones nos hacen seres divinos en este planeta muerto por los egos y el materialismo.
Siento cómo mi alma vieja habita en mi interior. Cómo viaja a través de los siglos siguiendo el mismo bucle: nacer, morir, retornar al seno y esperar. Los propósitos de la vida emergen con las vivencias de esa alma antigua, vieja. Lo que tú quieres hoy, tu personalidad, es solo un espejismo, un rasgo de tu antigüedad. Siente cómo tu alma acaricia tu cuerpo, cómo los latidos de tu corazón se fusionan con la velocidad del espacio.
Somos seres que rendimos ante una totalidad. La divinidad está en nosotros, pertenecientes a un caos controlado de polvo interestelar, luz y oscuridad. La materia no existe. No somos, no hay. Solo formamos parte de la médula espacial que acompaña a las interconexiones del cuerpo.
Cuida el ser divino que hay en ti. Ella te lo da. Acepta este regalo del universo y no olvides que volverás allí, a su seno eterno, una vez más. Querida Pachamama.
Fluye y confía. Ella quiere entrar en ti, pero tú no la dejas. Hazlo.

Cierro el portátil. Me voy a dormir. Estoy cansada. Cierro los ojos. Los entreabro. Tengo la sensación de haber descansado un par de horas. Miro el reloj. Las siete de la tarde. Pero qué...

Abro el WhatsApp. Las chicas me están preguntando si estoy viva o muerta. Yo también me lo pregunto. Qué sensación es esta. Estoy hecha una mierda. No solo mi cuerpo, también mi mente. Fulminada. Bang. Mi cerebro dando vueltas por los aires. Les cuento a las chicas el polvo. «Me comió el coño en el baño y luego fuimos a casa. Follamos. Todo bien, pero, de repente, la noche se torció. No me gustaba, chicas. Pensé en Diego. Hugo no paraba de empotrar y empotrar. Al principio, bien, pero luego... me dejó el coño como un carpacho de gambas.» «Ja, ja, ja, ja, ja, ja», las chicas se ríen. «¿Carpacho de gambas? ¿Qué es eso?» Cómo explicarlo. «Ocurre cuando no paran de follarte. De tanto darte golpes con la pelvis y los huevos, te dejan el coño como un carpacho de gambas: rojo y plano.» Se desata la locura. Aceptamos este nuevo término en nuestro club. Ya forma parte del vocabulario de las zorras. Me parece perfecto.

Les cuento que me duele el ojo porque me entró semen. Ah, y Diego me ha dado *like* en una foto. Y no sé qué hacer. «No le escribas, tía», dice Emily. Ya, es fácil decirlo. Pero estoy en la mierda y lo echo de menos. Cierro el WhatsApp. Voy a mear. El ojo está muy rojo. Joder.

Me pongo unos vaqueros, una sudadera y bajo a la farmacia más cercana (y abierta un domingo a las siete de la tarde). Me atiende una mujer mayor. Dudo. Siento como si alguien me cogiera desde dentro y me arrastrara a las catacumbas de mi ser. Allí donde no quiero entrar. Allí donde estoy.

—Necesito un colirio para el ojo.

—¿Te duele?

—Un poco.

—¿Qué ha pasado? ¿Reacción alérgica?

Ayer me follé a un tío y su polla era como una metralleta que disparaba semen. Y qué puntería, podría ser francotirador.

—Ayer me entró algo en el ojo y he amanecido así.

La noción del tiempo se pierde cuando te has drogado. Ayer significa esta mañana. Y amanecer significa atardecer.

—¿Tienes idea de qué pudo ser? ¿Un trozo de algo? ¿Algún químico? ¿Un bicho?

Un bicho sí que entró, sí. Aunque no por el ojo.

—No. No me acuerdo, pero creo que sí, que fue un bichito.

De bichito nada. Aquello era un bichazo que daba miedo.

—Pero vaya, nada grave —añado.

Señora, deme el puto colirio ya, por favor. Tengo una resaca que me quiero morir.

—Toma. Ponte dos gotas cada cuatro horas. En unos días se te pasará.

Vuelvo a casa después del interrogatorio. Si le hubiese dicho que era semen, seguro que acabábamos antes.

Me pongo el colirio. Veo el portátil abierto. Es verdad, esta mañana he estado escribiendo. A ver qué he puesto. La paja mental no tiene desperdicio. Rajiv se sentiría muy orgulloso de mí y de mi colocón. Estas palabras quedarán para el recuerdo.

Me tiro en el sofá. Pienso en mi existencia. Mal. Es negra, oscura. No hay luz. Tristeza. Tengo ganas de llorar y no sé por qué. Las chicas están igual. ¿Será el MDMA? Internet tiene la respuesta a mis preguntas. La resaca del MDMA. Tiene lógica. Rajiv nos explicó que aumentaba la producción de serotonina, pero no nos contó lo que pasaba después. Lo que sucede es que el cuerpo tiene que recuperarse. En definitiva, todo lo que sube tiene que bajar. Ley física.

Intento no pensar demasiado, pero Diego frustra mi propósito. Una y otra vez. Abro el WhatsApp. Le escribo. Lo borro. Le escribo. Lo borro. Qué le digo. «Hola.» Enviar. Qué haces, Alicia, ¡¿qué haces?! No se le escribe a un ex. Es de manual. Me contesta al momento.

«Hola», dice.

Joder, es él. Estoy hablando con Diego. Te echo de menos. No sé si tomé la decisión correcta. Estoy genial en Madrid, pero sin ti no es igual. La relación era una mierda, pero no sé, en la distancia todo parece mejor. Los polvos, las noches, incluso la rutina. Eso que ya no tengo. ¿Lo quiero? Inseguridad. Vale, eso no se lo puedes decir, Alicia.

«He visto que me has dado *like* a la última foto de Instagram y he pensado en escribirte. ¿Qué tal estás?»

«Ah, ya. Estás cambiada», contesta.

«Sí, cambio de look. Nuevos aires, la ciudad. Esas cosas.»

«Ya.»

Qué coño le digo ahora.

«¿Cómo te va? ¿Estás bien?»

«¿Cómo quieres que esté, Alicia? Aún no me lo creo. Ha sido la peor semana de mi vida.»

Y por esto, Alicia, no se le escribe a un ex una semana después de haberlo dejado.

«Te largaste, Alicia. De la noche a la mañana me dejaste y te fuiste a Madrid. Joder, y encima tienes el coño de preguntarme cómo estoy. Estoy hecho una mierda. Tú estás en una ciudad nueva, pero yo sigo en esta puta casa que me recuerda a ti. Y no sé cómo echarte de aquí. Porque te quiero lejos de aquí.»

Sigo sin decir nada. Diego no para de escribir.

«Me abandonaste. Espero que te des cuenta de lo egoísta que fuiste. No entiendo qué pasó, por qué decidiste irte, pero he llegado a la conclusión de que eres una mala persona. La gente está flipando con lo que hiciste. Menuda inmadura. Cuando las cosas se tuercen, desapareces. No puedo levantarme por las mañanas, lloro por las noches. No sé qué hacer con mi puta vida. Y tú ahí, contenta y feliz. No te haces una idea de lo mucho que te odio.»

¿Quieres seguir dándole vueltas al asunto? ¿De verdad, Alicia? Lo que tenías que decirle ya se lo dijiste aquella noche. Ya no queda nada. Ni añadidos ni aditivos.

«OK, Diego. Siento que estés así. Te deseo lo mejor. Espero que te vaya bien.»

«Que te jodan, Alicia. Que te jodan a ti.»

Diego me bloquea en el WhatsApp. Se me caen las lágrimas. Me siento aliviada. Lo necesitaba. El piso está oscuro. Lloro alto y claro para que me escuche el pasado. Se acabó. Tengo que cerrar esa puerta y no abrirla más. Por muy tentador que sea. Por muchas ganas que tenga. Se acabó. Tiro la llave. No voy a permitir que nadie me haga sentir que soy una mala persona. No lo soy. Eso lo tengo claro. No entiendes, Diego, que tuve que huir. Salir de ahí echando hostias porque me ahogaba. Me asfixiaba. La humedad, las manchas, la rutina, la misma mierda cada día. Mis ganas de no ser, de no vivir. No lo quieres ver porque es jodido aceptar la verdad. Pero es así. Yo salí de ahí y tú sigues culpando al destino. Aquí y ahora, domingo, desde las profundidades de una resaca química, te digo que ya no más. Nunca más.

(Hasta la próxima vez.)

XVIII

«Swipe right»

Paso los días tranquila, sumergida en el nuevo libro de Carolina. Recopilo recuerdos, añado datos, charlo con ella. Por la noche, enciendo la tele y me dejo llevar por su luz como una polilla. Me da pereza cocinar solo para mí. Agua hirviendo y *noodles* prefabricados. Al menos no se pudren en la nevera.

La soledad unas veces es ligera y otras pesa tanto que no me deja respirar. Me oprime el pecho, me comprime la piel. El ambiente se carga y yo aquí, encerrada, paseando entre el baño, la nevera y las palabras. Día tras día. Aun así, no lo cambiaría por nada. Por primera vez es mi rutina. La que quiero, la que odio. La que me limita, la que me da la libertad anhelada.

Estos días he pensado en mí y en publicar mis letras con nombre y apellido. Las propias. Me planteo plasmar con tinta digital las experiencias vividas con las chicas. Escribir una especie de diario. Ya veré luego si lo publico o no. El pálpito se vuelve intenso y más claro. Solo tengo que narrar. Contar la historia empezando por el principio, por esa mancha en el techo que tanto odiaba. Esa mancha que me hizo salir de allí. Del conformismo.

Primero, Carolina. El sueldo. El alquiler. Luego, tal vez. ¿Puedo combinar el trabajo monótono con la pasión? Encontrar el equilibrio. Retomar el fervor por la escritura. Que se me salten las lágrimas. Que se me escapen las carcajadas. Ordenar el pasado, centrar el presente y definir el futuro. Escribir durante el día para otros, dedicar la noche a mi historia. A la nuestra, la de las tres. Con la única intención de retratar un futuro recuerdo. Fotografiar para la memoria.

Hablo con las chicas cada día. Diana está agobiada con sus padres y con su carrera. Han discutido varias veces por su cambio de look y por su repentina rebeldía, que de repentina tiene poco. Ya estaba ahí, pero escondida. «¿Con quién sales? Estás cambiada», le dicen. Menos mal.

Emily sigue trabajando en la cafetería y lidiando con James y con sus ansias de controlarla aun en la distancia. Dicen que el amor no entiende de fronteras, pero el maltrato tampoco.

Y yo, con el ojo recuperado, el coño reseteado y unas ganas de quemar la noche que van en aumento. He comentado en el grupo que quiero escribir nuestra historia. Les ha parecido fascinante. «Pero cambia los nombres», dice Diana. «Si mis padres se enteran de esto...» Confidencialidad y anonimato ahora que eres dueña de ti misma. Qué pena.

Hemos quedado hoy, viernes. Noche de chicas. Amanece nublado, la primavera madrileña. Parece que el calor se hace de rogar. Es 1 de mayo, festivo.

«¿Quedamos para comer?», dice Emily. Las invito a casa, no quiero gastar. La inestabilidad de la autónoma. Se ríen. Esta vez preparo la comida, un arroz con verduras riquísimo. Vino blanco en la nevera. Varias botellas. Mi escasez de recursos decorada con un mantel nuevo que he comprado en el chino. Copas, servilletas de colores y una vela aromática. Cita con mis amigas.

Llegan tarde. A las tres.

—¡Ya era hora! Casi me bebo el vino yo sola.

—Tía, perdona. Me he quedado sobada. Para un día que puedo dormir... —dice Emily.

—Yo no tengo excusa —suelta Diana.

Nos sentamos en el suelo a comer. Les sirvo vino. Y arroz.

—Dios, qué buena pinta.

Sonrío. Las quiero cuidar. Que no se vayan de mi lado. Por primera vez tengo amigas. Esas que no salen en las películas, las que soñamos con tener, las de verdad. Unas zorras que anhelan la libertad y quieren experimentar. Las mismas que no se asustan si les explico que me han dejado el coño como un carpacho de gambas y que se enfadan cuando les digo que, al final, le escribí a Diego. «Pero, tía, qué te dije.» Esas amigas. Que están ahí. Para todo.

Nos quedamos dormidas después de comer. Me despierta la tormenta. Está diluviando. Emily sigue sobada. Diana y yo nos miramos. Ha manchado el cojín con su baba.

—Está en coma.

La idea era quemar la ciudad, pero la lluvia nos envuelve en pereza y comodidad. Me levanto. Ver cómo serpentean las gotas por la ventana es la máxima expresión de la nostalgia y la melancolía. Diana me abraza por detrás y apoya su cabeza en mi hombro.

—Déjalo ir, Alicia. Estamos aquí. Estás aquí.

Suspiro. Aprieto su cuerpo contra el mío. De fondo se escuchan los ronquidos de Emily mezclados con el tamborileo del agua en el cristal. Es perfecto.

—Oye, par de enamoradas, ¿hacemos algo esta noche?

—¡Buenos días, princesa! —Le sonrío.

—Buenos días, perra. Menuda siesta. No sé ni cuánto llevo durmiendo.

—Un par de horas —comenta Diana.

—¡Joder! Qué letargo. Hay siestas que se te van de las manos.

—Y que lo digas.

—¿Qué hacemos? —insiste Emily.

—¿Qué te apetece?

—¿A mí? Creo que quedarme en casa, sacar el tequila y... hasta que aguantemos —añade.

—Me parece un planazo.

Son las siete y media de la tarde. Decidimos ver una película romántica de Hollywood. Sí, una de esas que retratan la vida de una chica soltera que conoce al chico más guapo de Nueva York y ambos se enamoran. En mitad de la historia, hay un giro de los acontecimientos y parece que todo se va a ir la mierda..., pero no. Él la va a buscar al aeropuerto con un ramo de flores y ¡tachán! Final feliz.

—Vaya bodrio —dice Emily.

—Estas películas no enseñan las discusiones, los pedos, los cuernos y lo que viene después —añado.

—No, no. Todo es idílico. Luego analizas tu vida y te quedas jodida. Deberían pagarnos las sesiones de psicólogo.

—Estoy de acuerdo.

—Venga, va. ¿Nunca habéis pensado en vivir algo parecido? —pregunta Diana.

—¿Encontrar a mi media naranja? Me parece de lo más tóxico. Como si yo no estuviese completa ya.

—O sacrificar mi vida por una persona. Ni de coña. Yo escapé de eso —le recuerdo.

—Tía, esto es ficción, como el porno. Sirve para entretenernos; pero después, vuelta a la realidad. Y a veces la realidad supera a la ficción.

—Será la tuya —dice Diana.

—Joder, Diana, ¿hace cuánto que no te masturbas? Dale caña al Satisfyer, amiga. Lo necesitas.

—¿Más? Si no paro de ducharme. Mis padres me preguntan que si estoy bien. Les digo que vuelvo sudando de la universidad. O que tengo frío. O que necesito relajarme, darme un baño. Me estoy quedando sin excusas.

—¿Y en tu habitación? —comento.

Diana y Emily me miran fijamente.

—¿Ya no te acuerdas?

—Ah, coño. Sí, sí, tu charco. Es cierto. ¿Te ha vuelto a pasar?

—No siempre, pero sí a menudo. Lo bueno es que no tardo ni treinta segundos. Me pongo eso cerca y uno tras otro.

Qué envidia me da. Nunca he podido correrme más de una vez seguida.

—Pero he llegado a un punto en que mi cuerpo me pide otra cosa. Me he metido de todo por el coño, estoy en pleno autodescubrimiento —se sincera Diana.

—¿Algo que merezca la pena saber?

—Sí, amiga. Calabacines, pepinos, plátanos...

—¿Estás de coña?

Nos reímos a carcajadas. Casi me meo encima.

—Pero ¿cómo lo haces? —pregunto.

—Tía, no se necesita un manual —dice Emily.

—Ya, pero ¿no te crea infección?

—¡No! Utilizo preservativo y luego los lavo muy bien para quitarles la lubricación. Me parto cuando mi madre hace crema de calabacín para cenar.

¿De dónde ha salido esta Diana?

—Me encanta este descubrimiento corporal, pero creo que necesito follarme a un pepino de carne y hueso —añade Diana.

—Sí, yo también.

—Todas necesitamos follar —comento.

—Tú cállate, zorra, que follaste hace una semana.

—Hablo de un buen polvo. No estuvo mal, pero casi me inunda la casa de semen.

—Entre ese tío y Diana vas a tener que alquilar una barca. —Se ríe Emily.

—Yo pago la mitad y asumo mi parte de responsabilidad —dice Diana.

Bebemos más vino. Voy a por otra botella.

—Pongámonos serias. Operación follar —dice Emily.

—Sí, por favor. Invoquemos a los buenos polvos.

—Oh, Dios de los Nabos y de las Corridas...

—No, amiga. El Dios de las Corridas ya estuvo aquí y casi me deja tuerta —comento.

—Vale, imploremos a otro.

—A la Diosa de las Zorras —suelta Diana.

—Genial. Oh, Diosa de las Zorras, que tu poder y tu influencia hagan que nuestros polvos merezcan la pena. Aleja los carpachos de gambas para que empecemos a disfrutar de la buena carne en barra —invoca Emily.

—O del buen pescado —interrumpo.

—O del buen pescado fileteado. ¿Mejor? —pregunta.

—Sí, prosigue.

—Dadme las manos.

Entrelazamos los dedos creando un círculo perfecto. En el medio, la mesa, las botellas de vino, las copas medio vacías. Respiramos.

—Haz que aparezcan tíos macizos y tías buenorras, que nuestros polvos sean intensos y que no tengamos que escondernos en las trincheras de posibles bombardeos. Que nos desmayemos de tanto orgasmar y que Diana aprenda a controlar sus fluidos... porque como Diana se desmaye orgasmando, nosotras moriremos ahogadas en Nesquik.

—Se llama *squirt*.

—Cierto, me he equivocado de conejo.

Más carcajadas.

—En serio, así no se nos va a aparecer la Diosa de las Zorras.

—Pues yo creo que estaría muy orgullosa de nosotras —aseguro.

—¿Cómo acabamos el rezo? —pregunta Diana.

—¿Simulamos un orgasmo colectivo?

—Venga.

Las tres empezamos a gritar y a fingir un orgasmo.

Es de noche y tenemos hambre. Pedimos pizza. Cojo el tequila para lidiar con la tardanza. Limón y sal. Cuando estamos a punto de bebernos el primer chupito de muchos, Emily nos interrumpe.

—Tías, tías. Ya sé por qué no follamos. Tenemos que hacer el ritual.

—¿Qué ritual? —pregunto.

—Apoyad vuestros chupitos. Quien no apoya, no folla.

Sigue con su salmo. Esta vez mueve el chupito por la mesa.

—Quien no recorre, no se corre.

Después hace movimientos circulares.

—Quien no gira, no se lo tira.

Luego frota su chupito con los nuestros.

—Quien no roza, no goza.

Eleva el brazo.

—Y por la Virgen de Guadalupe, si no me lo follo, al menos que me lo chupe.

—¿Ya?

—Sí.

Nos bebemos el ansiado tequila.

—Si con esto no follamos, yo ya no sé qué más hacer —dice Diana.

Al cabo de unos minutos, suena el interfono.

—Las *pichaaas* —grita Emily.

Abro la puerta y delante de mis ojos aparece un pizzero alto, moreno y de ojos azules. Está mojado por la lluvia. Me quedo muda, algo bastante propio de mí en estas situaciones, según parece.

—Son 17,90 euros.

—¡Chicas! Ayudadme con la *picha*.

Sharing is caring. Si un tío bueno se presenta ante mí, debo avisar a las chicas para que disfruten también de su presencia.

Emily se levanta y, cuando lo ve, no puede contener un «su puta madre» de lo más explícito.

—¡Diana! Ayúdanos con la *picha* —grita Emily.

—Pero si estáis las dos, ¿para qué me necesitáis?

Cuando llega a la entrada, se escucha el segundo «su puta madre» de la noche. Las tres estamos embobadas. El muchacho con cara de circunstancia esperando el dinero. Nosotras alargando el momento. ¿Será un regalo de la Diosa de las Zorras?

—¿Quieres una toalla? —pregunta Emily un poco pedo.

—No, no. Muchas gracias. Aún tengo que seguir repartiendo.

—Ay, qué pena —concluye.

El pizzero sonríe. Coge el cambio y se va. Nos asomamos para verlo marchar. Qué belleza. Cerramos la puerta.

—¿Hola? ¿Me explicáis de dónde ha salido ese tío? —digo.

Nos comemos las pizzas, las saboreamos más que nunca. Nos preguntamos si el pizzero se habrá follado alguna vez a alguien mientras estaba trabajando. Yo digo que sí. Me guardo el número de la pizzería para tenerlo a mano. Quién sabe.

Acabamos la segunda botella de vino y ponemos música. Es medianoche y estamos borrachas. Bailamos reguetón mientras bebemos a morro un tinto delicioso. Fuera sigue diluviando. Suena Rosalía. Subimos el volumen. Gritamos.

> *Esto es pa' que quede, lo que yo hago dura.*
> *(Con altura.)*
> *Demasiadas noches de travesura.*
> *(Con altura.)*
> *Vivo rápido y no tengo cura.*
> *(Con altura.)*
> *Iré joven pa' la sepultura.*
> *(Con altura.)*

Perreamos juntas. Yo estoy en medio. Diana grita. «Eh, eh, eh.» Bajamos al ritmo de su voz hasta tocar el suelo con el culo. O lo intentamos. Cantamos canciones noventeras, zorreamos a ritmo de *trap* y nos inventamos coreografías con los clásicos discotequeros. Reímos, sudamos. Chupito de tequila para refrescar.

—Tías, he tenido una revelación de la Diosa de las Zorras —interrumpe Emily.

—¿Qué dice? —balbucea Diana.

—¿Queremos follar?

—¡Sí! —gritamos demasiado alto.

—¿Y si nos instalamos Tinder?

Saltamos en círculos aclamando a Emily por la maravillosa idea. Nos sentamos en el sofá. Bebemos más vino.

—Esperad, chicas. Antes de hacernos un perfil necesitamos otro chupito de tequila —digo.

—Claro, claro. Para la inspiración —añade Diana.

Limón y sal.

Cogemos el móvil. Descargamos Tinder. Lo sincronizamos con Facebook.

—Es verdad, yo antes utilizaba Facebook. Madre mía... —comento.

—Y seguro que compartías imágenes con frases profundas y espirituales —asegura Diana.

—De esas que no se podían leer porque detrás había una foto pixelada de los chakras.

—¡Esas, esas!

Nos callamos. Estamos centradas en crear nuestros perfiles. Elegimos por votación popular las fotos que ponemos. Casi no tengo ninguna con mi nuevo look. Escojo un par.

—¿Qué ponemos en la descripción?

—Deberíamos firmar con algo que haga referencia al club —propone Emily.

—¿Club Z? —sugiero.

—No, parece un club de zombis.

—Cierto.

—¿Y si ponemos que somos fieles seguidoras de la Diosa de las Zorras?

—Tenemos que ponerle un nombre a la diosa —interrumpe Diana.

—Zorrosis —suelto.

—¿Zorrosis? ¡¿Qué dices?! —grita Emily.

—Parece el nombre de una enfermedad. ¿Cómo coño se te ha ocurrido ese nombre? —pregunta Diana.

—He pensado en los nombres egipcios: Isis, Osiris...

—Y ya.

—A ver, tías, qué queréis, a estas alturas de la noche... —me defiendo.

—«Pertenezco a un club. El Club de las Zeta» —dice Diana.

—Buena idea. «Fiel devota del zorrerismo» —añado.

—Ja, ja, ja, ja, ¡me encanta! —celebra Emily.

Menos mal que me sale algo bien.

—¿Ponemos el *emoji* del zorro?

—¡Sí, sí!

Unos retoques más y listo, ya tenemos perfil en Tinder.

—Esperad. Si vamos a buscar posibles polvazos...

—Chupito —interrumpo.

—Chupito —corrobora Emily.

Limón y sal.

—¿Esto no es contraproducente? —pregunta Diana.

—¿El qué?

—Si estamos borrachas buscando tíos, quizá no tengamos un buen filtro.

—Tía, necesitamos follar. Y la Diosa de las Zorras nos protege —digo.

—¡Oh, Diosa de las Zorras! Alabada seas —aclama Emily, mirando al cielo.

Fingimos orgasmar como final del rezo. Se está convirtiendo en una costumbre.

—Oye, ¿solo vais a buscar tíos? —pregunto.

—Yo, de momento, sí —responde Diana.

—¡Ampliemos el horizonte, hermana! —grita Emily.

Probemos, Alicia. Quién sabe. Busco mujeres y hombres. En un radio de ochenta kilómetros. ¿Edad? De veinticinco a ¿cincuenta? ¿Tan mayores? Bueno, ¿qué pasa? Nada, nada. *Pa'lante*. Si me gusta una persona, deslizo a la derecha. Si no, a la izquierda, *next*. Jamás ligar había sido tan fácil.

—Menuda adicción, tías. Es como un juego. El juego de las salchichas —dice Emily.

La música suena de fondo. Diana cierra el ojo derecho

para enfocar mejor. Vale, va tan borracha como yo o más. Todo controlado.

El primer tío que me aparece es un moreno sin camiseta. Modelo, o eso dice. Fotos sensuales y, justo después, la frase: «Mi polla está huérfana. Necesita una mamaíta».

Pero qué mierda es esta.

—Al menos tiene ingenio el muchacho.

—Mira este. Viajero. Y solo tiene fotos en Tailandia y en Menorca. —Se ríe Emily.

Si Diego tuviese Tinder, ese sería su perfil. El trotamundos de Montgat. Futuro ganador del World Press Photo sin salir de su rutina.

—O este otro. Empresario. Parece un perfil en LinkedIn —dice Diana.

—Vaya material, amigas. No me gusta nadie —digo.

—Bueno, este no está mal. Rodrigo, diseñador gráfico. ¡Oh! Tiene un perrito. *Swipe right* —suelta Emily.

—Cuántos locos del *fitness* hay en Tinder. Parece una aplicación para lucir abdominales.

—¿Verdad? Qué pereza. Con este, carpacho de gambas. —Les muestro la foto.

—Ah, pues yo le he dado *like*. Ya os contaré, ¡ja, ja, ja! —bromea Emily.

—Cuidados intensivos para tu chichi, amiga.

—Si te folla como me folló Hugo, no te apoyes en la pared o harás un agujero con la frente de tanto martillazo.

—Y cierra bien los ojos, no te vaya a caer pegamento —añade Diana.

Nos reímos.

—¡Ey! Una tía. Es la primera vez que voy a ligar con una tía —digo.

—La segunda —aclara Diana.

—¿La segunda?

—La primera fue conmigo, ¿o ya no te acuerdas?

—¿Cuándo?

—El día del MDMA, cuando llevaba mi vestido rojo. O sea, ¿ligas conmigo y no te acuerdas? *Swipe left.*

—¿Crees que estaba ligando contigo?

—No sé, dímelo tú.

Me callo. Esta Diana..., joder. A veces me pierde. Me aguanta la mirada clavándome sus ojos oscuros. No quiero sumergirme en ellos. Me sonríe y sigue con lo suyo.

—Oye, zorras, que yo soy la sujetatetas, no la sujetavelas —corta Emily.

Entramos en la madrugada riéndonos de los perfiles tan variopintos que hay en Tinder. Como si nosotras fuésemos una excepción...

De repente, aparece él. Ricardo. Treinta y cinco años. Por lo poco que se ve, parece guapo; no muestra su cara al completo. «Si quieres más fotos, puedo enviártelas por privado.» Tiene buen cuerpo. Fibrado. Ojos castaños. Flequillo largo. Su descripción me paraliza: «Hola. Busco una posible dómina. Sé que no es la mejor vía, pero nunca se sabe. No quiero a una experta en el tema. Yo puedo adentrarte en el mundo del BDSM. Llevo años desafiando los límites de mi cuerpo. Conexiones y emociones. Fetichista. Si quieres más fotos, puedo enviártelas por privado. No las subo para preservar mi identidad. Vivimos en un mundo..., en fin. ¿Caminamos juntxs?».

Qué tentador.

—Tías, estoy cansada. ¿Cómo dormimos hoy? —pregunta Diana.

—Yo duermo en el sofá, tranquilas. Dormid vosotras en la cama —responde Emily.

Se lavan los dientes y cada una se acomoda en su lugar de descanso. Yo me encierro en el baño. Abro Tinder. Ahí está Ricardo. ¿Qué hago? Y si... Bloqueo el móvil. Me lavo la cara y los dientes. Veo mi reflejo. Es tu fantasía, Alicia. A un solo clic. Creo que no estoy preparada. No confío.

Apago las luces. Emily ya está roncando. Me meto en la cama. Diana se mueve. «Buenas noches», me susurra. Sonrío.

—Buenas noches, bella —le contesto.

Se acomoda. Acerca su cuerpo al mío. Me pone nerviosa. Le estoy dando la espalda y aun así... ¿Qué me pasa? Será el tequila. Claro, el tequila. Cierro los ojos. Pienso en Ricardo. Joder, decídete ya. Abro Tinder de nuevo. Miro su perfil. Suspiro. *Swipe right*. Y, al instante, *match*.

XIX

¿BDqué?

El puto tequila.

No me puedo mover. Mi cabeza va a estallar. ¿Qué hora es? La luz me ciega. Ellas siguen durmiendo. Cojo el móvil. Las once. Intento dormir un poco más. Nada, imposible. Me levanto. Tengo la boca seca. Necesito un vaso de agua. Abro la nevera para comer algo. Escucho a Emily.

—¿Qué hora es? —pregunta.

—Las once y media.

Me como un yogur con cereales. Emily coge un trozo de pizza de ayer.

—Quiero arrancarme la cabeza —dice.

—Yo también. El tequila, amiga.

Nos quedamos en silencio. Cualquier ruido es una molestia para nuestra irremediable migraña fruto de la intoxicación.

Diana se levanta. Me pide una toalla.

—Necesito ducharme —comenta.

Se cierra en el baño. Huelo mis sobacos. Apesto.

Emily ha quedado por la tarde con unos amigos para ir de cañas. «No me apetece una mierda.» Normal. Mi tarde será de manta y series. Quizá escriba algo de mi futura novela. Estoy decidida, voy a narrar nuestra historia. Emily sonríe cuando le cuento mi plan.

Diana sale de la ducha. Está fantástica. Cómo coño lo hará.

—Menuda noche, ¿eh, chicas? —dice.

—¿No tienes resaca o qué? —pregunta Emily.

—No demasiada. La ducha me ha sentado genial.

Qué generoso ha sido el mundo contigo, Diana. Multiorgásmica y sin resacas. Maldita genética la mía.

—Bueno, yo me voy. Comeré algo en casa y dormiré un rato. No me apetece nada salir, socorro —se despide Emily.

—Ánimo, tía.

Diana se pone a recoger la casa. Le pido que pare. Me sonríe.

—Entre las dos acabamos antes.

Accedo. Hago la cama. Juntamos las botellas de vino vacías. La de tequila está por la mitad. Trozos de limón mordisqueados. Restos de pizza fría encima de la mesa. El suelo lleno de migas. En media hora tenemos todo listo.

—Mil gracias, amiga.

Me abraza. Nos fundimos en un apapacho más largo de lo normal. Ojalá pudiera quedarme aquí, entre tanta paz y tanto descanso.

—Me voy a ir.

—¿No quieres quedarte a comer?

—No. Mis padres se preocuparán.

Se despide. Sonreímos. Me da las gracias y sale por la puerta.

Silencio. No dura demasiado. Escucho unos pitidos cortos y desconocidos. Qué es eso. Cojo mi móvil. Tres notificaciones de Tinder. «Ricardo te ha enviado un mensaje.» Es verdad, Ricardo. Ni me acordaba. Abro la aplicación y ahí está. No lo leo aún. Antes miro con quién he hecho *match*. Julio, Carlos, Dani, Rodrigo «el del perrito». Un mensaje de Antonio diciendo «Hola, q tal?». Podrías escribir con todas las letras, que la época del SMS ya pasó, chaval. Respiro hondo antes de abrir el mensaje de Ricardo. Siento que es el más especial, el único que me hace un poco de ilusión y me intriga. El morbo de descubrir algo nuevo que no sé muy bien cómo saldrá.

«¡Hola, Alicia! Qué bien que hayamos hecho *match*. Soy Ricardo, un placer. ¿Qué tal va tu mañana de sábado?»

En la mierda, Ricardo. Con una resaca de cojones.

«Hola :). Sí, je, je. Un *match* curioso. Mi mañana genial, ¿y la tuya? ¿Qué te espera hoy?»

Voy a cagar. Otra vez los pitidos. Es él, seguro. Me ducho. Pienso en qué le diré, en qué busco. Lo máximo que he dominado en mi vida es al perro de mi vecina cuando se colaba en mi jardín. Ni las luces de mi casa puedo controlar. ¿Cómo voy a someter a una persona? ¿Acaso hay un manual para hacerlo? Soy una completa ignorante, pero me atrae. Tanto que no hago otra cosa que imaginar posibilidades, situaciones y realidades.

«Mi mañana tranquila. Hoy me espera un día de meditación en casa. Viendo series y poco más. ¿Tú qué vas a hacer hoy?», me pregunta.

Lo mismo. Tenemos vidas paralelas. Tú, yo y media población de España un sábado por la tarde.

«¡Vaya! Ja, ja, ja. Si te apetece, podemos cambiar nuestro ansiado e intenso plan y tomar un café. O una cerveza, como prefieras», escribe.

Pienso en la propuesta. No sé. Envío un audio a las chicas explicándoles la situación. «Zorra, eso no lo contaste ayer», suelta Emily. No me acordaba, la verdad. Pero ahora qué. ¿Y si es un psicópata? ¿Un loco? «Queda con él en un sitio en el que haya mucha gente. Una cafetería en Malasaña o en Chueca.» Cierto. «Es una de tus fantasías, Alicia. Recuerda que nosotras tenemos que estar presentes o, al menos, vernos en alguna situación relacionada con el sadonoséqué», añade Diana. Cierro WhatsApp. Abro Tinder. Allá voy. Tomemos un café. O una infusión.

«¿Te gusta el dulce? Conozco un sitio vegano brutal. Hacen unos pasteles riquísimos», comenta Ricardo.

Quedamos a las seis en el metro de Chueca. Y, ahora, qué me pongo. Algo normal. Unos tejanos negros de campana que me compré con las chicas, una camiseta rockera y una chaqueta de flecos. *Eyeliner*. Pintalabios rojo. Como un par de trozos de pizza que sobró de ayer. Más agua. Más pintalabios. ¿Esto es una cita? Sí, Alicia, es una cita. Entonces, es mi primera cita oficial después de Diego. Vaya, mi primera cita después de seis años. Qué coño, ¡más! ¿Doce años? Me cago viva. Me pongo unas botas negras. Cojo el bolso, meto el móvil. Miro mi casa. Exhalo. Vale, vamos allá.

Analizo sus fotos en el metro. No parece que esté loco. ¿Acaso a los locos se les nota? Llego puntual. Bueno, cinco minutos tarde. Puntualidad madrileña. «Ya estoy aquí», escribe Ricardo. Subo las escaleras hasta llegar a la plaza. Las terrazas reinan en las esquinas. Hace buen día, aunque el frío hace que se me erice el vello. Echo un vistazo rápido para localizar a alguien que se parezca a los trozos que aparecen en las fotos que he visto de Ricardo. Siento que todos los hombres con flequillo y ojos castaños han salido a pasear a la misma hora. La originalidad de las modas.

«Hola», escucho justo detrás de mí.

Me giro, sobresaltada. Y ahí está él. Un chico joven. Guapo, para mí sorpresa. Alto. Fibrado pero no demasiado. El cuerpo ideal para que la chupa de cuero negra que lleva le quede espectacular. Flequillo largo peinado hacia atrás. Rapado por los lados. Unos ojos castaños que transmiten bondad, pero no son tristes. Alegres, saltarines, chisporroteantes. Una sonrisa no perfecta pero sincera; muy sincera. Barba corta. Lleva un pendiente en el lóbulo izquierdo y algún tatuaje que asoma por su ropa.

—Ey, hola.

¿«Ey, hola»? Joder, Alicia.

—¿Qué tal estás? ¿Muerta de frío? —me pregunta.

—Un poco, pero bien.

—¿Te apetece un buen café caliente y un trozo de pastel?

—¡Claro! ¿Dónde es?

—Aquí al lado.

Empezamos a caminar entre un barullo de gente que fuma y charla. No sé muy bien de qué hablar. Parece que Ricardo tiene más experiencia en esto. Conversa sobre el tiempo que hizo ayer, sobre una serie que lo tiene enganchadísimo y sobre su decisión de ser vegano. Entiendo que la chaqueta de cuero es sintética. Me lo corrobora un tanto sorprendido.

En una esquina hay una cafetería muy coqueta con unos pasteles enormes expuestos. En breve me bajará la regla, así que quiero comerme hasta el vidrio del mostrador. Todo me parece bien. Pedimos un trozo de Red Velvet y otro de bizcocho de zanahoria. Pruebo un poco de cada. Están increíbles.

—¿Llevas mucho en Tinder? —pregunta.

—Ni veinticuatro horas. Creé el perfil ayer por la noche con unas amigas.

—¿En serio? ¡Vaya! ¿Soy tu primera cita Tinder?

—Sí. Me estrenas, Ricardo.

—Y vaya forma de hacerlo. ¿Por qué me diste *like*?

Entramos en materia.

—Me llamó la atención tu perfil.

—¿Y eso?

—Bueno, ya sabes...

—No, no sé.

Sonrío. La inocencia del culpable.

—Estoy interesada en conocer el sadomasoquismo.

—Cuéntame más. ¿Por qué te interesa?

—Vi un documental en la televisión donde trataban el tema.

—Menos mal, pensé que me ibas a decir que habías leído *Cincuenta sombras de Grey* y que estabas buscando a tu Christian.

—¿Y qué tendría de malo?

—¿Qué no tendría? Esa trilogía puso de moda la literatura erótica, es cierto. Pero lo que la protagonista vive está muy lejos del BDSM y muy cerca de la toxicidad.

—A ver, empieza por el principio. ¿BDSM?

—¿No has hecho los deberes, Alicia?

¿Los deberes? Pero esto qué es. Se supone que la dómina soy yo.

—¿Para qué voy a hacer los deberes si he quedado con el profesor?

—Vaya, eres rápida.

—Te sorprenderías.

Qué pretenciosa. Y luego no sabes ni articular dos palabras cuando tienes a un tío bueno delante.

—El BDSM es el conjunto de siglas asociadas a varias prácticas. La B es de «*bondage*»; la D, de «disciplina»; DS, de «dominación/sumisión», y SM, de «sadomasoquismo».

Me quedo como estaba. Ricardo se ríe.

—Vayamos paso a paso. ¿Sabes lo que es el *bondage*?

—Sí, lo de las cuerdas.

—Exacto. Pero no solo es eso. Consiste en inmovilizar

a una persona y puede hacerse con varios instrumentos: cuerdas, cintas, cadenas, medias, esposas, corbatas...

Sigo atenta.

—«Disciplina» hace referencia a una serie de normas y leyes que la persona sumisa debe acatar.

—O sea, tú.

—No te adelantes, Alicia. Eso lo iremos descubriendo.

—De acuerdo. Prosigue.

—Si la persona sumisa no sigue esas reglas, recibirá un castigo, que suele ser de carácter físico, es decir, aplicado con algún elemento o con las manos. A mí, por ejemplo, me encanta saltarme las normas...

—Para recibir el castigo.

—Muy bien. Vas para el aprobado.

—¡Toma ya!

—La dominación/sumisión o DS es un juego de rol en el cual puede haber o no contacto físico. Se puede dominar a una persona solo con las palabras o con la mirada, ¿lo sabías?

—Sí, mi madre me lo enseñó muy bien cuando era pequeña.

—En el DS no tiene por qué haber castigo, pero, en el caso de que lo haya, puede ser psicológico o verbal. La humillación hace más daño que un azote.

—Sin duda.

—Y, finalmente, el sadomasoquismo. Aunque la mayoría identifica el BDSM con el sadomasoquismo, este solo es una parte de aquel.

—¿Y en qué se basa?

—Hay dos personas: un sádico y un masoca. A uno le gusta infligir dolor y al otro, sentirlo.

—¿Tú qué eres?

—Yo me considero masoca. Me gusta el dolor físico, tengo el umbral del dolor muy alto.

—¿Has tenido que entrenar?

—Ja, ja, ja; sí, claro. Se consigue a base de practicar y practicar.

—¿Cuánto tiempo llevas en esto?

—Unos cinco años.

—¿Y cómo empezaste?

—Menuda entrevista me estás haciendo.

Bebo un sorbo de mi infusión. Sigo comiendo pastel.

—De pequeño tenía fijación por los pies y los tacones, algo poco convencional. Me encantaba tocarlos, le robaba los zapatos a mi madre y los coleccionaba. Los acariciaba, los olía, me pasaba horas mirándolos.

Joder. No sé qué pensar.

—Me miras como si estuviese loco.

¿Tanto se nota?

—¿Por qué no nos asustamos si los chavales guardan fotos de culos o tetas y sí cuando se sienten atraídos por objetos o partes del cuerpo no normativas? La obsesión por las tetas o el culo es un fetiche socialmente aceptado. No es raro ir con un amigo y que se fije en el trasero de alguien, pero si yo le digo que tiene unos pies increíbles, estoy loco.

—Perdona, yo no quería...

—Tranquila. Estás aquí para conocer otras realidades, Alicia.

—Sigue con tu historia. Me interesa mucho.

Ricardo sonríe. Coge un trozo de tarta. Bebe un sorbo de café.

—Cuando empecé a masturbarme y a descubrir mi sexualidad vi que mi excitación era mucho mayor si contemplaba esa parte del cuerpo o tenía ese objeto cerca. Era el rarito, como podrás imaginar. A mis ligues les besaba los pies y al principio les encantaba; luego, salían corriendo.

—¿Por?

—Bueno, es divertido cuando te dan masajes en los pies durante horas. No lo es tanto cuando te piden correrse sobre ellos, lamerlos o follar con los tacones puestos.

—Entiendo.

—Leyendo en internet, descubrí que no era el único con esos gustos y me sentí aliviado. Aunque seguía buscando a una persona que se sintiera cómoda con ello.

—¿La encontraste?

—Sí, hace cinco años. María. Apareció en un foro en el que nos reuníamos varios fetichistas de pies y la conocí en una quedada que hicimos en Madrid. No era especialmente guapa, pero tenía unos pies fuertes y curvados. Practicaba el BDSM desde hacía años y me introdujo en la práctica. Trabajé mi fetiche y descubrí otros nuevos. Fue una inmersión sensorial alucinante.

—¿Sigues con ella?

—No, lo dejamos hace unos meses.

—¿Cómo estás?

—Ya sabes cómo son las rupturas, supongo. Es una montaña rusa de emociones.

Qué me vas a contar, Ricardo.

—Pero, bueno, ¡basta de hablar de mí! Cuéntame tú.

—¿Sobre qué? No tengo ninguna experiencia en el BD...

—... SM. BDSM.

—Eso.

—¿Y tus relaciones?

—¿Qué?

—¿Cómo han sido?

—Verás, hace unas semanas estaba con un chico maravilloso con el que llevaba cinco años. Pero era aburrido. Estaba instalada en la rutina y no podía más. Hasta trabajaba sin ganas.

—¿A qué te dedicas?

—Soy escritora.

—¡Anda! ¿Puedo leer algo tuyo?

—Sí, pero no te lo puedo decir.

—No entiendo.

—Soy escritora fantasma. Escribo libros para gente conocida y ellos los firman.

—Vaya mierda. ¿Y no has pensado en escribir algo tuyo?

—Estoy en ello, Ricardo. ¡Dame tiempo!

—Ja, ja, ja, ja; vale, vale. Sigue con tu historia. ¿Qué pasó con ese chico?

—Lo dejé. Una noche, después de follar, me di cuenta de que no quería aquello y al día siguiente me vine a Madrid.

—Vaya, qué valiente.

—Valiente no. Superviviente.

Han pasado casi dos horas y ni me he dado cuenta. Me encanta la compañía de Ricardo. Ya no queda ni pastel ni bebida. Se disculpa para ir al baño. Escribo en el grupo. Las chicas están preocupadas. «Zorra, contesta. ¿Estás bien?» Mejor que bien. «Tranquilas, es un amor.» «Cuéntanos más.» «Esta noche. Ahora estoy aquí, con él.»

—¿Quieres que vayamos a tomar algo más o tienes planes?

—¡No! ¿A dónde quieres ir?

—Hay una cervecería ecológica aquí al lado.

A tomar por culo mi resaca.

—Vamos.

Pago yo. No discutimos. Caminamos rápido y llegamos a un local que está lleno de gente. Serpenteamos hasta encontrar un hueco debajo de unas escaleras. Pedimos dos cervezas artesanales, humus y unas patatas bravas.

—¿Has quedado con muchas chicas por Tinder?

—Sí, con bastantes. Pero, como te dije antes, la mayoría busca a un Christian Grey y cuando ven la realidad, se echan atrás.

—Pues estás de buen ver, Ricardo.

—No, no hablo de esa realidad. Pero gracias.

—¿A qué realidad te refieres, entonces?

—A olvidar las expectativas y asumir el rol que te pertenece. El BDSM es un intercambio energético muy potente, una jerarquía que se materializa a través del juego.

—¿Jerarquía?

—Seguro que con tu ex follabas de una forma y siempre había uno que dominaba al otro.

Pienso en ello. ¿Sería Diego la energía dominante?

—Cuesta, ¿verdad?

—Es que a veces dominaba yo y otras, él. Depende de la época.

—Claro, porque depende de tu momento energético. Cuando te sientes poderosa, segura de ti misma e imparable, te vuelves más dominante y controladora. Y hay momentos en los que todo es una mierda y te vuelves más sumisa.

—Exacto.

—Existen personas que se sienten cómodas en ambos roles.

—¿Y tú qué eres?

—Como la gran mayoría, *switch*.

—¿Cómo?

—*Switch*.

—¿Eso qué es?

—Pues significa que tengo la capacidad de percibir la energía que tengo delante y dejarme llevar. Así que a veces soy dominante y otras, sumiso.

—¡Ah! Por eso antes me has dicho que no me adelantara.

—Sí. Aunque me encanta que me sometan, si estoy con alguien que tiene una energía que puedo dominar, lo voy a hacer. Así funciona el mundo.

—La verdad es que sí.

—¿Has visto qué pureza tiene esta práctica? Plasmamos la realidad.

—Pero, por desgracia, la sociedad no lo ve así.

—Ni de coña. La han envuelto en morbo, sensacionalismo y burla. Se generan unas expectativas que tienen que ver poco con el BDSM y mucho con el machismo y la toxicidad. Y, claro, cuando les cuentas de qué va esto, salen corriendo. No es lo que quieren. Buscan la mentira.

—¿Y qué quieres tú?

—Experimentar con tu energía, Alicia. Ver quién domina a quién.

—¿Qué crees?

—Que estás muy vulnerable. Podría dominarte sin problema. ¿Te dejarías?

—Sí. No sé. Tal vez.

—¿No estaba en tus planes?

—No tenía planes.

—Pero te sentías mejor cuando pensabas en dominar.

—Sí, con más control.

—¿Sabes que es la persona sometida la que realmente tiene el control?

—¿Cómo?

—Si la persona sometida quiere un castigo, se saltará las normas. Ella es quien decide qué quiere y cómo lo quiere.

Bebo un buen trago de cerveza. Me estoy poniendo algo nerviosa. O excitada.

—Tenemos que hacer un contrato.

—Esto me suena.

—Sí, pero el contrato es consensuado, no impuesto.

—Entiendo.

—¿Quieres hacerlo?

—¿Ahora?

—Sí, ¿por qué no?

—¿En un bar?

—¿No te parece divertido?

Sí, mucho.

—Venga.

—Yo tengo un par de normas, Alicia.

—Dime.

—Tú y yo no vamos a follar.

—¿Cómo?

—En las sesiones de BDSM no hay sexo; al menos en las mías. Y hablo de sexo tal y como se entiende en esta sociedad.

—Pensé...

—Ey, me encantas, pero quiero romper las barreras. El sexo no es solo meterla y sacarla. Es mucho más.

Ese mundo. Ese universo donde no existen límites porque no hay techo. Qué se verá.

—¿Y la segunda?

—Plena confianza. No haré nada que tú no quieras.

—Perfecto.

—Y tú, ¿tienes alguna norma?

—Pues, no lo sé. Me pillas en frío. ¿No enamorarnos?

—Eso es imposible. Nos vamos a enamorar.

—¿Qué dices?

—Dejar tu dolor en manos de alguien es el mayor acto de amor que existe. El placer se entrega fácilmente, a cualquier persona, en cualquier momento, pero el dolor... Eso cuesta, por eso acabas amando a quien se lo ofreces.

Me quedo callada.

—Eso no significa que vayamos a ser pareja ni que tengamos un romance. Simplemente nos querremos, Alicia, y eso no es malo. Conoceremos los entresijos de nuestras almas, los puntos débiles de la mente, el poder del cuerpo. Reinventaremos el sexo y priorizaremos la magia. Sentiremos el presente bien metido en nuestra piel.

—Me encanta lo que dices. Qué suerte conocerte, Ricardo.

—Lo mismo digo, Alicia.

Sonreímos. Este hombre... Ay, Dios. Me lo pido para Reyes.

—Primero, tenemos que definir los roles. ¿Domino yo?

—Sí. Probemos.

—Esto no es un corsé. Evolucionaremos, ya lo verás. De momento, tenemos que asumir el lugar que nos corresponde por la situación y la energía que sentimos. Y recuerda que no hay un rol mejor que otro. Son iguales, estamos en plena equidad.

—De acuerdo.

—Vamos a acordar una palabra de seguridad.

—¡Esto también me suena!

Me acuerdo de las chicas. «Palomitas» y un aleteo. Las echo de menos. Quiero contarles todo lo que estoy aprendiendo.

—¿Te parece bien «melocotón»?

—Genial.

—También necesitamos un gesto para esas ocasiones en las que no se puede hablar.

—¿Dos golpes en el suelo o en la cama?

—De acuerdo. Por último, hace falta una *playlist*.

—Tengo una en Spotify muy buena para estas situaciones.

—Ja, ja, ja, ja; me alegro; pero no hablo de esa clase de *playlist*. En el BDSM, una *playlist* es una relación de aquellas prácticas que se quieren realizar y de las que no se quieren experimentar. Se trata de llegar a un consenso.

¿Seré gilipollas?

—¿Qué prácticas quieres probar?

—El *bondage* me llama la atención.

—Bien, ¿algo más?

—Experimentar con el dolor quizá. De forma progresiva.

—¿Te gustan las cosquillas?

—Sí.

—Bien. ¿Los azotes?

—También.

—¿La sangre?

—¿Perdón?

—¿Te gustaría un dolor más físico?, ¿experimentar con sangre?

—Creo que no.

—Genial. ¿Privación de los sentidos?

—¿Eso qué es?

—Impedir que puedas ver, escuchar, tocar, saborear... Jugar con tus sentidos.

—Sí, eso pinta bien.

—¿Humillación?, ¿insultos?

—No me gustan demasiado.

—¿Algún fetiche?

—No que yo sepa.

—Ya lo descubriremos.

—Perfecto.

—Iremos poco a poco, tranquila.

Es de noche. No queda ni un trago de cerveza. Paga él. «A la próxima, invitas tú.» Genial. Volvemos al metro.

—¿Cuándo nos vemos?

—Hay una fiesta dentro de dos semanas. Se celebra todos los años en un local bastante conocido en Madrid. ¿Quieres venir?

—¿Puedo ir con unas amigas?

—¿No se asustarán?

—Lo dudo.

Espero, vaya.

—Tú y yo quedaremos antes. Te llevaré algo que te gustará. Nos escribimos.

—Qué intriga. Vale.

Me besa la mejilla y me abraza fuerte. Bajo las escaleras del metro sonriendo. Reviso sus fotos en Tinder. Ha ido bien. Muy bien.

De camino a casa hay una tienda de alimentación abierta. Entro y compro un par de pepinos y un plátano. Llego a mi hogar. Dejo el bolso. Me desmaquillo, me quito la ropa. Cojo un condón. Maldita seas, Diana. A ver si tienes razón. Pongo porno. Tías que se masturban con frutas y verduras. Para no sentirme tan sola. O tan rara. Cubro el pepino con el condón y me toco el clítoris. La situación resulta excitante. Introduzco el pepino. Está un poco frío. En la pantalla, hay una chica abierta de piernas montándoselo con un plátano. No puedo parar de mirarla, de masturbarme y de follarme a este pepino que acabo de comprar. El orgasmo no tarda en llegar. Aumento las embestidas y arqueo la espalda. Mis gemidos se mezclan con los sonidos del móvil. Saco el pepino poco a poco. Restos de fluidos en el condón. Meto la fruta y la verdura en la nevera. Me siento extraña. Lucho por no seguir recreándome en ese sentimiento. Es tu placer, Alicia. No estás haciendo nada malo. Experimentar, sentir, probar. Que le den al qué dirán. Tu coño, tus normas.

Les mando un audio a las chicas. «Te dije que el pepino molaba, pero el plátano es mejor», dice Diana. Emily comenta que mañana irá corriendo a la frutería. Les cuento mi experiencia con Ricardo. Se apuntan a la fiesta sin dudarlo. «¿Cómo vamos a ir vestidas?» Ni idea. Mañana pregunto.

Con que BDSM, ¿eh, Alicia?

Sí. BDSM y pepinos.

Qué bien sentirse libre, ¿verdad?

Qué bien sentirme mía.

XX

Micheladas

Hemos organizado una quedada urgente. Emily tiene algo muy importante que contarnos. Sus andaduras en Tinder parece que están dando resultados y, aunque estemos a miércoles, ya ha quedado con tres personas. «Esta mierda es adictiva.» ¿El qué? ¿Las ganas de gustar y de sentirse querida? Sí, claro.

Quedamos en un mexicano cerca de Ópera que ha abierto recientemente. Diana dice que los tacos están a un euro y, como buena catalana, tengo que comprobarlo. Es la excusa perfecta para dejar de trabajar. Llevo dos días escribiendo sin parar el libro de Carolina y tomando algunos apuntes sobre mis pensamientos, mis sentimientos y sobre nuestra historia. Parece el diario de una adolescente que está descubriendo su sexualidad. Solo que con diez años más.

Me ha bajado la regla y tengo el cuerpo en otra fiesta, una organizada por Quentin Tarantino. El ibuprofeno y las compresas son los invitados especiales. Me visto con lo primero que encuentro. Tejanos viejos, sudadera y unas buenas zapatillas. La Alicia de antes.

Cojo el metro. En cada parada veo parejas besándose y sonriendo. Intento no pensar demasiado. Acallo mis ganas de sentirme querida. «Ya lo eres, Alicia. Debes apreciar el

amor que te rodea. Aunque no sea romántico, es amor igual.»
Si existiese una fórmula para llevar la teoría a la práctica, la
patentaría y me haría jodidamente rica. No la hay. O no
la encuentro.

Los días son más largos y la luz se esfuma con cierta paciencia entre las calles de Madrid. Cada día me repito a mí
misma que lo he conseguido. Estoy aquí, en la capital. Aún
no me lo creo y ya va siendo hora. Lo sé.

Diana y Emily me esperan sentadas en los bloques que
hay a la salida del metro. Sonrío. No tengo pareja, caricias
nocturnas, besos en las vías o sorpresas repentinas, pero
las tengo a ellas. A mi lado. Y yo al suyo. Viviendo una
de las aventuras más locas de mi vida con diferencia. Que
se joda el amor romántico. Yo tengo amor real. Ese que no
te parte por la mitad y te trata como si fueses un cítrico y
que te motiva a sacrificarlo todo, a apostarlo todo, a aguantarlo todo. No. No lo quiero. Me gusta este amor. El que te
acepta tal y como eres. El que usa las frutas y las verduras
con un único fin: masturbarse. El que te ayuda a superar-
lo todo, te anima a probarlo todo y hace que te sientas un
todo. Ese amor. El que me dan mis compañeras. Mis amigas. Mis zorras.

—¡Tía! ¿Estás ahí? —dice Emily.

—Sí, sí. Perdonad. Estoy un poco *out* hoy. Me ha bajado la regla. Necesito mimos.

Me abrazan fuerte. Siento una fusión de olores. El perfume de ambas luchando por conquistar mi olfato. Y yo
dejándome llevar por el calor que siento entre sus brazos.
Qué bien se está cuando se está bien.

—Veo que vamos todas con lo primero que hemos pillado en el armario —comento.

—Sí. Que seamos zorras no significa que vayamos siempre de uniforme —dice Diana.

—Y eso no quita que no sintamos el zorrerismo por dentro —añade Emily.

—¿Cómo podéis ser tan maravillosas? —pregunto.

—¡Ay! ¡Sí que estás mimosa! Qué mona. Ven aquí.

Otro abrazo.

—Venga, vamos a comer, que tengo hambre —interrumpe Emily.

Paseamos cogidas del brazo por las calles de una ciudad en la que anochece. Nos paran en varias ocasiones para preguntarnos si vamos a salir de fiesta o si queremos unos tiques para unas copas en un bar cerca de la calle del Arenal. Emily, lejos de limitarse a contestar con un «no, gracias», se inventa una historia distinta para cada relaciones públicas. A uno le cuenta que somos un trío lésbico que va a follar. A otra, que vamos a una fiesta *swinger* para participar en una orgía. En una ocasión incluso responde que nos dirigimos a comprar un guante especial para practicar algo llamado *fisting*. Cuando le pregunto qué es eso, me explica que se trata de introducir el puño por un orificio, el que yo elija. «Lo vi en una peli.» Vaya, qué cosas aprende una un miércoles por la tarde. Por supuesto, las personas que nos ofrecen las copas no insisten. ¿Acaso un mojito es mejor que un trío, una orgía o un *fisting*? «Claro, señoritas. Que lo pasen bien», nos dicen.

—¿Se lo creerán? —pregunto.

Llegamos a la calle Hileras y ahí está. Es un antro pequeño sin muchos complementos.

—Vais a flipar con los tacos —dice Diana.

Entramos y nos acomodamos en unas mesas que hay al fondo. Emily nos aleja del resto de comensales porque nos tiene que contar experiencias políticamente incorrectas. Me parece bien. Yo tengo que informar sobre Ricardo y mi repentina incursión en el BDSM.

—Tres micheladas, por favor —pide Diana.

—¿Micheladas? ¿Qué es eso? —pregunto.

—¿No las has probado?

—No.

—Es un cóctel mexicano muy famoso. Se hace con cerveza y salsa un poco picante. Sabe como a caldo de carne. Es raro al principio, pero luego no podrás parar de beber. Te lo aseguro.

Traen tres jarras con un líquido rojizo y el borde lleno de picante. Le echamos cerveza Modelo Especial. Lo pruebo.

—¡Dios! Está delicioso —exclamo.

—A mí no me acaba de gustar. A ver, esperad, que pruebo un poco más —dice Emily.

—Empiezas así y te vuelves adicta.

Pedimos cuatro tacos para cada una.

—Hablando de adicción, chicas, os tengo que contar mi vicio con Tinder. O sea, qué maravilla. No paro de follar.

—¿Sí? Joder. Parece que la petición a la Diosa de las Zorras ha surtido efecto. Al menos con una del grupo —dice Diana.

—Sí, sí. Es mi deidad favorita desde el domingo.

—¿Qué pasó? —pregunto intrigada.

—Resulta que hice *match* con un chico... Bueno, ¡con muchísimos! Pero uno de ellos me llamó más la atención, así que quedamos esa misma noche. Se vino a casa y follamos.

—¿Bien o mal?

—Hubo un poco de carpacho de gambas, pero no me disgustó.

—¿Quién era? ¿Nos enseñas una foto?

—Claro.

Emily coge el móvil. Veo que tiene más de veinte *matches* y no sé cuántos mensajes.

—Es este.

—Pero ¡tía!

—¿Qué?

—Este es...

—¿Quién?

—Este es el de la mamaíta, ¿no?

—¡Sí!

—¿El que tenía la polla huérfana? —pregunta Diana.

—¡El mismo!

—Vaya, jamás pensé que esa mierda le funcionaría —digo.

—Ya, tía, pues yo tenía que probarlo.

—¿Y?

—A ver, el tío pensaba lo justo para no cagarse encima. Fuimos a tomar unas cervezas y me habló de su carrera como «modelo». Me dijo que estaba haciéndose un *book* de fotos para moverlo por algunas agencias. Colabora con algunos fotógrafos y me estuvo enseñando su trabajo; era de risa. Salía poniendo morritos en todas las fotos

—¿Y luego qué hicisteis?

—Nos fuimos a tomar algo cerca de mi casa. Yo, un par de cervezas y él, un batido de proteínas. Literal. Se lo preparó en medio del bar. Me dijo que si se saltaba la dieta, perdía rendimiento. Total, le pregunté si quería subir a terminarse el batido.

—¿Había alguien en el piso?

—¡Claro! Siempre hay gente. Comparto piso con seis personas. Nunca estoy sola.

—¿Entonces? ¿Qué pasó? Cuenta detalles —insiste Diana.

—Subimos a casa, lo meto en la habitación, voy a mear y cuando vuelvo está desnudo. O sea, completamente desnudo. Se había dejado los calcetines puestos porque «tenía frío» dijo.

Le doy un sorbo a la michelada.

—En fin, nos empezamos a besar y me suelta su frase célebre.

—No me jodas.

—Sí, sí. Real. «Emily, mi polla está huérfana.»

—¿Y qué hiciste?

—Chupársela.

—Aj, tía. ¿No te cortó el rollo? —pregunto.

—Sabía a lo que me arriesgaba cuando quedé con él.

—Sí, la verdad. ¿Y qué más?

—A los diez minutos le solté que mi coño estaba solito y que necesitaba un *papasito*.

—Espera. Eso no tiene lógica. O sea, lo de la mamaíta era porque...

—¡Ya! Pero entendedme. En ese momento no estaba muy creativa.

—¿Y qué te dijo?

—Vais a flipar. Resulta que al de la polla huérfana no le gusta comer coños.

—¿Cómo?

—Le propuse aliñármelo con un lubricante de sabores, pero no hubo manera. Me dijo que esos productos tienen mucha glucosa y que no podía comerlos.

—Y lo mandaste a la mierda —pregunto.

—No, tía. Saqué un condón y me lo follé. Y ahí empezó el carpacho de gambas, así que cogí mi bala vibradora y me masturbé mientras me penetraba. Me corrí muy a gusto.

La gente de la mesa que tenemos al lado se gira para mirarnos. Nos quedamos calladas, agachamos la cabeza y explotamos en un sinfín de carcajadas. El camarero nos trae los tacos y nos aclara cuáles son las salsas picantes. Pruebo la más fuerte. A tope.

—Mañana te acordarás de Johnny Cash cuando vayas a cagar —suelta Emily.

—¿Qué dices? —digo.

—Se te quedará el ojete un poco *Ring of Fire*.

Nos reímos.

—Emily, nos tienes que contar las otras dos citas. ¿Qué tal? —pregunta Diana.

—¡Hostia! Con una vais a alucinar. Era un flipado... Me recordó a ti, Alicia.

—¿A mí?

Será cabrona.

—Sí, a ti y a tu cita sado.

—¿Por?

—Es que..., ¡ja, ja, ja, ja!

—¡Va! Cuéntalo ya —se impacienta Diana.

—Vale, vale. Se llama Mario. Empresario, de unos treinta y cinco años, increíblemente guapo. En las fotos de Tinder aparece con traje, viajando y conduciendo un cochazo, aunque la descripción es un poco chunga.

—¿Qué pone?

—Algo así como: «Busco a mi princesa, amiga, confidente, mimada», y varios atributos tóxicos más.

—¿Cómo quedas con un tipo así? —interrumpo.

—La curiosidad, yo qué sé. Me propuso quedar el lunes por la noche y acepté.

—¿Te lo follaste?

—¡No os adelantéis! Quedamos el lunes y me llevó a un restaurante que ¡madre mía! Demasiado lujo para mí. Yo acababa de salir de trabajar y no me esperaba algo así, pero ahí estaba yo, con mis bambas, dispuesta a entrar en uno de los restaurantes más lujosos de la ciudad. Mario me miró de arriba abajo con cierto aire despectivo. Yo seguí como si no pasara nada.

—Ya me cae mal —digo.

—Nos sentamos a una mesa. Él, trajeado y repeinado, no para de hablar sobre su trabajo, su dinero y el ritmo de vida que lleva. Entonces, hace un gesto para señalar el lugar y me dice: «Si tú quieres, esto es solo el principio». Yo me quedo mirándolo con cara de circunstancia y me suelta...

Estamos tan atentas que nos olvidamos de los tacos, el picante y las micheladas.

—«Emily, ¿verdad? Yo busco algo muy específico. Quiero a una mujer que se deje mimar y sorprender. Te puedo dar todo lo que siempre has deseado. Soy muy rico y tengo la vida resuelta. Mis negocios crecen cada día y quiero disfrutar de mi riqueza con una mujer a mi lado. Solo tengo una condición: disponibilidad total. ¿Tú dejarías tu trabajo por mí?» Yo pensé en mi trabajo de mierda en la cafetería y... por supuesto que dejaría el trabajo, pero no por él.

—¿Qué le dijiste entonces?

—Que sí, que podría dejar mi trabajo.

—¿Y él?

—Él siguió preguntando, esta vez que si dejaría a mi familia en España. Yo le conté que mi familia está en Estados Unidos y pareció alegrarse.

—Nada como tener a los posibles suegros lejos, ¿eh?

Emily fuerza una sonrisa. Carraspea, bebe un sorbo de michelada y se intenta recomponer. Diana y yo nos miramos. ¿Qué ha pasado? ¿Será por sus padres?

—Ey, ¿estás bien? —pregunta Diana.

—Sí, sí. Os sigo contando. Resulta que me voy al baño y, cuando vuelvo, me dice: «Mientras estabas en el baño, he cogido la documentación de tu cartera y he reservado dos vuelos a París para este fin de semana».

—¡¿Pero qué coño me estás contando?! —grito.

—¿Reservó un vuelo a París?

—Después me dijo que era broma, pero que así podía ser mi día a día si yo quisiera.

—Qué turbio, tía —digo.

—Mucho. El muy gilipollas siguió enumerándome la lista de cosas a las que tendría que renunciar para tener «la vida de mis sueños». Me preguntó si tenía amigas y yo le hablé de vosotras. Se incomodó mucho.

—¿Qué le contaste?

—Nada de nuestro club, por supuesto. Solo que tenía dos mejores amigas y que no estaba dispuesta a perderlas por nada del mundo.

Diana y yo nos levantamos y la abrazamos. Casi tiramos las micheladas.

—El tipo siguió insistiendo en que su vida era mejor que la mía, que me podía dar todo lo que quisiera y que estaba forrado, pero que necesitaba disponibilidad total por mi parte. Tanto hablarme de mis sueños y resulta que al final era yo la que tenía que sacrificarse para cumplir los suyos. En ningún momento me preguntó qué quería hacer yo en mi vida.

—Tienes razón. Qué flipado —añado.

—Aún no habíamos terminado el primer plato y ya me estaba tocando el coño (no literalmente), así que me levanté, le dije que debía salir de su caverna y descubrir el mundo que le rodeaba. Que las mujeres somos independientes, no esclavas y sumisas «con disponibilidad total» como él pedía. Le solté que dejase de creerse que era el puto Christian Grey y que viese a las mujeres como personas y no como floreros. Y que, por mucho dinero que tuviera, a mí no me podía comprar. Lo mandé a tomar por culo y me fui.

Aplaudimos fuerte. Adoro esa fuerza que tiene Emily.

—Tía, ¿y por qué te recuerda ese imbécil a mi cita? —pregunto.

—Porque de eso va el sado, ¿no?

—¡No, amiga! No tiene nada que ver. A eso llámalo como quieras, pero está muy lejos de ser BDSM.

—Bueno, cuéntanos tú. ¿Qué tal con ese chico? —pregunta Diana.

Les cuento cómo me fue con Ricardo.

—Oye, y la fiesta esa es el próximo sábado, ¿no? El 16 de mayo.

—¡Sí! Es una fiesta anual que se celebra en un local *kink friendly*, como lo llama Ricardo.

—¿Qué?

—*Kink friendly*. Es como decir «simpatizante del BDSM». Son locales, hoteles, tiendas... que se muestran abiertos a personas que realizan estas prácticas.

—Ah, vaya. No sabía eso.

—¿Y dónde es?

—Se llama La Panadería.

—¿Estás de coña? —dice Diana.

—No. Te lo juro.

—¿Y es un local *tick friendly*?

—*Kink friendly*.

—Eso.

—Sí.

—Pero ¿por qué se llama La Panadería? No lo entiendo.

—Porque allí se cocinarán los bollos y las barras de pan —suelta Emily.

Bebemos nuestras micheladas y apuramos el último taco.

—¿Cómo tenemos que ir vestidas? —pregunta Diana.

—Es obligatorio ir de negro. Opcional ir con látex, cuero, lencería, disfraces específicos o desnudo.

—¿Desnudo?

—Sí, eso dice Ricardo.

—¡Vaya, chicas! Qué ganas.

—Cuéntanos sin falta la sorpresa de mañana, por favor.

—Prometido.

Pedimos la cuenta. Las horas se nos han pasado volando.

—¡Emily! ¿Y tu tercera cita?

—Ah, bueno. Nada relevante.

—Cuéntanos.

—¿Os acordáis de Rodrigo?

—¿El del perrito? —recuerda Diana.

—Sí, ese.

—Hemos hecho *match* con el mismo chico —digo.

—Bueno, pues no te pierdes nada.

—¿Cómo fue? —pregunto.

—Sin más.

—¡Pero cuenta detalles!

—Todo genial hasta que llegó el momento de follar e insistió en no ponerse condón. ¿Qué puto problema tendrán los tíos con el condón? Me pone enferma.

—¿Y qué hiciste?

—Le dije que se la metiese por el culo. Imagina la de mierda que debe tener esa polla si no utiliza condón nunca. Paso de arriesgarme a pillar cualquier cosa.

Pagamos y salimos a pasear por la ciudad. Sigo sin creerme que esté aquí, en Madrid, viviendo esta experiencia. Con amigas. Conmigo. Resulta alucinante.

—Os quiero, chicas —digo.

—Y nosotras a ti.

Nos abrazamos. Siento ese dolor punzante que anuncia el inicio de la regla. Me despido de ellas. Cojo el metro y vuelvo a casa. Me hago una infusión bien caliente. Me pongo el pijama y me voy directa a la cama. Miro el móvil. Tengo un mensaje. Es Ricardo.

«¿Preparada para mañana?»

¿Lo estoy?

XXI

Duele(s)

Son las cuatro. Estoy nerviosa. Me he duchado y me he puesto lencería bonita. He estado dudando un buen rato sobre mi atuendo y mis intenciones. Ricardo es un chico atractivo, pero no sé qué tipo de relación vamos a establecer. ¿Follaremos algún día?

Suena el interfono. Me sobresalto. Vale, ha llegado la hora. Allá vamos. Abro la puerta. Ricardo está guapo. Lleva el pelo repeinado, le da un aire *vintage*. Va con una chaqueta de cuero bien ceñida. Debajo lleva una camiseta gris básica. Unos tejanos pitillo negros marcan su entrepierna. La observo sin querer. Lleva botas de cuero y trae una maleta.

—Hola, Alicia.

Creo que me he meado encima.

—Hola, Ricardo.

—¿Lista?

—No lo sé. Estoy nerviosa.

—¡No! Tranquila. Ven aquí.

Me abraza. Huelo su perfume. Es intenso, envolvente. Se mezcla con su olor natural. No puedo parar de esnifarlo.

—Qué guapa estás.

—Ah, vaya. Muchas gracias.

Si supieras que no he podido trabajar por los nervios y la ansiedad. Si supieras que llevo dos horas yendo del armario al baño y del baño al armario para decidirme, por fin, por unos tejanos negros, unas botas de tacón y una camiseta semitransparente.

—Me encanta ese look a lo Mia Wallace.

—A mí también. Hace poco que me atreví a hacer el cambio.

—Ah, ¿sí? Pues parece que lo lleves desde hace años. Se te ve muy cómoda.

—Me gusta mucho cómo me queda, pero me ha costado acostumbrarme. Antes tenía el pelo lacio, largo y castaño.

—Mucho mejor así. Tiene más personalidad.

Ricardo deja la maleta y mira con detenimiento cada esquina, cada rincón. Menos mal que he limpiado. Era vergonzoso cómo estaba todo de polvo. Por no hablar de la montaña de ropa sucia que había a los pies de la cama. O de los platos sin fregar. O del lavabo manchado de *eyeliner*.

—Qué bonito tienes el piso.

—¿Te gusta?

—Mucho. Buena zona y amplio para una persona sola. Es perfecto.

—Sí. Además, la casera es clienta mía y tenemos plena confianza.

—Eso es una suerte.

Solo nos falta hablar del tiempo. ¿Dónde quedó aquella conversación?

—Me dijiste que al final venías a la fiesta con tus amigas, ¿no?

—Sí, el sábado que viene, ¿verdad?

—Exacto. Ya te comenté que hay que ir de negro, es obligatorio. ¿Ya sabes lo que te vas a poner?

—Pues no. Había pensado en llevar una falda de cuero, tacones y una camisa.

—No, no te vas a poner eso, Alicia.

¿Perdón? ¿Hemos empezado con el BDSM y no me he enterado?

—¿Cómo?

—Que no te vas a poner eso.

—¿Por? ¿Voy mal?

—Tengo algo mejor.

Despierta mi curiosidad. ¿Será esa la sorpresa?

—Siéntate en el sofá y no mires.

—¿Y qué pasa si lo hago?

—Alicia, ¿quieres que te castigue tan pronto?

¿Estoy cachonda? Estoy cachonda.

Me siento en el sofá de espaldas a la cama. No puedo girarme. Me fijo en la estantería. Qué soso tengo el piso. Debería comprar alguna planta. Sí, una planta iría bien. Escucho las ruedas de la maleta. Una cremallera. Objetos. ¿Eso es una cadena? Joder. Confía, Alicia, confía. Los pasos de Ricardo se acercan. Me tapa los ojos con una venda. En su juego no se puede mirar. «No de momento», me susurra. Me levanto. Lo cojo de la mano. Él es mi guía. Confianza. Camino dos pasos y me doy con el canto del sofá justo en la espinilla. Me cago en todo.

—Ay, perdona. No lo había visto.

Sonrío mientras gestiono el dolor del primer golpe de la tarde. Pienso en el moratón que me saldrá. Y yo que quería llevar falda a la fiesta...

—Estás justo delante de tu cama. ¿Quieres saber qué tengo preparado para ti?

Asiento con la cabeza. Me muerdo el labio. Qué intriga.

—Inclínate.

Ricardo dirige mis manos. Toco un instrumento plano. Parece de cuero. Tiene un mango corto.

—Esto es una pala. ¿Quieres saber para qué sirve, Alicia?

—Sí.

—Sirve para azotar. ¿Querrás que te azote?

Sí, sí, sí, sí, sí, sí, sí, sí, sí, sí, sí, sí, sí.

—¿Quieres azotarme? —pregunto.

—Ya lo veremos. Sigamos.

Me coge de las muñecas y me mueve. El siguiente objeto es alargado, con tiras en uno de los extremos. También tiene mango.

—Esto es un *flogger*. ¿Quieres saber para qué sirve?

—Sí.

—Sirve para azotar y para acariciarte. ¿Querrás probarlo?

—Sí.

—Buena chica.

A medida que avanza el juego, la energía de Ricardo es más invasiva. Y parece que esto no ha hecho más que empezar.

—Toca esto. ¿Qué sientes?

—Es..., es una bola, con..., con una cinta.

—¿Sabes lo que es?

—Me lo puedo imaginar.

—Ah, ¿sí? Si no lo adivinas, Alicia, ¿sabes lo que te espera?

—¿Qué?

—Un castigo por haber suspendido.

—Pero no he suspendido. Llevo dos aprobados.

—¿Me vas a cuestionar?

Cojones. Céntrate, Alicia.

—No, no.

—Entonces, dime. ¿Qué es?

—¿Una mordaza?

—Vaya, señorita, vas a por la matrícula de honor.

Siguiente elemento. Son unas esposas. Están cubiertas de pelo. Son suaves. Un momento. ¿Otras esposas?

—Esto, Alicia, son unas esposas y unas tobilleras para inmovilizarte por completo y poder así disfrutar de esos pies.

Con estas botas me huelen que da gusto.

—¿Y esto? ¿Qué es? —me susurra.

—Qué textura más agradable.

—¿Te gusta?

—Sí —contesto.

No sé qué coño es, pero no puedo dejar de tocarlo. Necesito olerlo.

—¿Qué quieres?

—Olerlo.

—Agáchate.

—¿No puedo cogerlo?

—No, Alicia. Agáchate.

Me arrodillo. Mis manos recorren una costura. Acerco mi nariz. Lo huelo. El olor es sintético. Fuerte. Intenso. Necesito tocarlo más. Rastreo esa prenda. ¿Qué me pasa? No puedo parar.

—¿Qué sientes?

—No lo sé. Es extraño. Me da placer tocar y oler esto. Éxtasis.

—¿Quieres saber qué es?

—Sí.

—Siéntelo.

—Lo siento.

—Es tu sorpresa, Alicia.

Ricardo me quita la venda. Parpadeo. La luz me ciega.

Quiero seguir en esa oscuridad que magnifica y simplifica todo. Veo el cabecero de mi cama. Bajo la mirada y ahí está.

—Esto es lo que te vas a poner para ir a la fiesta, Alicia.

Es un vestido negro muy estrecho. Al principio me cuesta distinguir la parte delantera de la trasera. Me guío por el escote en pico, bien pronunciado. Los tirantes acaban en un lazo justo en medio de la espalda.

—Dios, es precioso.

—¿Te gusta?

—Me encanta el tacto.

Sigo examinando el vestido con las manos.

—Es látex.

Jamás había tocado una prenda de látex.

—No puedo contener las ganas de acariciarlo.

—¿Sientes placer?

—Sí. Quiero olerlo, saborearlo, tocarlo... Creo que hasta tengo las pupilas dilatadas.

—¿Estás cachonda?

—¿Perdón?

—Ya me has escuchado, Alicia.

—Sí, me excita.

Ricardo me sonríe.

—Parece que hemos encontrado tu primer fetiche. Póntelo.

—Vale.

Me levanto para ir al baño. Ricardo me para.

—No vas a poder.

—¿Cómo?

—El látex tiene truco. Antes debes echarte polvos de talco para que se deslice y para que se retrase la sudoración. Mira, te enseñaré.

¿Quiere que me desnude aquí, delante de él?

—Alicia, para esto necesito que te quites la ropa.

—Bueno, yo...

—Es un cuerpo, nada más.

—Ya...

—¿Quieres que me desnude yo primero? A mí no me importa.

Nos reímos.

—Confía en mí —dice.

Me apoyo en la cama. Me quito las botas y los pantalones. Adiós camiseta. Pienso en si se verá el hilo del tampón a través de las bragas.

—El sujetador, por favor.

Suspiro. Le doy la espalda. Ricardo me ayuda a desabrocharlo. Me acaricia la espalda. No de un modo sexual, sino como lo haría un amigo que me quisiera consolar por algo. Solo que yo estoy en pelotas y él no quiere consolarme, sino dominarme. Cómo he llegado hasta aquí, no lo sé.

—Te voy a echar polvos de talco y tú los esparces.

Me echa en los brazos y en la espalda.

—Bueno, ¿te ayudo con la espalda?

—Sí, tranquilo.

Extiende el polvo blanco por mi piel. Lo hace con mimo y dedicación. No tiene prisa. Siento cómo me caen en el culo.

—El culo te lo dejo a ti.

Los esparzo por el culo. Me doy la vuelta. Ricardo me sonríe.

—¿Estás bien?

—Sí.

Me echa más. Observa mi pecho, mi abdomen, mis brazos. Nada parece interesarle. Se detiene en mis pies.

—Qué pies más bonitos tienes.

—¿En serio? Antes no me gustaban.

—¿Por?

—Porque son gorditos y pequeñitos. Parecen pies de gnomo.

—¡Anda ya! Son pies de geisha. ¿Qué número calzas? ¿Un 35?

—A veces un 35 y otras un 36.

Estoy rebozada. Ricardo sube el vestido por mis piernas y mi cadera. Puedo sentir cómo el látex me comprime la piel. Es agobiante y excitante a la vez. No sé elegir cuál de las dos sensaciones gana. Me pongo los tirantes. Me acomodo las tetas. Ricardo se agacha. Me agarra el pie con delicadeza.

—¿Tienes unos tacones de aguja?

—Sí, están en el armario.

Abre el armario y se caen unas bragas sucias. Ricardo las recoge y las guarda. No dice nada al respecto. Lo agradezco. Coge los zapatos y vuelve a arrodillarse ante mí. El vestido es muy estrecho. Acaba en mis rodillas. Reduce mi movilidad casi al cien por cien. Levanto el pie. Ricardo me pone el zapato. Me siento como Cenicienta. Una Cenicienta muy zorra y cachonda.

—¿Tienes espejo?

—Sí.

Camino como un pato hasta el comedor. En cuanto me veo dentro de ese vestido de látex negro, me quedo sin voz. No puedo articular palabra.

—Estás impresionante.

Silencio.

—¿Te gusta? —pregunta.

No respondo. No sé quién es esa, la que nace del reflejo. Está lejos de mí. Esa no soy yo. Pero al mismo tiempo sí, lo soy. Toco el látex tenso y duro. Mi cuerpo está envuelto en una textura mágica que me excita y me extasía. Parezco una dómina rusa sacada de una película porno.

—Falta algo —dice Ricardo.

Rebusca en la maleta. Saca un collar. Me lo coloca en el cuello y lo ajusta.

—Ya está. Tu sorpresa al completo.

Me acerco al espejo. Es un collar negro con una argolla y una placa en forma de hueso con mi nombre grabado. El típico complemento que se le compraría a un perro.

Sigo aceptando mi reflejo. Ricardo pone música en su pequeño pero potente altavoz *bluetooth*. Suena la que resultará ser la mejor banda sonora para una sesión de BDSM. Massive Attack, Suuns, Garbage, Nine Inch Nails, The XX, Marilyn Manson o Arctic Monkeys. Se me acerca por detrás con cierta arrogancia. Esa energía.

—No parezco sumisa.

—Ah, ¿no? ¿Y ese collar de perra?

Me coge del cuello. Conecto con sus ojos a través del espejo. Me atraviesan. Siento una contracción en el pecho. Los nervios reinan en mi cuerpo, otra vez. Ricardo hunde sus manos entre los mechones de mi pelo. Aprieta y me obliga a echar la cabeza hacia atrás. Suelto un suspiro. Olfatea mi cuello, mis orejas, mi cara y mi cabello.

—Empieza el juego, Alicia —me susurra.

Sin soltarme, me empuja hacia la cama, donde esperan los instrumentos listos para el dolor. Para mi dolor. Estoy un tanto desconcertada. Me obligo a centrarme en las sensaciones. Todo es nuevo y no sé cómo actuar. La mente sigue dirigiendo el encuentro. Necesito dejarme llevar. De eso se trata, de someterme. A las órdenes, a las miradas, a las energías. Ceder y entregar el dolor. Hazlo, joder. Me siento un poco gilipollas.

—Te voy a dar el privilegio, Alicia, de que escojas tú el primer juguete.

Escaneo la cama. Pienso en cuál será el más inofensivo.

—La mordaza.

—Vaya, qué poco atrevida. ¿Has escogido el más inocente?

—Sí.

—No te va a servir de nada, cachorrita.

¿Cachorrita? Ricardo me obliga a arrodillarme en el suelo. Me coloca la mordaza en la boca. Yo me hago la dura.

—Abre la boca, Alicia.

Sigo dificultando el juego.

—Por cada vez que te resistas, te esperan diez azotes. ¿Estás segura de que quieres recibir un castigo tan pronto?

Cierro la boca con fuerza. No te lo voy a poner tan fácil.

—Está bien.

Ricardo me coge la cara y con un solo gesto fuerza mi mandíbula. Me coloca la mordaza y la ata con fuerza.

—Recuerda, Alicia. Si quieres que paremos, solo tienes que dar dos golpes —me susurra.

Se pone delante de mí. Sigo de rodillas. Miro al suelo de forma casi intuitiva. Él se frota las manos.

—Vas a probar el *spanking*. Para eso no me hará falta utilizar nada de esto. Te presento mis manos. Esta es mi mano derecha y esta, mi mano izquierda. ¿Las ves? Míralas bien.

Me muestra sus manos por un lado y por el otro. Él también las observa. Se ríe.

—Ponte a cuatro patas, cachorrita.

Obedezco. Aún no sé cómo son los castigos, así que no puedo arriesgarme a ser rebelde de nuevo. Ricardo se arrodilla a mi lado. Me acaricia el culo. Lo contempla. El látex me tira. No puedo tragar con la mordaza. Se me cae la baba. La absorbo. Es ridículo.

El primer azote no se hace de rogar. Duele. Giro la cabeza. Él suelta una sonrisa pícara.

—Te quedan nueve.

Joder.

Sigue disfrutando de mi trasero. Los mimos hacen que el dolor se disipe. Su mano se aleja. Tenso mi cuerpo y contengo la respiración.

—No, Alicia. La respiración es tu arma, te ayuda a gestionar el dolor. Inspira y espira. Pruébalo.

¿Cómo voy a respirar tranquila sabiendo que el dolor de un azote se acerca? Da gracias a que llevo la mordaza. La de cosas que te diría en este momento. En su lugar, balbuceo con resignación.

—Respira —repite.

Inspiro profundo y espiro de forma prolongada. Siento que mi cuerpo se va relajando poco a poco. No hay tensión. La mente suelta las riendas y yo ahí, a cuatro patas, amordazada y con un vestido de látex a punto de reventar; intentando centrarme en mis pulmones y en mi tórax.

En el momento menos esperado, el siguiente azote rebota en mis nalgas. Gimo bajito y cierro los ojos. Respira. Respira, coño. El aire llega como una ola que calma y alivia el entumecimiento de mi trasero. Se expande por los músculos como si fuese una bola enorme de energía que lentamente lo invade todo. Después siento un cosquilleo. La zona está caliente. Aún quedan ocho. Me pregunto por qué hay personas que disfrutan con esto. Creo que yo no soy una de ellas.

—¿Qué tal? ¿Estás bien?

Asiento con la cabeza.

—¿Sabes? El dolor te puede sumergir en una profunda meditación. Céntrate en llenar tus pulmones y sana con el aire la parte que más te moleste.

Mi tórax se ensancha y se vuelve a hundir. Llevo un ritmo acompasado y suave. Intento no perder la calma. Sigamos.

—Siete.

Mierda. Joder. La respiración, no pierdas la respiración, Alicia.

—Seis.

Me duele muchísimo. No puedo aguantar más. ¿En qué momento decidí que esto era una buena idea? Quiero salir de aquí. Para, por favor. Daré dos golpes en el suelo y esto se acabará. Bueno, aguanta uno más. Solo uno.

—Cinco.

Vamos por la mitad. Tampoco ha sido para tanto. Tengo el culo ardiendo y me duele hasta el dedo meñique del pie. No me voy a rendir ahora.

—Cuatro.

He trazado mentalmente el recorrido que realiza su mano y el impacto con mi culo. Mis sentidos se centran en una pequeña zona de mi cuerpo. Lo demás no existe. Se pierde, se esfuma. No estoy, no hay nada. Solo el dolor y yo, cara a cara. Y el dolor es inevitable, pero el sufrimiento es opcional.

—Tres.

Ricardo aumenta la intensidad de sus azotes. Sus manos duras y fuertes acarician mi trasero para calmarlo. No ha cambiado de nalga en ningún momento. Me imagino mi piel enrojecida e inflamada. El látex endulza y esconde la realidad que hay debajo de él y dentro de mí. Solo quedan huesos y lamento.

—Dos.

Un hilo de saliva une la mordaza con el suelo de mi piso. Estoy en Madrid, a cuatro patas, enfundada en un vestido de látex negro y con un collar de perra al cuello. Un tío al que he conocido en Tinder me está dejando el culo fino a base de azotes. ¿Qué estará haciendo Diego en este momento? ¿Pensará en mí?

—Uno.

¿Y si lo que quise no es en realidad lo que quiero? ¿Y si me equivoqué? ¿Y si era él? Echo de menos el mar, la brisa salada, las noches acompañada, las series aburridas, el bucle infinito. La tranquilidad de no estar sola. La inexistencia de esa nostalgia y este desamparo que a veces siento en mis venas y que se aferra a mis órganos. Sigues doliendo. Y no entiendo por qué. O para qué.

—¿Bien?

¿Volvería a Montgat? Puedo hacerlo. Dos golpes en el suelo. Está en tu poder. Tienes la capacidad de parar las cosas. Pam, pam. Y magia. Otra vez allí, otra vez aquí. Dónde quieres estar. Eres la dueña de tu destino. ¿Qué quieres hacer? No quiero cagarla. Sentirme así. La toma de decisiones. No saber escoger entre la vida y la supervivencia. Entre la adrenalina y ese pitido molesto que indica que donde hubo latido ya no queda nada más que lamento. Ni tan siquiera me pediste que no me fuera. ¿O sí lo hiciste?

—Oye, Alicia, ¿va todo bien? —insiste Ricardo.

Lo miro. Asiento. Se levanta. Me ayuda a incorporarme.

—¿Quieres seguir jugando?

Muevo la cabeza. Sí, sí quiero. A ver quién muere antes, si el pasado o el presente. Me quita el vestido. Sigo subida a mis tacones y las bragas son el único límite entre la desnudez y la intimidad. Saca unas cuerdas de su maleta. Acaricia mi piel con ellas. Son ásperas y duelen. Mis manos reposan a ambos lados del cuerpo. Él las retiene. Rodea mi cuerpo con la cuerda y anuda los dos extremos. Por primera vez soy consciente del límite entre mi cuerpo y el espacio.

—Sigamos experimentando con el dolor, cachorrita.

Ricardo me maneja por medio de las cuerdas. Con un solo movimiento puede hacer lo que quiera conmigo. Empujarme, ponerme de rodillas en el suelo, tumbarme en la cama. Lo que él decida. Y juro que en este momento soltar las riendas resulta placentero. No pienso. Me tumba boca abajo. Mi culo queda totalmente expuesto. No hay fronteras, solo la piel. Giro la cabeza hacia un lado. La mordaza me molesta. Ricardo se da cuenta y me la quita. Trago saliva, muevo mi lengua.

—Gracias —balbuceo.

Coge el *flogger*, que está justo a la altura de mis ojos. Miro de reojo hacia atrás. Él peina los flecos de cuero y clava su mirada en mí.

—Hoy vas a conocer a varios amigos. Primero, el *flogger*.

—Pero no me he portado mal —digo.

—¿Acaso no lo estás deseando?

Me callo. La capacidad que tiene Ricardo de leer mi cuerpo es increíble. Sabe en cada momento qué necesito. La experiencia, supongo. El dolor me saca de esta divagación. De repente, estoy presente. Aquí y ahora. El dolor es distinto a cuando me azotaba con las manos. Pica un poco más. Es localizado. Se extiende. No sé cuántos golpes faltan. Los que él decida. Me da otro, muy seguido. No me da tiempo a procesarlo. ¿Dónde están las caricias? Inhalo y exhalo. Intento no pensar demasiado. Otro y otro y otro. Adquiere un ritmo, se hace rutinario. La incertidumbre, sin duda, incrementa el dolor. La espera te prepara para lo que viene y lo que va. Yo sigo inhalando y exhalando, alargando el proceso. Se detiene. Cierro los ojos. Esa oscuridad. Los abro. Veo el tráfico por la ventana. Madrid está ahí, delante. Y yo dónde estoy. Ricardo me acaricia el trasero y vuelve a usar las manos. Aumenta la intensidad. ¿Me estará retando? Yo aguanto sin soltar ni una sola queja, gemido o palabra. En este momento soy suya. Y resulta liberador.

—Este es mi segundo amiguito. ¿Quieres probarlo? Bueno, qué más da.

Levanta la mano y me azota muy fuerte. Cierro los ojos y frunzo la cara. Se me corta la respiración. Melocotón. Di melocotón. No. Quiero saber qué hay al otro lado. La pala hace que mi culo rebote. Noto cierta insensibilidad. La forma que tiene Ricardo de azotarme es muy diferente de la de Diego. No sé por qué cojones no puedo dejar de pensar en él. Supéralo ya. Mis sentidos se centran en un pequeño punto de mis nalgas. La negritud me muestra el camino a seguir. La respiración acompasada suple los suspiros. Me dejo ir a donde quiera que tenga que ir. Lo físico se disipa. No hay gestión porque hay inexistencia. Escucho a lo lejos el sonido del cuero contra mi piel. Pero el dolor no llega. Me sumerjo en mis decisiones, las mismas que me han traído hasta aquí.

Por qué sigues doliendo. Por qué sigues tan en mí a pesar de la distancia. De los seiscientos kilómetros que puse entre tu alma y la mía. Cómo puede ser que sigas. No lo entiendo. Quiero sacarte de mis recuerdos, dejar de pensarte. Por qué sigues doliendo si no estás aquí, conmigo. Te dije que no podía más y no lo entendiste. No lo entiendes. Quizá no quieras admitir que tu vida es así, aburrida y rutinaria. Que vives en ese lugar que prometiste no visitar. No ves que estás metido hasta el cuello, que tu vida es conformista, que no queda nada de lo que soñamos. Que solo fue la utopía de la primera vez. No, Diego, no quisiste ver. Sal de aquí. Dónde te escondes. No te quiero en mí. Llévate la humedad, la nostalgia y esta soledad. Múdate a otro cuerpo, lárgate del mío. No seas tentación para mi lucha. La pasividad es el cáncer de la sociedad. Nos va matando poco a poco, Diego. ¿No te das cuenta? En qué momento decidiste no ser más. Cuándo. Duele(s). Lo real y lo irreal. Lo tangible y lo intangible. Los azotes que minan mi trasero y el castigo que me impongo de camino a la autodestrucción.

—Acabemos con esto. Vamos a cuestionar el límite entre el placer y el dolor.

Ricardo busca algo en su maleta. Escucho una vibración. Agarra las cuerdas y me da la vuelta. Estoy boca arriba. Miro el blanco que protagoniza este hogar. Ahora siento la vibración. Justo ahí, en mi entrepierna. Me sorprendo. Miro a Ricardo. Me guiña un ojo y me sonríe. Inspira y espira. Lo acompaño en el vaivén. Relajo mi cuerpo encima del colchón. Me da igual. Que haga lo que crea oportuno. Me dejo llevar. Siento la intensidad. Y el placer. Ricardo comprime las cuerdas y las mueve con cierta ligereza, lo suficiente para que me quemen la piel. Mis párpados caen. Un sentido menos. La música sigue sonando. Portishead. Abro la boca, me sale un suspiro. Contengo el cuerpo, respiro. No puedo.

Give me a reason
to love you.
Give me a reason to be
a woman.

Gimo alto y claro. Muevo mis caderas. Frunzo el ceño. No lo puedo contener. Ricardo sube su mano hasta mi cuello y me agarra con fuerza. Aprieta. Me tenso pero confío. Tengo que hacerlo. El placer y la incomodidad de la asfixia se mezclan. No sé dónde acaba uno y empieza la otra. En qué momento he perdido la capacidad de separarlos. Me cuesta respirar. Abro la boca. Los gemidos se rompen y su mano sigue apretando. No puedo evitar sentir miedo. Se dispara. El placer en la entrepierna sigue reinando en mi cuerpo. Quiero irme. Me da igual a dónde.

—Céntrate en tu coño. Deja que luchen.

El clítoris palpita. Tengo las manos entumecidas. Trago saliva con mucha dificultad. Me lloran los ojos. Veo a Diego sonriendo, mirándome con esos ojos tristes y enamorados. ¿Alguien me volverá a mirar así? Elegir entre dar dos golpes, pronunciar «melocotón», volver a ti. O seguir descubriendo a dónde me lleva la vida, las decisiones, la lucha entre las dos grandes fuerzas vitales o Madrid.

Qué quieres, Alicia. ¿Conformarte o formar tu ser? ¿Conformarte o formarte? Siento presión en la cabeza. Me mareo. Estoy flotando. Me voy a desmayar. Formarme. Elijo formarme. Diego se esfuma, se desvanece. Y las veo a ellas. Y me veo a mí. Un disparo de luz me ciega. Lo cubre todo. Y ahí está. Siento los latidos de mi corazón. Respiro lo justo para sobrevivir. La cabeza estalla. No siento los pies. Un cosquilleo. Muevo las caderas. Grito en vano. No hay sonido. Su mano interfiere para que no se produzca. Último apretón. No puedo respirar. Y el orgasmo nace claro en mi entrepierna. Explosiona fuerte. Las contracciones se propagan por cada poro de mi piel. Vibro. Lloro. Chillo. Saco la rabia, el enfado, la indecisión, la nostalgia y la soledad. Que os jodan. Ricardo suelta su mano. Toso. Trago saliva. Inhalo y exhalo. Aparta el vibrador. Mis piernas se mueven con los espasmos que me nacen del coño. Abro los ojos.

—Hola, Alicia —susurra Ricardo.

Seca mis lágrimas con sus manos. Los ojos me escuecen por el *eyeliner* corrido. Sonríe.

—¿Quién ha ganado? —pregunta.

Carraspeo. Siento la última gota recorriendo mis mejillas. Me sumerjo en su mirada.

—Yo.

XXII

Los días malos

Hay días en los que te levantas y todo parece ir mal. Mires a donde mires. Qué tendrán esos días para ser tan destructivos. Para hacer que quieras acabar con todo sin pensar demasiado en nada. Esos días en los que ni siquiera sientes el pulso latiendo bajo tu piel. Estás muerta. Lo desearías, esos días. Esos putos días. Borrarlos del calendario. Que no existan. Que no haya. Que no seas, por un instante, tú misma. La que ahora grita en el interior de tu cabeza, a la que no sabes cómo callar. Cómo enmudecer si quiero chillar. Romper, dejar las entrañas. Quemar la vivencia. Acelerar el alma.

Esos días piensas en quién eres. A dónde vas. Y no te sale bien la jugada. No la ves. Estás apostando en la carrera equivocada. Sabes que no vas a ganar. Pero quieres ver la batalla que libran tus metas, tus objetivos, tus pautas. Qué pasará.

Se rompe el espejo y en tu reflejo solo puedes ver aquellas piezas que faltan. Las que no te completan. Las que te hacen sentir extraña. Y no sabes de qué estás hecha, si de materia o de martirio. Si de carne o de cirio. Si de huesos o de deshechos. Qué queda de ti en esa gravedad de desasosiego y venganza. La palabra, vacía y muda; la boca que nunca habla. Que solo traga y traga sin saber a dónde va la porquería y por qué tardas tanto en echarla. Se amontona y te hundes. Pisas, te ahogas. Y sigues y te enojas. Porque no puedes dar un paso sin ver la huella de tu miseria ahí, en tu alma. Como la huella del hombre que pisó la Luna, que, dicen, todavía está allí.

La palabra divina, la sonrisa bien alta. En tu interior sientes la verdad, pero la ocultas a ojos de los demás, no vaya a ser que... ¿Qué? Tu inseguridad, la última carta de un castillo de naipes a punto de volar. Te tiembla el pulso, sabes que la vas a cagar. Volver a empezar, piensas. Otra vez. Igual.

Y te dicen píntate la cara, chica, que eso no vende nada. Ni felicidad ni edulcorantes. Ni requiebros ni quieros. Hay días en los que no merece la pena la estancia. En los que deseas hacer las maletas y darte un respiro de ti misma. Dos semanas de vacaciones. Sin pensar en las miradas, en las envidias, en la constancia. La brisa de la armonía rozando tu calma. Una playa paradisíaca con las ideas transparentes, rodeada de seguridad. Tus pies tocando la verdad fina y granulada. Recogiendo recuerdos que se hunden en las olas de la nostalgia. El agua borrando las huellas de las decisiones mal tomadas. Te giras, no hay nada. Miras ese cielo lleno de propósitos que nublan el sol de tu llama. Sientes el calor de la pasión. Por un instante piensas en quedarte. Abrir un garito de consejos agitados con un toque de perspicacia. O de dobles quebraderos de cabeza con hielo, para que no decaigas.

Lo cierto es que vuelves a casa y sientes la memoria como una vida pasada. Dejas las maletas de tu esencia en la puerta y te preguntas en qué momento quisiste vivir. Pero, sobre todo, cuándo dejaste de hacerlo.

XXIII

Tres no son multitud

Me recupero de la experiencia. Resaca de dolor y placer. Qué pasó. Qué llegué a sentir. No lo tengo claro.

Ricardo cuidó de mí; antes, durante y después. Sobre todo después. Salir de ese escondite, de esa cueva, y volver al mundo fue duro. No supe ver dónde estaba. Él dice que llegué a meditar tan profundo que me iluminé. Yo digo que tropecé con tantos miedos, malas decisiones y soledades que como para no iluminarme con tanta mierda junta.

Lo cierto es que la vivencia me ha cambiado. Esta Alicia es otra (creo). Y está cerrando, por fin, las heridas (espero). Saber que tengo el poder de parar el juego, llámese BDSM o Madrid, hace que me relaje y confíe. Saldrá bien. Dos golpes y volvemos al punto de partida.

Aquella tarde, después del orgasmo, estuve media hora abrazada a Ricardo llorando sin parar. Los dos tumbados en la cama mirando el techo blanco sobre nosotros. Sin que nos cayeran trozos en el pelo, en las sábanas, en la piel. Sin manchas. Sin humedad. Por un momento, sentí felicidad, protección y amor. Un amor que, sin duda, necesitaba. Ricardo se quedó en silencio. No hizo preguntas ni buscó respuestas. Respetó mi intimidad, el transcurso de mis pensamientos, mi propio viaje psiconáutico. Y yo allí. Qué coño había ocurrido, por qué me sentía así.

Se presenta un sábado tranquilo. O eso parece. No tengo plan con las chicas y no sé si me apetece fiesta después de mi encuentro con Ricardo. Estoy en otro lugar.

Estoy pensando en que no quiero salir y Emily escribe en el grupo. «Chicas, tengo ganas de juerga. ¡Hagamos alguna locura de zorras!» ¿Qué se te ocurre? «Vayamos a un club *swinger* esta noche.»

Estoy dentro. Quedamos a las diez para ir a tomar algo antes e investigar a qué club *swinger* vamos a ir. ¿Qué nos ponemos? «Muy zorras.» De acuerdo.

Paso el día tirada en el sofá. Sobre las siete empiezo a prepararme. Un vestido negro estrecho, aquel que me regaló Madrid el día que las conocí a ellas. Espero no mancharlo esta vez. O al menos no tanto.

Suena el interfono. Es Diana.

—Si tengo que ir de zorra, necesito cambiarme aquí. Ya sabes, mis padres.

—Sin problema, tía.

Diana entra en el baño. Se pone unos pantalones estrechos y un body con un escote enorme. Yo me pinto los labios de rojo, la rutina del último mes. Pelo liso, *eyeliner on point*. Cojo el bolso de mano y salimos corriendo. Qué nos deparará esta noche. Estoy intrigada.

Nos encontramos con Emily en Sol. Lleva una falda tejana muy corta y un top imposible. Chaqueta de cuero. Las noches ya no son tan frías. Por suerte. Cenamos algo en nuestra taquería favorita. Un par de micheladas alimentan mi ánimo.

Emily saca el móvil. Busca «club *swinger*» en el Maps. Salen varios.

—Mirad, ¿qué os parece este? Tentación.

—Qué nombre más turbio. Venga, ¿dónde está?

—Bastante cerca. Podemos ir andando —dice Emily.

—¡Pues vámonos! —grito.

—Espera, espera. Chupito de tequila antes, *please* —comenta Diana.

Nos tomamos los chupitos y ponemos rumbo a nuestro destino. Son las doce de la noche. Las zorras salen de caza.

Quince minutos después llegamos al local. No hay ningún cartel en la entrada, solo un portero.

—Perdone, ¿el club Tentación?

—Es aquí.

Nos abre la puerta. Pagamos diez euros cada una porque somos chicas. «Discriminación positiva», lo llaman. «Si eres un tío, pagas cincuenta. Una pareja, sesenta», nos dice la chica de recepción. Allí somos el anzuelo, la carne, la presa, el objetivo. Las chicas solas escasean en estos ambientes, de ahí el precio.

—Pero ¿esto por qué es? —pregunta Emily.

—Porque la mayoría de las parejas quieren hacer tríos con chicas —nos dice.

—¿Y si yo quiero hacer un trío con dos tíos? —pregunto.

Entramos un tanto indignadas. Intentamos que no decaiga la fiesta. Pasamos a una sala que parece una discoteca. Música muy alta, luces de colores y unos neones muy cutres que ponen «*girls, girls, girls*». Nos miramos.

—Vamos a pedir algo, por favor —dice Diana.

Me pido un gin-tonic. Apoyo el brazo en la barra grasienta. Miro a mi alrededor. El local está bastante lleno, pero la gente es mayor. La media es de cincuenta o sesenta años, no sabría decir. Mujeres vistiendo unos conjuntos de lencería imposibles que enseñan la carne que alguien acabará probando. Hombres con camisas horteras que no dejan ver ni un centímetro de piel. Es un contraste curioso y al mismo tiempo lamentable.

Desde que hemos entrado, todos nos miran. Siento las miradas clavadas en nosotras. Intento no cruzarme con otros ojos, pero resulta difícil. Unas mujeres se nos acercan.

—Vaya, mira qué preciosidades tenemos aquí. ¿Es vuestra primera vez?

—Sí —dice Diana.

—No os preocupéis, nosotras os cuidaremos.

Están tan cerca que sin querer le toco la teta a una con el brazo. Le pido perdón.

—No pasa nada, corazón. Me las puedes tocar más.

Me coge las manos y se las pone encima de sus enormes pechos. Yo me quedo bloqueada. Miro a las chicas. La mujer me manosea el culo, la cintura, los muslos. Al poco tiempo, se une un hombre. Le huele fatal el aliento.

—Pero, bueno, ¿no me vas a presentar a tu nueva amiguita? —le dice a la mujer.

—¿Cómo te llamas, corazón? —me pregunta ella.

Las chicas me observan con una cara extraña. Les lanzo mensajes de socorro con la mirada. Echo un vistazo. Hay dos parejas follando encima de un sofá de terciopelo lleno de manchas. Otra escena se desarrolla delante de mí. La mujer a la que acabo de tocarle las tetas empieza a chupársela al tipo mientras me mira con cara de vicio. Él quiere tocarme, pero antes de que lo haga grito bien alto:

—¡¡Palomitas!! ¡¡Palomitas!!

En un segundo, Diana deja su bebida sobre la mesa. Emily la sigue. Me cogen de la mano y salimos corriendo sin mirar atrás. La recepcionista nos pregunta qué tal la experiencia.

—Una puta mierda —suelta Emily.

Respiramos el aire contaminado de Madrid. Nunca había sido tan agradable.

—¿Pero qué coño...? —digo.

—¿Así son los clubs *swingers*? —pregunta Diana.

—No lo sé, tía, pero este era turbio de cojones.

—Parecían zombis en busca de carne fresca —añado.

—¿No hay opiniones en internet?

—A ver...

Emily busca de nuevo el local. Los comentarios son nefastos. Sin sorpresas.

—¿Buscamos otro? ¿Le damos una segunda oportunidad a la noche? —pregunto.

—Yo estoy por entrar en un bar y emborracharme hasta olvidar la imagen de esa mujer babeando esos huevos arrugados —dice Emily.

Entramos en una página de *swingers* donde recomiendan los mejores locales de ambiente.

—Aquí pone que este es el mejor, pero tenemos que pillar un taxi. El metro está cerrado.

—Vale.

Paramos un taxi. Le damos la dirección.

—Es la primera vez que usamos nuestra palabra de seguridad —comento.

—Era necesario. No sé cómo has aguantado tanto.

Llegamos al club. Mismo procedimiento. Un tipo en la puerta. Esta vez no preguntamos. Nos da la bienvenida. Un pasillo corto nos conduce a la recepción.

—¡Hola, chicas! ¿Primera vez en Rombos?

—Sí.

—Os cuento. La entrada son veinte euros e incluye una consumición. Tenéis acceso a todas las instalaciones. Podéis dejar vuestras pertenencias aquí, y si necesitáis toallas y chanclas me las pedís, ¿vale?

Se acerca un chico. Es alto y guapo. *Not bad.*

—Él es Jaime. Os enseñará el local y os explicará las normas. ¿Alguna duda?

—¿Cuánto pagan los chicos? —pregunta Emily.

—Veinte euros, igual que vosotras.

—¿Y tienen acceso restringido?

—No. Todas las orientaciones sexuales e identidades de género son bienvenidas, pero sí que intentamos regular la entrada para que la cosa esté equilibrada.

¿Es el paraíso? Es el paraíso.

Pagamos la entrada y dejamos nuestras chaquetas. Mi bolso se viene conmigo.

—Primera vez, ¿no? —comenta Jaime.

—Sí.

—Las normas aquí son muy básicas. Si queréis un encuentro con alguien, le acariciáis alguna zona no sexualizada, para que no sea violento. Si esa persona quiere conectar con vosotras, no dirá nada; si no quiere, apartará la mano. Aquí no hay segundo intento; se respeta mucho la decisión de los demás.

—Entendido.

Abre una cortina de terciopelo y aparece una sala enorme llena de gente. También parece una discoteca, con luz ultravioleta hipnótica y rombos de neón en las paredes. Hay una barra circular. La música es muy erótica y sensorial.

—Esta es la sala principal, el lugar de encuentro. Aquí podéis conocer a gente, charlar, bailar y pedir lo que queráis.

Cruzamos el espacio. Me fijo en la gente. Hay un chico que me llama la atención. Tiene el pelo liso y largo, casi por el pecho. Va trajeado, es elegante. No está mal, la verdad. Me sonríe. Sorprendida, me hago la loca. La clientela es joven. Tanto chicos como chicas van vestidos como les da la gana. Pocos desnudos, algunos en ropa interior. Veo piel de varios géneros, no solo femenina.

Jaime descorre una segunda cortina y el ambiente cambia. Hay una gran piscina en el medio. Camas balinesas a su alrededor. Unas cortinas blancas tapan los gemidos que se escuchan de fondo. Una pareja está follando en el agua. A mi derecha, veo a dos tías comiéndose el coño.

—Aquí es donde tenéis que venir si vais a mantener relaciones. En el otro lado no está permitido. Recordad la norma: si veis a alguien que os guste, le acariciáis.

Volvemos a la primera sala. Bajamos unas escaleras.

—Aquí tenéis los baños y los vestuarios. Y eso es un cuarto oscuro.

Otra cortina. El sitio es grande, lleno de espejos. Un par de camas rojas invaden las esquinas. Hay una jaula. Se percibe movimiento, pero no se ve con exactitud lo que pasa. Como bien dice su nombre, está oscuro, iluminado únicamente por un pequeño piloto rojo que crea un ambiente sombrío.

Subimos las escaleras y estamos otra vez en la discoteca. Parece que no haya pasado nada.

—Y hasta aquí el tour, chicas. Cualquier cosa, me decís.

—Muchas gracias —decimos.

Nos quedamos solas. Qué buen rollo. Me encantaría bailar, pero no puedo ni mover los pies. No dejo de pensar en dónde estamos y de qué lugar venimos. La primera experiencia ha sido una mierda. Esta parece que va por buen camino. Menos mal.

—¿Pedimos algo? —pregunta Diana.

Va a tope.

Como si de un *déjà vu* se tratara, pido un gin-tonic y me apoyo en la barra. Esta no huele mal ni está pegajosa. Suena The XX. No me lo puedo creer. La gente mueve su cuerpo de un lado a otro, como una ola gigante que mece el mar. Al mismo ritmo, al mismo compás. Es el momento de establecer un contacto más íntimo. Un grupo de tres chicas se besan. Dos chicos hacen lo mismo mientras se tocan con pasión. Se escuchan las voces cantando al unísono el estribillo. Yo muevo los labios y canto para mis adentros.

They all say I will become a replica.
Your mistakes were only chemical.

Pienso en ti. En lo mucho que te gustaba este grupo y esta canción. En las muchas veces que la escuchamos mientras limpiábamos la casa los sábados por la mañana. O en cuando nos amenizaba los polvos. Cuando lo hacíamos de verdad y te sentía. Cuando no era un esfuerzo.

Diana y Emily bailan juntas. Yo las observo por primera vez. Me olvido de ti. Me enamoro de sus cuerpos, sus vaivenes, sus manos flotando en el aire. Tomo un sorbo. Me invitan a unirme a ellas. «Estoy bien, ahora voy», digo. El pelo rosa de Emily se pasea suave por el espacio. Diana lo toca. Sujetan sus bebidas con una mano y con la otra se cogen de la cintura. Canto el estribillo. Esta vez duele menos. Estás más lejos. Se acaba la canción. El ambiente cambia. Saltan con The Black Eyed Peas, como si lo anterior hubiese sido un espejismo. Sí, me voy con ellas. Yo también tengo la sensación de que esta noche será una gran noche. Inmersa en las notas, alzo la mirada y me vuelvo a cruzar con esos ojos. Y con esa sonrisa. El gin-tonic (y los chupitos de antes) hace que ya no me cohíba. Mantengo el contacto visual y sonrío. Él baila por la sala y yo le sigo, en la distancia.

—¿Ya has ligado, cabrona? —me dice Emily.

—Ojalá.

—¿Con quién? —pregunta Diana.

—Está detrás de ti. Un chico con el pelo liso y largo. Va trajeado.

Las dos se giran con descaro.

—Joder, disimulad, zorras.

Emily lo saluda. Me señala con el dedo y se hace la enamorada. «Le gustas», grita.

—¡Emily! Por favor, qué vergüenza.

—¿Tú quieres follar o no? —pregunta.

—Bueno, sí, pero...

—Pues ahí viene.

Mierda. Mierda, mierda, mierda.

Se acerca con un amigo. Camisa blanca y pantalones de traje sujetos por unos tirantes. Tiene el pelo corto y un bigote muy curioso. Su piel es morena. Ambos van impecables. Me quedo fascinada. No dicen nada. Bailan con nosotras un buen rato. Yo le miro a él y él, a mí. También miro a su amigo y su amigo me devuelve la mirada. No sé con cuál quedarme. Si es que tengo que elegir, claro... Fluyo. Me dejo llevar por la música. Las chicas se apartan. Se unen a un grupo de chicos majísimos. Qué peligro tienen. Entonces el ambiente cambia. Una melodía lenta y erótica invade el local. Trago saliva. No sé cómo actuar. El chico del pelo largo se aproxima.

—¿Cómo te llamas? —me pregunta.

—Alicia. ¿Y tú?

—Soy Marcos. Y él es Afi.

—Qué nombre tan bonito.

—Sí, significa «fuego» en polinesio. Nací allí, pero me vine a Madrid siendo muy pequeño —me dice Afi, el del bigote curioso.

Desvío la mirada a mi derecha. Necesito calmar este calor.

—¿Te apetece bailar, Alicia? —pregunta Marcos, el del pelo largo.

Asiento con la cabeza. Marcos se me acerca, pega su cuerpo contra el mío. Balancea mis caderas con ambas manos. Yo me acabo el gin-tonic. Afi me coge el vaso y lo deja en la barra. Se pone detrás de Marcos. Lo abraza. Ambos me observan. Sus ojos son castaños, con distintas tonalidades. Se clavan en los míos. Me tiembla el clítoris. Sonrío e intento rebajar la temperatura. Un punto de fuga. Las chicas están observándome. Hacen mil gestos en cuestión de segundos. Frunzo el ceño. Leo los labios de Emily. «Tu fantasía, es tu fantasía.» Cierto. Perteneces al Club de las Zorras. No eres esa Alicia de Montgat. Eres la versión de ti que vive en Madrid y que hoy ha salido a cazar. Y ese tú no es pasivo. Es dueño de la situación. Mis propias palabras resuenan en mi cabeza. Cambio de actitud. Tomo el control. Aprieto mi pelvis contra la de Marcos. Les toco a ambos. Es excitante. Siento el jadeo de Afi en la oreja de su amigo. Me uno a su banda sonora. Marcos me toca la espalda. Baja despacio por mis vértebras. Se para en las lumbares. Juega con mi cadera. Comprimo mis tetas contra sus pectorales. Un solo movimiento y estoy en medio de ambos. La cosa se pone interesante. Los estímulos se multiplican. Tengo la sensación de que hay cientos de manos explorando cada ángulo de mi cuerpo. Afi está detrás, apoya su paquete en mi culo. Podría hacer una radiografía de su polla bajo el pantalón. Me sube un poco el vestido negro y me toca los muslos. Se me eriza la piel. Marcos me besa el cuello, recorre con sus dedos mis costillas. Me roza un pecho. Suspiro. Tengo los ojos entreabiertos. No puedo soportar tanto placer. Beso a Marcos. Afi me lame la oreja. Noto mi tanga húmedo. No sé ni dónde estoy. Me la suda.

—¿Nos vamos? —susurro.

Entrelazo mis manos con los dos. Estoy preparada para entrar en la zona de la piscina. Me paran.

—Nos tenemos que desnudar. No podemos entrar vestidos. Vamos a pedir unas toallas.

Joder, es verdad. Qué cortada de rollo. Mi mente se vuelve analítica y automática. Mínimo número de movimientos para conseguir el objetivo. Me acerco a la recepcionista. Le pido tres toallas y las chanclas correspondientes. Un par de taquillas. Bajamos a los vestuarios. Nos reímos. No sé muy bien por qué. Será por la excitación.

—¿Os vais a desnudar completamente? —pregunta Marcos.

—Venga, ¡claro! —dice Afi.

Vale, recibido. Me tapo con la toalla y me quito el tanga. No quiero mostrar el pastel antes de sentarnos a la mesa. Prefiero mantener el misterio. Ellos hacen lo mismo. Sonrío para mis adentros.

—¿Listos?

Cierro la taquilla. La llave y una placa con el número están atados a una goma de pelo. Me la pongo en la muñeca. Subimos las escaleras. Abro la cortina de terciopelo. La sala de la piscina está mucho más llena que antes. Se escuchan los gemidos. El olor es curioso, una mezcla entre cloro y sexo. Hay humedad. No me molesta. Estudiamos la zona. Dónde nos ponemos. Está colapsado. Descorro unas cortinas blancas que ocultan una de las camas. Una orgía de cuerpos se retuercen de placer. Pruebo en otra. Lo mismo. Joder. Marcos me coge de la mano.

—Ven.

Le sigo. Hay una cama blanca en un rincón. Está vacía. Entramos. No puedo controlar esta risa floja. Los putos nervios. Cerramos las cortinas aunque eso no es garantía de que la gente no vaya a entrar o a mirar qué estamos haciendo. Me van a ver follando. Pienso en las chicas. ¿Y si me ven ellas? Qué sentimiento tan raro. Creo que no estoy preparada para eso.

Estoy entre dos cuerpos. Siento la cama mullida bajo

mis rodillas. El sabor de sus labios en mis comisuras. Cierro los ojos. Debes dejarte llevar, Alicia. La música suena de fondo, apenas se percibe. Los gemidos de la sala hacen eco y forman parte del nuevo hilo musical. Es excitante oír a otras personas follando y oler los fluidos y las feromonas. Yo estoy a punto de hacer lo mismo. Afi me acaricia la piel con suavidad. «Cuántas pecas tienes», me dice. Pienso en Diego. No. Hoy no.

Los dos tienen un cuerpazo. Están fibrados, sí, pero con armonía. La piel morena de Afi contrasta con la piel clara de Marcos. Café con leche. Me beso con Marcos, que está a mi espalda. Giro el cuello tanto como puedo. Afi me lo lame. Es un baño de cuerpos, tacto y estímulos. Invaden mi espacio. Estoy rodeada. Me abrazan. Volteo la cabeza. Beso a Afi. Nos peleamos con las lenguas. Llenamos nuestros labios de saliva. Un contacto que casi no me deja respirar. Jadeo. Marcos sella mi espalda con su boca. Recorre mi columna. Puedo sentir sus pollas (sí, en plural) debajo de las toallas. Las manos de Marcos se acercan de forma sigilosa a mi entrepierna. Me masturba por encima de la toalla. Afi sigue lamiéndome. Un dedo se cuela por debajo de la tela. Y ahí está, mi coño. Lo toca con delicadeza. Suspiro.

—¿Estás preparada? —me susurra Marcos.

Joder, ¿lo estoy? Afi me quita la toalla. Esta cae en la enorme cama blanca. No hay contraste. Me lame las tetas. Marcos sigue empujándome por detrás. Me masturba con ganas. Estoy entrando en un túnel de placer. Sé cómo termina. Quiero alargarlo al máximo. No quiero correrme tan pronto. Les cojo la polla. Una en cada mano. Lo siento por aquella a la que le haya tocado la izquierda. Los masturbo. El calor de sus torsos. Me gimen uno en cada oreja. Se me eriza la piel. Marcos no quita su mano de mi coño.

Somos un puzle de extremidades. Entre los dos me tumban en la cama. Y justo ahí, delante de mí, se lían. Se tocan. Se sienten. Son bisexuales. Pido un deseo. Esto es como una estrella fugaz: no se ve todos los días (por desgracia). Me pone muy cachonda verlos comerse la boca con tantas ganas. Al cabo de un rato, se separan. Clavan su mirada en mí. Me abren las piernas. Mi coño queda expuesto. Cierro los ojos. Cada uno me besa el interior de un muslo hasta acercarse a la fuente de mis humedades. Una lengua, luego otra. No me lo puedo creer. ¿Me están comiendo los dos a la vez? El placer elevado al cuadrado. Se coordinan demasiado bien. Debe de ser la experiencia. Uno me lame el clítoris. El otro me penetra con la lengua. Intercambian posiciones, se mueven con facilidad por los pliegues. Y yo gimo. Entreabro los ojos. Veo un desconocido observando tras la cortina. Me da tanto morbo que exagero mi excitación. Soy la protagonista de una película porno. De porno molón, no del machista. Agarro las dos cabezas por el pelo. Las oprimo contra mi coño. Muevo la pelvis. Estoy a punto de explotar. Hago que se besen. Tengo el control. Siguen lamiendo, se vuelven locos. Ya no aguanto más. A tomar por culo: me dejo llevar. Siento cómo sube la excitación por cada átomo de mi ser. Los gemidos se incrementan. Alguien se lo está pasando muy bien al otro lado de la sala. Yo le hago la competencia. Ellos no paran. Y veo esa luz. Me invade. Gimo. Grito. Me hundo. Contracciones. Placer. Liberación. Descarga. Uno de los orgasmos más intensos que he tenido en mi vida. No es para menos. Ellos se calman. Me abrazan. Esto no se ha acabado. Me incorporo. Les como la polla. Se lían. Afi me susurra.

—¿Quieres que te la meta un poco?

Joder, sí. Pero ¿y los condones?

Se acercan a una esquina de la cama. Hay una cajita. Sacan dos condones. Afi le come la polla a Marcos y yo, a Afi. Está muy dura. Sus cuerpos resplandecen bajo la luz tenue, sudan entre la humedad y el calor. Extiendo las gotitas de su transpiración por sus torsos. Se ponen los condones. Yo permanezco expectante. ¿Y ahora qué? Afi me pone a cuatro patas y espera. Yo asiento con la cabeza y sonrío. Me devuelve la sonrisa. Es una invitación. Marcos besa la espalda de su amigo. Le come el culo. Afi gime. Lo que está a punto de suceder se quedará grabado en lo más profundo de mi ser. Una de esas historias que jamás se cuentan a los nietos. Ojalá poder hacerlo. Ojalá contárselo al mundo entero.

Apoyo mi cabeza en la cama. Levanto el culo. Me la mete poco a poco. Su polla entra sola. Marcos se escupe en la mano y penetra a Afi con cuidado. El proceso es lento. Me pone cachonda. Entra entera. Comienza una sucesión de movimientos coordinados, para que no se salga nada. Miro lo que está ocurriendo detrás de mí. Marcos coge del cuello a su amigo y se lo folla. Afi apoya sus manos en mis caderas y me sigue penetrando. Me toco el clítoris. No consigo correrme más de una vez. Cuando Dios repartió la multiorgasmia, se olvidó de mí. Igualmente, la escena me ayuda a aliviar el calor de mi entrepierna. Miro las cortinas. Hay más gente observando. *Voyeurs*. ¿Estarán ellas? No me disgustaría, más bien lo contrario. Me excita. Será la excitación la que cuenta la historia de una forma distinta.

No cambiamos de postura. Estamos bien. Se intensifican las embestidas. Me toco más rápido. Gemimos al unísono. A Marcos se le pega el pelo al pecho. Sus gotas de sudor caen en la espalda de Afi, que me penetra con fuerza. Mi culo rebota. Se oye el sonido de mis nalgas contra su pelvis. Pam, pam. Entro en una espiral de placer que me transporta a otro lugar. Me da igual la gente. Me da igual el local. Me da igual lo que pase a mi alrededor. Solo siento la polla entrando y saliendo de mí, mi clítoris a punto de explotar y el jadeo de dos hombres follando. No hay más. Clavo mi mirada. Entreabro los ojos. Grito fuerte. Ellos fruncen el ceño. Marcos mira al techo. Estamos tensando el hilo del orgasmo al máximo. En cualquier momento, se romperá. Nos volvemos locos. Azotes, arañazos. Afi me coge del pelo, me levanta la cabeza. Eso me pone muchísimo. Un poquito de dolor. Ya sé gestionarlo. El equilibrio perfecto.

—Me corro, me corro —balbuceo.

Afi empuja con más fuerza. Marcos baila al mismo compás. Segunda explosión de la noche: el orgasmo de Afi. Gritamos tan alto que casi no se escuchan los otros gemidos que antes invadían el espacio. Ahora somos nosotros los que ponemos la banda sonora. Me tiemblan las piernas. Caigo encima de la cama. Sigo con el culo en pompa. Afi se deja caer encima de mí. Me cuesta soportar su peso. Marcos se separa, se quita el condón. Sé lo que va a pasar. Nos mira. Afi y yo nos ponemos de rodillas y se la chupamos. La tiene durísima y muy caliente. La piel está tan tensa que su glande reluce. A punto de correrse, se aparta. Afi abre la boca, yo aprieto mis tetas. Y ahí está, una lluvia blanca salpicando mi cara, mi pelo, mis pechos y la boca de Afi. Los espasmos hacen arrodillarse a Marcos. Se apoya contra la cama. Respira. Yo me limpio un poco de lefa que tengo cerca del ojo. Otra vez no, Alicia. Nos abrazamos. Sonreímos. A Afi se le escapa una carcajada contagiosa. Un bombazo de oxitocina invade nuestro cuerpo. Pasan unos minutos y seguimos sin inmutarnos. Todavía estamos gestionando el inmenso placer que acabamos de experimentar.

Pienso en dónde estaba hace un mes y en cómo he llegado hasta aquí. En ese momento en que dije «Basta. Ya no más».

Sin el club, esto no habría sido posible. Me alegra tenerlas. A ellas.

—Gracias —dice Marcos.

—A vosotros. Habéis hecho realidad una de mis fantasías sexuales —digo.

Me abrazan. Los mancho de semen. No hay ascos. Qué maravilla. Recuperamos la compostura. Volvemos a la realidad. No paran de acariciarme. Pienso en si sería legal casarme con los dos. Intento limpiarme con la toalla.

—¿Un bañito? —sugiere Afi.

Es la mejor idea del mundo. Salimos corriendo a la piscina. Seguimos en pelotas. El agua está caliente. No pienso en la cantidad de fluidos que debe de haber allí. Paso al lado de una pareja que está follando. En la esquina hay una tía a la que le están comiendo el coño. Ya nada me sorprende. Es normal.

Marcos me abraza. Afi se une. Flotamos. Se para el tiempo. Esa conexión mágica. Quiero gritar que he hecho un trío con dos tíos. Que he cumplido mi fantasía. Llamar a mi madre. Subir una foto a Instagram contando la experiencia. Poner carteles por la ciudad. «Alicia ha hecho un trío con dos tíos.» Con letras muy grandes. Tatuármelo. Escribirlo. Joder, escribirlo.

Damos por terminado el baño. Los beso. Otro apapacho. Me despido de ellos.

—Gracias por tanto.

Me sonríen. No hay número de teléfono ni otras formas de contacto. Se queda ahí, en la efimeridad del tiempo.

Bajo a las taquillas. Me visto. Salgo a la discoteca. Ahí están las chicas.

—O sea, ¿serás zorra? —dice Emily.

—Te lo has pasado bien, ¿eh? —comenta Diana.

Me ruborizo.

—Eh... ¿Me habéis visto?

—¿La verdad o la mentira? —pregunta Emily.

—De vosotras, la verdad.

—Sí, te hemos visto.

—Qué vergüenza —digo.

—Estabas increíble. Qué bien follas. Nos has puesto cachondas —suelta Diana.

Me quedo mirándola, sorprendida. ¿Y esto?

—¿Cuántos chupitos te has tomado?

—Unos cuantos, unos cuantos. ¿Se nota?

—Para nada.

Nos reímos.

—Me voy ya, chicas.

—¿Y eso? ¿Es que no te puedes sentar, tía?

—Ja, ja, ja, ja, cabrona. Sí, sí. Pero estoy tan excitada con lo que ha pasado que necesito escribirlo. Me voy a casa volando.

—Vale, mañana nos cuentas —se despide Diana.

—¡Pasadlo bien! Sed muy zorras.

—Por supuesto.

Las abrazo durante unos segundos. Cojo mi abrigo en la recepción. Salgo del local. Paro un taxi. Aún es de noche en la capital. Miro la hora. Son las cuatro y media. No me puedo creer que...

Joder.

Que he hecho un trío.

He. Hecho. Un. Trío.

Un trío.

Llego a casa. Tiro el bolso. Enciendo el portátil. Es tal el cúmulo de emociones que me siento colapsada. ¿Cómo puedo expresar lo que acabo de vivir?

Capítulo I. «Que lo sepa el mundo.»

XXIV

Hasta dónde puedo llegar

Ha pasado una semana. He tenido dos reuniones con Carolina y por fin he entregado el manuscrito. Escribir sobre pseudopsicología y espiritualidad consumista es fácil. Tantos seguidores en Instagram, tantas fotos con niños negros, tantos safaris y tan poca humanidad y empatía. No saber ponerse en la piel del otro y sentir. Gente comprando su historia, su libro. La mediocridad más de moda que nunca. Miles de euros por un *post*. Enseña su nuevo *outfit*, sus gafas polarizadas o el viaje que «le cambió la vida». El resto de mortales soñamos, compramos y nos dejamos engañar por una vida que supuestamente deseamos, pero que nadie nos dice cómo conseguir. Estoy cansada de las mentiras. Fuera, el mundo está lleno de realidad.

En el *e-mail* tengo más propuestas de otros proyectos que esperan confirmación. Más niñas de catorce años con frases motivacionales sobre la vida. Más pijas viviendo una vida de ensueño y cobrando por la trivialidad. Más cantantes hablando de sus inicios. Políticos dando lecciones. *Youtubers* enseñándote a ser normativo y básico. El mundo editorial, con más oferta y menos talento que nunca. De algo tengo que vivir. Acepto otro proyecto. Algo fácil, descafeinado. No quita que siga con mi libro. El mío. Sí, por fin he empezado. Hacer el trío me dio la inspiración necesaria.

Quién lo diría. Ni vuelta al mundo ni ciencia ficción. Follar. Te cagas.

Por fin es sábado, hace sol y me he levantado tarde. He dormido bastante para estar fresca esta noche. Hoy es la fiesta BDSM. Me muero de ganas.

Voy a mear. Me doy un agua. Cojo la alcachofa de la ducha para aliviar tensiones. Un orgasmo rápido. *Fast food.* Sigo con la vida. He quedado con las chicas. Vienen a casa para prepararnos juntas. Les he enviado una foto de mi vestido nuevo. Están flipadas con Ricardo. «Tu nuevo Grey, amiga», dicen. Está muy lejos de eso. Por suerte. Me depilo las piernas. Pienso en por qué lo hago. Pero lo hago. Me pinto las uñas de las manos y de los pies. Negro. No entiendo por qué dicen que es un color triste si en la oscuridad es cuando te sientes más tú. Yo me siento viva. Por eso, negro.

Llaman al interfono. Es Emily. Viene con una maleta llena de cosas. «Diana está discutiendo con sus padres.» ¿Va a venir? Miro el WhatsApp. «Voy de camino.» Estamos nerviosas. Qué nos deparará la noche. Cómo es una fiesta BDSM.

—Tía, me he traído tanta ropa... No sé qué coño ponerme. *Help.*

Emily abre la maleta y esturrea sus trapos por la cama.

—¡Madre mía!

—Me he traído el armario entero. Y mi compañera de piso también me ha dejado algunas cosas.

—¿Qué tienes pensado?

—¡No lo sé! Nunca he ido a una fiesta de sado.

—Es BDSM.

—Eso.

—Sabes que tienes que ir de negro, ¿verdad?

—Sí, ¿por?

—Ese vestido es blanco.

—Ya, joder. Pero me queda tan bien...

—Emily, negro.

—Vale, vale. Pues negro... tengo esto. Y esto.

Me enseña unos pitillos de cuero. Ya los conocía.

—Esos pantalones te hacen culazo.

—¿Sí? Y son muy de sado, ¿no?

—Aham.

Buscamos en el montón de ropa algo que combine con los pantalones. Un body, una camiseta con escote, una camisa un tanto extraña.

—Oye ¿y esto?

Un sujetador de encaje precioso asoma entre todas las prendas.

—Me encanta este sujetador. Me lo regaló James.

—¿En serio?

—Sí, hace años. Siempre me regalaba conjuntos de lencería, casi todos muy horteras, pero algunos eran bonitos, como este sujetador.

—¿Has vuelto a hablar con él?

—Sí, hablamos bastante. Creo que está con una chica. He visto varias fotos en su perfil de Instagram.

—¿Estás bien?

—Es extraño. No quiero pensar que he perdido una oportunidad. Todavía me gusta.

—No era una buena oportunidad, Emily. Y lo sabes.

—Quizá, no sé. Sigue preguntándome si me acuesto con otras personas. El otro día me soltó que soy una guarra y que estoy en el lugar que me corresponde.

—¿Cómo toleras que te diga eso?

—¿Y si es verdad?

—¿El qué?

—Que soy una guarra, Alicia.

—¿Y qué tiene de malo serlo? Es tu vida.

—A veces siento que no es tan mía como me gustaría.

—Si quieres ser dueña de tu vida, debes alejarte de esa gente que no te deja ser tú.

—Es difícil.

—Lo sé. Pasé por una relación parecida. Fue horrible. Aún me acuerdo de las cosas que me decía ese miserable. Se quedan ahí, grabadas. Lo único que te salva es encontrarte a ti misma.

—¿Cómo?

—Pues en eso estamos, amiga, intentando descubrir quién hay dentro de este saco de huesos, carne y piel. ¿No te ayuda el club?

—A veces me siento mal, culpable por experimentar tantas cosas. ¿Qué pensarán los demás de mí?

—¿Qué piensas tú de ti? Eso es lo único que importa. Los demás no van a morir por ti.

—Es que me imagino currando en una cafetería con cuarenta años y sin aspiraciones, ni sueños, ni ilusión.

—Sobreviviendo.

—Exacto. Sobreviviendo.

—¿Y qué puedes hacer para volver a vivir?

—No lo sé. Estudiar, quizá. Tener a alguien a mi lado que crea en mí y confíe.

—No necesitas a nadie. Estás tú, ¿no?

—Ya, bueno, Alicia, te agradezco mucho la charla, pero... ¡tenemos que buscar mi conjunto de zorra extrema para esta noche!

Y, de repente, la Emily de siempre. La que oculta, la que no deja ver, la que se entierra entre capas y capas de energía, júbilo y motivación; su propia mierda. ¿Sabré algún día quién pilota ese cuerpo?

Diana acaba de llegar. Abrimos la puerta. Está triste.

—¿Qué ha pasado?

—Mis padres no me dejaban venir.

—¿Por?

—Dicen que últimamente estoy saliendo mucho con mis amigas. Muchas «fiestas de pijama».

—¿Y qué problema hay?

—Que no os conocen y no se fían.

—Joder —suelta Emily.

Nos abrazamos. Creo que hoy necesitamos cariño, comprensión y mimos. Sin embargo, nos espera una fiesta cargada de vivencias.

—¿Y esa ropa? —pregunta Diana.

—¡Es mía! —grita Emily.

—¿Te has traído el armario entero?

—Y el de su compañera de piso —añado.

Diana deja su maleta en el suelo. Se quita la chaqueta. A pesar de la tristeza, está increíble.

—Yo creo que me voy a poner esto.

Nos enseña un vestido negro con un escote enorme. Es muy estrecho.

—Aunque no estoy segura. Me veo muy gorda.

—¿Qué coño dices? —dice Emily.

—Es verdad, chicas. Vosotras tenéis unos cuerpos pequeños y delgados. Y mirad el mío.

—¿Qué le pasa?

—Es grande.

—¿Y?

—No me gusta.

—O sea, tienes unas tetas y un culo alucinantes, unas curvas que volverían loco a cualquiera ¿y no te gustas? —pregunta Emily.

—A mí me encantas —digo.

Ambas se me quedan mirando. No entiendo muy bien por qué. Diana me sonríe.

—Tú siempre me ves bella y sexy.

—Ya estáis otra vez —dice Emily.

Intento entenderla. Su cuerpo no es normativo. Pero deberíamos plantearnos quién dicta esa norma y cuándo la aceptamos nosotras, porque yo no lo recuerdo. Diana es negra, con curvas, tetas grandes y buen culo. Está muy lejos de las modelos que se asoman a los escaparates de cualquier tienda. Lejos de las actrices del porno que se ve en internet. Lejos de las protagonistas de las películas de Hollywood o de cualquier novela. Ella está lejos de ser el estereotipo y muy cerca de ser el tópico. Lucha constantemente con sus formas, sus tallas, su color y con las miradas. No puedo saber qué se siente siendo ella, pero no debe de ser fácil.

—Tía, pruébate el vestido, anda —insiste Emily.

Diana se va al baño. Emily y yo nos miramos. Querrá intimidad. ¿Serán los complejos? Solo la he visto una vez semidesnuda, cuando se masturbó en mi casa. Cuando se liberó. Aquella tarde. Sale con cierta cautela y nos mira con cara de circunstancia. Hace una mueca.

—¿Y bien?

Nos quedamos calladas. Está espectacular. Sus tetas son casi tan grandes como mi cabeza. En cualquier momento se le van a salir. El vestido es de licra y se le pega a las caderas y a la cintura. Se le nota la barriga. Ella ha comentado en varias ocasiones que es lo que más odia de su cuerpo. Y yo creo que es lo que más me gusta. Se gira. La espalda también está al descubierto. Su piel brilla. Busco con la mirada el inicio de la cremallera y el final de su culo. Está buenísima.

—Tía, yo no sé si soy bisexual, pero te daba fuerte —interrumpe Emily.

—Yo también —digo sin pensar.

—Ay, chicas. Sois las mejores amigas del mundo.

Hacen cola para entrar en la ducha. Yo me salto ese paso, me adelanté esta tarde. Pienso en mi «duchaja». Así llamamos a los encuentros con la alcachofa de la ducha. Ayudo a Diana a hacerse un recogido con sus interminables trenzas mientras Emily canta reguetón. Tiene muchas cosas buenas, pero la voz no es una de ellas.

—Como siga así, te van a echar del piso —dice Diana.

Nos reímos. Emily sale en pelotas y con el pelo mojado. Es la primera vez que la veo desnuda. Tiene un cuerpo precioso. Pecho pequeño, culo respingón, algunos tatuajes. Se coloca el *septum*.

—Qué buena estás —comenta Diana.

—¡Anda ya!

Es compacta pero muy armoniosa. Se viste. Diana se maquilla. Yo pido ayuda con los polvos de talco y el vestido de látex. Cuesta más de lo que me imaginaba. Por un momento, echo de menos a Ricardo. Cuando termino de ponerme el vestido, me doy cuenta de que no llevo tanga.

—Mejor, así no se marca a través del látex. Vete sin ropa interior —dice Emily.

Cojo el collar de perra con mi nombre. Las chicas flipan con lo bonito que es. «Quiero uno», dicen. Me pinto los labios de rojo. *Eyeliner* negro. Me tiembla el pulso. El pelo planchado. Emily se hace un moño con su pelo rosa. Tiene la raíz más oscura. Le queda bien. Miro el reloj. Son las diez y media. Es tardísimo.

—¡Chicas! Nos vamos —grito.

Diana se mira en el espejo. No está convencida. Emily le perrea la pierna y le toca una teta. No entiendo muy bien la situación, pero ellas se ríen. Preparo mi bolso de mano. Llevo una gabardina negra para el fresco, que aún se nota. Rezo por poder estar sentada porque si no voy a flipar con estos tacones de aguja. Cuando vamos a salir por la puerta, Emily nos para.

—¡Esperad, esperad! Joder, casi se nos olvida.

—¿El qué? —pregunto.

—¡El zorrómetro!

Mismo procedimiento. Coge su móvil, nos escanea.

—¿Y bien?

—Casi me jodéis el cacharro, cabronas. Vais demasiado zorras hoy. ¡A perrear!

—Emily, vamos a una fiesta BDSM.

—¿Y? ¿Allí no se perrea?

Nos cruzamos con un vecino de unos cincuenta años. Va acompañado de sus hijos. Mi vestido de látex negro es un poco transparente. A Diana casi se le sale una teta de la emoción. Emily está perreando con el ascensor. Nos sorprende con un «buenas noches» y se van. Los niños se nos quedan mirando. Salimos corriendo del portal. No puedo caminar bien. Parezco un cervatillo recién nacido.

—Eres Bambi —me vacila Emily.

Los adoquines de la calle no ayudan.

—Chicas, pillamos un taxi. No voy así al metro ni de puta coña —digo.

Paramos un taxi en la esquina. Miro el WhatsApp. Le doy la dirección al taxista. Le contesto a Ricardo. «Vamos de camino.» Nervios. Nos cogemos de las manos. Sonreímos.

—Otra aventura. Os quiero —susurra Diana.

Apoyamos nuestra cabeza en los hombros de Diana. Emily se levanta de golpe. «¡Mi moño, joder!»

El taxi se detiene.

—Hemos llegado.

Nos asomamos. Fuera no hay nada. Ni un cartel. Ni una señal.

—Esto es Malasaña, ¿no? —pregunto.

—Sí, sí. Es aquí. Esta es la dirección que me has dado.

Pago y nos bajamos.

—Voy a llamar a Ricardo a ver qué me dice.

Me lo coge al instante. «Salgo.» Esperamos poco. Y ahí está. Lleva el pelo repeinado como la última vez. Le queda demasiado bien. La barba recortada. Unos tejanos negros y botas de cuero. Una camiseta muy estrecha con un dibujo de dos chicas atándose. Nos abrazamos muy fuerte. Su olor me transporta a esa tarde de jueves.

—¿Qué tal estás, cachorrita? —me dice.

—Muy bien. ¿Y tú?

—Estás preciosa. Me encanta ese vestido. ¿De dónde es?

Nos reímos.

—Ay, perdonad. ¡Hola! ¿Qué tal? Soy Ricardo.

—Por fin te conocemos. Nos han hablado mucho de ti. Soy Emily.

—Y yo soy Diana, un placer.

—Qué bellas son tus amigas, Alicia.

—Lo sé.

—¿Preparadas? Vamos adentro y os explico las reglas.

A punto de entrar, Ricardo se gira.

—Mejor os cuento aquí de qué va la movida. Así evitamos sustos y sorpresas.

Las tres escuchamos atentas y un tanto inquietas. Serán los nervios, las ganas o una mezcla de ambas.

—Esto es una fiesta BDSM. Eso implica que hay juegos de dominación y sumisión, sadomasoquismo, *bondage* y algo de disciplina. Veréis a personas en situaciones un tanto extremas. No os asustéis, todo está controlado. Pensad que antes de empezar el juego debe haber un consenso.

Tragamos saliva.

—Esto no es un club *swinger*. Aquí están prohibidas las

relaciones sexuales convencionales. Si conectáis con alguien, tendréis que follar en otro lado.

—De acuerdo.

—No se puede tocar o jugar con alguien sin su consentimiento. Y si la persona tiene dueño o dueña, hay que pedir permiso.

—Pero ¿aquí las personas tienen dueño o dueña? —pregunta Emily.

—Sí, claro. Hay esclavos y esclavas.

—¿En serio?

—Otra cuestión importante es no juzgar. Vais a descubrir un mundo de placer y de gustos hasta ahora desconocido para vosotras. Gente que vive el dolor y el placer. Por favor, y esto quizá sea lo más importante: no miréis raro a nadie ni os riais o seáis maleducadas. El respeto es la base del BDSM.

—Perfecto —añade Emily.

—Y, por último, los instrumentos que se utilizan se limpian después de su uso. Veréis que hay desinfectantes por la mazmorra.

—¿La mazmorra? —pregunta Diana un tanto asustada.

—Vamos, chicas. Os enseñaré el local.

Entramos. Ricardo abre una puerta grande, como de discoteca. Dentro hay un portero.

—Vienen conmigo.

Nos dejan pasar. Se me tuerce el tobillo al pisar la moqueta. No podía ser elegante por un día, no. En la entrada hay una especie de probador oculto tras una cortina negra y un guardarropa.

—Aquí podéis dejar los bolsos y los abrigos. Si os queréis cambiar o quitar la ropa, podéis hacerlo allí. Está permitido entrar desnudo.

—No, no. Estamos bien —dice Diana.

Dejamos las cosas en el guardarropa. Pagamos un euro cada una. Emily coge el móvil.

—No creo que eso te vaya a hacer falta. Abajo no hay cobertura y además está prohibido hacer fotos y vídeos —dice Ricardo.

Emily vuelve a dejar el teléfono.

—En cuanto a las bebidas, no está bien visto emborracharse ni drogarse en este tipo de eventos. Tenéis una consumición cada una. Y no, tranquilas, no me debéis nada. Invita la casa.

—Te lo dije, es tu Grey. Lo próximo: un viaje a París —me susurra Emily.

—Calla, tía. No tiene nada que ver.

Bajamos unas escaleras de madera y ahí está. Un cartel de neón rojo anuncia el nombre del local: La Panadería. Una sala amplia con una barra enorme con muchas sillas altas. Está oscuro, no hay demasiada luz, pero la que hay es cálida y acogedora. Hace calor. Veo a gente de todas las edades. Una mujer está sentada con los pies apoyados encima de un hombre de unos setenta años que está desnudo y a cuatro patas. Otro hombre cruza la sala con una chica joven, de unos veintipocos, gateando a su lado. Va atada con una correa. Él le sirve cerveza en un cuenco para perros. Hay gente bailando, riendo y bebiendo, ajenos a estas escenas tan alejadas de la normatividad.

—Bienvenidas a La Panadería, chicas —dice Ricardo.

Nos quedamos paradas al final de las escaleras. No sabemos cómo actuar o qué hacer.

—¡No os quedéis ahí! Seguidme. Os enseñaré el resto ¿O queréis tomar algo ya?

—No, no. Te seguimos —comento.

Atravesamos la sala. Ricardo saluda a aquellos con los que se cruza. Parece que es conocido en el mundillo. Recorremos un pasillo y entramos en una habitación situada en el lado derecho. Es una sala oscura y negra y hay infinidad de artilugios colgando en la pared. En el medio, una cruz.

—Esto es una mazmorra, y eso que veis es en el centro, una cruz de San Andrés. Sirve para atar a una persona y hacerle lo que se quiera.

—Eso para ti, perra —me dice Emily.

—Qué buena idea me has dado —responde Ricardo.

Carraspeo. No sé si estoy preparada para experimentar con el BDSM y menos en público.

—Podéis utilizar todos estos instrumentos: *floggers*, palas, látigos, mordazas, esposas... Pero recordad que luego tenéis que limpiarlos, ¿vale? Ahí está el desinfectante.

Volvemos al pasillo y pasamos a la sala que hay justo al lado. De repente, parece que estemos en un quirófano. La luz es distinta, mucho más intensa y directa. Azulada. Hay una camilla, agujas, bisturíes, pinzas, tijeras, hilo...

—Esta es la mazmorra *medical fetish* para fantasías BDSM más específicas.

—¿Y la gente viene vestida de enfermera o de doctora? —pregunta Diana.

—Claro.

—¿Y utilizan todo esto? —insiste.

—Por supuesto. Hay personas a las que les excita la sangre. Es un fetiche que se conoce como vampirismo o hematofilia.

—Pero ¿eso no es un poco peligroso? Hay un montón de enfermedades que se pueden transmitir a través de la sangre.

—¡Cierto! Por eso se hacen analíticas cada cierto tiempo, dependiendo de la frecuencia de juego. No se lame la sangre de cualquier persona. Poco a poco iréis descubriendo que en el BDSM la seguridad, el consentimiento y la prevención son muy muy importantes.

Dejamos atrás la sala hospitalaria y entramos en la última.

—Este es mi espacio favorito, está dedicado a los fetiches.

Es una habitación llena de espejos, oscura e íntima. Hay divanes distribuidos por el espacio y algunos elementos guardados en cestas de mimbre.

—¿Qué tipo de fetiches?

—¡Los que tengas! El más común es el fetichismo de pies, pero aquí podéis encontrar a gente que adora otras partes del cuerpo. También hay un rincón especial para los amantes de las cosquillas.

—¿Las cosquillas? ¿En serio? —pregunta Emily.

—Sí. Se conoce como *tickling*. ¿Veis esas cadenas en la pared? Son para inmovilizar a la persona y hacerle cosquillas. Por supuesto, tanto quien las hace como quien las recibe se excitan.

—¿Y esa zona? —pregunto.

—Es la zona de *trampling*. Es una práctica que consiste en pisar a una persona con los pies descalzos o con zapatos de tacón. ¿Te animas?

—¿Yo? —digo.

—Claro.

—Ya veremos.

Una vez más, salimos al pasillo.

—Y aquí están los baños. No tienen género, podéis entrar en el que queráis.

La visita guiada llega a su fin.

—¿Nos tomamos algo? —sugiere Ricardo.

—Sí, por favor —responde Diana algo agobiada.

—Esto es *too much* —dice Emily.

Volvemos al espacio principal, que sigue lleno de gente. Suena música oscura y erótica de fondo.

—¿Qué os apetece beber? —pregunta Ricardo.

—Un tercio.

—Que sean dos.

—Tres.

Nos sirven cuatro tercios. Bebemos. Miro a la gente. Suena *Closer*, de Nine Inch Nails. Esa canción me pone cachonda. Ricardo me mira y otra vez me hago la misma pregunta: ¿follaremos algún día? Me sorprende la visión trivial que tengo del sexo. ¿Qué es follar? ¿Acaso no lo hemos hecho ya? Diana se pone a bailar. «Quiero olvidar las penas», nos susurra. Emily la acompaña. Ahí están, en el centro de la sala, llenando cada rincón con su presencia.

—¿No quieres bailar?

—¿Yo? Sí, más tarde. Me encanta mirarlas. —Las señalo.

El poder de esas mujeres, esas diosas. El movimiento de sus caderas. El potencial de sus auras. Los círculos de sus cinturas. La magnitud de sus miradas.

—¿De qué las conoces? —pregunta Ricardo.

—Nos conocimos en un bar, era mi segunda noche en Madrid. Y, fíjate, nos caímos muy bien. Las quiero mucho.

—Me imagino. Son muy majas. Las tres juntas tenéis magia.

—¿Tú crees?

—Sí.

—Eso es porque no nos has visto bailar. ¿Preparado para la acción?

Doy un paso al frente y me uno a ellas. Sigue sonando Nine Inch Nails.

Every day is exactly the same.

Me muevo suave y lento. Elevo los brazos y me dejo llevar por la música. Cierro los ojos. La noche de zorras es lo más increíble que me ha pasado en la vida. Diana me abraza. Bailamos como si estuviésemos en la fiesta de graduación de cualquier película juvenil. Nos separamos, pero seguimos cogidas de la mano. Miro a Ricardo. Está apoyado en la barra. Cada vez me parece más sexy. Me hace un gesto para que vaya. Obedezco.

—Acuérdate de que sigues siendo mi cachorrita —me susurra.

—Ah, ¿tú crees?

—¿Quieres que probemos a ver quién gana esta lucha?

Su energía, dominante. Me invade. La siento. Tal vez un día yo haga sentir eso a alguien. Quizá a Ricardo.

Vuelvo con las chicas. Les paso sus tercios y seguimos disfrutando de la música. La gente nos mira. Algunos con cara de sumisión. Otros con cara de dominación. Me pregunto a quién le podría ganar y con quién quiero perder.

—¿Vamos un poco con Ricardo? Se le va a caer la baba de tanto mirarte, zorra —me dice Emily.

Le sonrío. No entiendo lo que siento por él. No es nada romántico, como con Diego. Es un amor más puro. Más de alma. Se acerca un hombre. Tendrá unos cuarenta años. No es guapo, pero tampoco feo. Moreno, con entradas y algunas arrugas marcadas.

—Me encanta tu vestido —me dice.

—¿Sí?

No para de mirarlo. Está embelesado. Me recuerda a mí la primera vez que lo tuve entre mis manos.

—¿Quieres tocarlo? —pregunta Ricardo.

—¿Puedo?

—Claro.

A mí no me lo van a preguntar. En el momento en el que entramos en el local, ya empezamos a jugar. Me quedo muda. Ricardo me clava su mirada. Está leyendo mi cuerpo. Es parte del juego. Si yo digo «melocotón», esto se acaba. Yo tengo el poder. Eso me da seguridad. Eso y estar en sus manos. En manos de alguien tan delicado. Miro al cuarentón. Él también me observa. Bajo la mirada. Ricardo le da paso. Giro la cabeza. Las chicas me miran un tanto sorprendidas. Les guiño un ojo. Emily me saca la lengua como si fuese un perro. El hombre posa delicadamente sus manos en mi cintura y en mi cadera. Pasea por mi vientre. Solo quiere tocar el vestido. La percha le da igual. Ese trozo de tela. Yo sigo su rastro. Y poco a poco entramos en una piscina sensorial donde solo está el látex y nosotros.

—Mira —le digo.

Cojo sus manos y las llevo a los tirantes. Los sigue. Me doy la vuelta. Ve el lacito.

—Me encanta este vestido —comenta.

—A mí también.

Se pasa un buen rato acariciando el lazo. Yo miro cómo brilla el látex bajo esta luz.

—Muchas gracias —dice.

—A ti.

Saluda a Ricardo y se va.

—Qué buena chica has sido —me felicita Ricardo.

—Gracias. —Sonrío.

Diana y Emily se acercan un poco más.

—Qué bien adiestrada la tienes —se cachondea Emily.

—¿Verdad? Esta cachorrita es un amor.

—Y que lo digas —añade Diana.

Miro a Diana. Ella me guiña el ojo. Me encanta esta mujer.

A medida que avanza la noche, la gente se va dispersando. Llevamos ya un par de cervezas y estamos un poco más desinhibidas.

—¿Os apetece jugar? —nos pregunta Ricardo.

—¡Vamos!

Lo seguimos hasta la sala de los divanes.

—Cachorrita, ¿me permite sus pies? —dice Ricardo.

—Anda, ¿quién es el sumiso ahora? —respondo.

—Alicia, yo estoy a tus pies.

Me tumbo en un diván. Pegados, hay otros dos libres. Las chicas se sientan. Enseguida se acerca un chico joven, guapete y muy majo. Le pregunta a Diana si puede adorar sus pies. Ella se ríe. «¡Claro!» Ricardo me quita los zapatos con mucha delicadeza. Esa mirada.

—Pies de geisha —dice.

—O de gnomo —insisto.

Se le escapa una carcajada. A mi lado hay una mujer con sus pies en la boca de un hombre muy mayor. Otro juega con el dedo gordo y con el tanga de una chica que está tumbada encima de una esterilla. Alguien se ríe muy alto en la zona de *tickling* y es imposible no contagiarse. Media sala estalla en una risotada. Qué buen ambiente. Ricardo sigue embobado mirando mis pies. No existe el resto del cuerpo. Solo los pasos. La pisada. El meñique. El puente. La forma de mi talón. El tobillo. Mi moratón en la espinilla. Se levanta, se acerca a una de las cestas y coge aceite. Vuelve.

—¿Te puedo masajear los pies?

—Sí.

Mueve las manos. Se para en cada esquina. Es una sensación increíble. Nunca me habían dado un masaje tan placentero. Giro la cabeza un tanto extasiada. Observo a Diana. Juega con su pie en la boca de ese chico que sonríe al intentar perseguirlo con la lengua. Emily acaricia la cara de una mujer que se arrodilla ante ella. La lengua de Ricardo rompe mi distracción. Tiene los ojos cerrados. Su mente vuela por la sala. Rebota en los espejos. Saborea mis dedos. Y a mí, más allá de asquearme, me excita. La humedad, la esponjosidad del órgano que se pierde entre las puntas de mi ser. Cosquilleo. Calma. Aceptación. Entrega. Después de media hora y justo cuando estamos a punto de explorar otro espacio, se acerca el hombre que antes quiso tocar mi vestido. Está desnudo y lleva un collar. Me acuerdo de él. La que habla es una chica joven que sujeta la correa.

—Hola, ¿qué tal? —Me sonríe.

—¡Bien! ¿Y tú?

—Muy bien, querida. Mi sumiso, Paco, quiere que por favor lo pises. Creo que ya os conocéis.

—Sí, eso creo.

—¿Has practicado *trampling* alguna vez?

—Eh..., no.

—No te preocupes, yo te enseño. ¿Te apetece?

Miro a Ricardo.

—Tienes que hacer lo que te apetezca, cachorrita —susurra.

Acompaño a la chica y a su sumiso hasta la esterilla. La dómina da una orden y el hombre se tumba. Está fibrado y tiene vello oscuro por el pecho y la entrepierna. No puedo evitar fijarme en su polla, cómo no. Me sorprende el tamaño de sus huevos. Son demasiado grandes.

—El *trampling* consiste en pisar a alguien. ¿Ves la barra que tienes arriba?

Alzo la mirada. No la había visto hasta ahora.

—Es para que te sujetes y puedas jugar con tu peso. También evita que te caigas hacia los lados y hagas daño. ¿Quieres probar?

Asiento. Me voy a quitar los zapatos cuando la chica me para.

—No, no. A Paco, a parte de tu vestido de látex, le han gustado tus tacones. Písalo con ellos.

—¿Estás de coña?

—¡No! Le gusta.

Miro a Paco. Sonríe.

—Perdona, tía. Soy nueva en esto y no sé... Me da cosa —me sincero.

—No te preocupes. Es normal. Siempre hay una primera vez.

—No quiero que se sienta mal o hacerle daño.

—Mi señora, ¿me permite hablar? —interrumpe el sumiso.

—Permiso para hablar —dice ella tajante.

—Señora, no tenga miedo. Quiero disfrutar de sus bellos tacones en mi piel. Me gustan mucho.

—¿No te duele? —le pregunto.

—Sí, señora. Pero el dolor me gusta, señora.

—Paco, yo de verdad que no...

—Señora, de verdad. Me gusta esto.

—¿Tanto como el vestido?

—Tanto o más.

La dómina esboza una sonrisa. Suspiro. Venga, vamos a pisar a este cuarentón. Planazo de sábado noche. Me agarro a la barra. Me subo encima de Paco. Se me tuercen los pies y me cuesta mantener el equilibrio. La chica me ayuda.

—Esto es mejor que el *body balance*, ¿eh? —Se ríe.

Respiración, Alicia. Inspiro, espiro. Me concentro en mis pies. Al principio me pongo de puntillas y poco a poco voy apoyando el tacón. Paco me mira. Relaja el cuerpo.

—Camina —dice la dómina.

Obedezco. Voy hacia delante y hacia atrás sobre el cuerpo fuerte de Paco. Él se extasía.

—¿Ves cómo le gusta?

Es divertido. Da cierto poder. Clavo los tacones. Juego con mi peso. Él me guiña el ojo. Camino sobre sus piernas y su abdomen. Le piso las manos. Salto sobre él. Agradezco la experiencia y vuelvo con mi grupo. Mis amigas me abrazan.

—Qué loco ha sido, amiga —comenta Diana.

Ricardo me cuenta algunas cosas de esa práctica. El placer de Paco, de dónde nace.

—Como norma, suelen ser personas fetichistas de pies o de tacones. Cuando alguien te pisa, lo sientes de una forma única. Su peso, la visión desde el suelo, la energía. Es una mezcla de muchas cosas que supera con creces el dolor que puedes sentir.

De repente, caigo en que no llevo ropa interior. Mi coño habrá sido un paisaje muy interesante para Paco.

—Espero no haberle hecho demasiado daño —digo.

—Tranquila. Si ha sido así, está bien. Él te lo estaba pidiendo.

—Pero no entiendo cómo puede gustarle.

—¿El otro día no sentiste dolor?

—Joder, sí.

—¿Y por qué no me paraste?

—No sé.

—Por qué.

—Sabía que podía hacerlo en cualquier momento.

—Sí, pero por qué no lo hiciste.

Medito mi respuesta un rato. Diana y Emily van al baño.

—Porque quería comprobar la capacidad que tenía para aguantarlo, a dónde me iba a llevar eso.

—¿A dónde fuiste?

—A lo más profundo de mi ser.

—El dolor te sumerge. Quieres saber hasta dónde puedes llegar. No nos sorprende que una persona que hace deporte sienta dolor. Es normal que se canse, que tenga flato, que le salgan llagas en los pies o la maten las agujetas. Pero vuelve a entrenar otra vez. Y otra. Y otra. Quiere superarse. El BDSM va de eso, de superación, de retarse a uno mismo, de descubrir lugares en nuestro interior que no sabíamos que teníamos, de ampliar el cuerpo, el alma y la mente.

Diana y Emily regresan. Ricardo entra en la mazmorra. Hay mucha gente. Se escuchan golpes, azotes y gemidos. Pulmones llenándose de oxígeno para disminuir el dolor. Nalgas rojas y con hematomas. La cruz de San Andrés está vacía.

—¿Quién quiere ser la primera? —pregunta Ricardo.

Nos quedamos mudas. Diana nos mira.

—Yo —dice.

Menuda sorpresa.

—¿Qué tengo que hacer?

Ricardo suelta una sonrisa pícara.

—Prepárate para conocerte.

XXV

Que nuestras noches sean eternas

El ambiente está cargado. Estoy agobiada. Es el primer contacto con el BDSM. Sin mis cuatro paredes, mi cama o mi techo sin manchas. La gente es respetuosa y muy maja, pero no deja de sorprenderme la idea de conectar con uno mismo a través del dolor. «Es otro tipo de meditación.» ¿Fue eso lo que sentí aquella tarde?

Diana se apoya en la cruz de San Andrés. Ricardo coge sus muñecas y las ata con ternura. Hace lo mismo con sus tobillos.

—¿Qué te gustaría experimentar? —pregunta.

—¿Qué hay en el menú? —dice Diana.

—El entrante ya lo estás probando. Es el *bondage*.

—¿Y de primero? —continúa Diana.

—¿Te apetece un poco de dolor?

Vaya, empezamos fuerte. Diana se ríe, pero acepta. Yo miro, ajena y un tanto celosa. No entiendo muy bien por qué. Ricardo coge unas pinzas y le pide permiso a Diana para destapar sus pechos. Ella se queda muda. Piensa la respuesta un poco. Mira a su alrededor. «Vale.» Con sumo cuidado, Ricardo le retira el vestido. Las tetas inmensas de Diana quedan al descubierto. Sí, son más grandes que mi cabeza. Tiene unos pezones anchos y oscuros. Algunas estrías. Pero son, sin duda, las tetas más bonitas que he visto.

Pasado un rato, las pinzas ya forman parte de ella. Quiere más.

—¿Y de segundo? —reta.

—Hagamos ejercicio.

Ricardo le pide que abra la boca y saque la lengua. Ella obedece.

—Te voy a poner peso en la lengua. Si se te cae, te castigaré con diez azotes. ¿Estás preparada?

—Sí. ¿Cuánto tengo que aguantar?

—Hasta que acabes de «comer».

—De acuerdo.

Ricardo le coloca en la lengua una cuerda con una bola de metal en uno de los extremos y se la adapta. No debe de ser nada agradable. Intuyo que no aguantará mucho con ella.

—Y ahora, de postre, un buen flameado de pezones.

Ricardo vuelve con un *flogger* y azota con suavidad el pezón izquierdo. La pinza sale volando. Siguiente pezón, mismo mecanismo, idéntico final. En el momento en el que la pinza se desprende, Diana gime y el peso cae.

—Me parece que alguien va a recibir un buen castigo —susurra Ricardo.

Deja el *flogger* a un lado y se acerca a Diana. Le acaricia los hombros y le frota los brazos.

—¿Estás bien?

—Sí —dice Diana.

Sonríen. Empatía, amor, compasión. En ese instante, aparece la fotógrafa del local.

—Perdonad, ¿os podría hacer una foto con la Polaroid? Después os quedáis con ella si os apetece.

—¡Sí! —grita Diana.

Emily y yo cogemos una teta cada una. Me faltan manos. Ricardo posa con el *flogger*, simulando azotar a Diana. ¡Patata! Nos da la foto. Emily la guarda. Ricardo desata a Diana. Ella mueve las muñecas y los tobillos.

—No hemos acabado, señorita.

—¡Espera, espera! Haz otra foto —dice Emily.

Diana se apoya en el potro, uno igual al que intentaba saltar cuando iba al instituto. Emily levanta la mano como si fuera a darle en el culo y Diana hace que se asusta. Yo me arrodillo y se lo muerdo. Otra foto. Nos reímos.

—¡Para nuestro álbum de aventuras zorriles! —grita Emily.

Ricardo le dice a Diana que se quede donde está. Nos hace contar hasta diez entre azote y azote. Ella suelta una palabrota con cada golpe.

—Joder.

Por un momento me invade la felicidad. No llego a entender por qué.

—Me cago en todo.

Tal vez sea el amor que siento hacia estas personas que hoy llenan mis días y, sobre todo, mis noches.

—Capullo.

No sé si este club me ayudará a descubrir quién soy. Lo cierto es que, por ahora, me está mostrando lugares y rincones de mí misma que desconocía. Quiero indagar más.

—Gilipollas de mierda.

El sexo en esencia, alejado de la hegemonía del orgasmo. Del tener que follar de un modo, con unas premisas y condiciones. Como firmar un contrato sin saber quién lo redactó.

—Coño.

Atisbo un universo lleno de posibilidades, de oportunidades, de sensaciones. No son normativas ni están aceptadas por la sociedad. Me la suda. Quiero saber qué hay más allá. Mirar lo que nos dicen que no miremos, que giremos la cabeza. No, quiero conocer la realidad tal y como es.

—Puto.

Me pregunto a qué sabrá la libertad. Y cuándo me daré cuenta de que ya soy libre.

—Imbécil.

O estoy libre. Creo que, más que una posibilidad real, la libertad es una actitud, un sentimiento.

—¡Ah! Ese ha dolido.

Diana se ha quedado sin palabrotas en su vocabulario. Yo intento conectar con la situación. Ricardo la abraza, le acaricia las heridas. Le pregunta si está bien. Ella sonríe. Emily se distrae con una mujer que la invita a jugar. La veo dando órdenes. Ricardo se acerca a mí.

—Te toca.

—¿A mí?

—Diana y yo te vamos a someter.

El papel de sumisa ya me es conocido. Intento seguir el patrón establecido la última vez. Chequeo mi cuerpo, mi mente y mi alma. Todo está en orden. Respiración. Concentración. Inmersión.

—Arrodíllate —dice Ricardo.

Obedezco. Mirada al suelo. Me coge del pelo y me empuja contra el piso. Dejo mi culo en pompa. Le pide a Diana que se quite un zapato. Ella accede.

—Písale la cabeza.

Lo hace con suavidad. Me acuerdo de Paco. Suscribo la conversación que tuve con Ricardo minutos más tarde. Es cierto, desde aquí la perspectiva de la persona cambia. El ángulo de sus piernas. La longitud de su cuerpo. Las formas de sus muslos, su barriga, su cuello, sus brazos. Los detalles de sus rodillas. Algunas marcas que se asoman bajo el vestido. Su mirada hipnótica que me sumerge. Me dejo ir, estoy a sus pies. Diana juega con mi cabeza. Ricardo pasa una cuerda de yute entre mis dedos del pie. Duele. Mucho.

Los estira, crea fricción. Inspiro. Espiro. Hay un contraste entre la belleza de Diana, la excitación que siento en este momento y el dolor en mis pies. Un azote coloniza mi culo. Se expande por mi cuerpo. Hace que tiemble.

—Quieta —ordena Diana.

Soy tuya, amiga. No tengo ni la menor duda, no voy a retarte a un duelo de fuerzas. Sabía que tenías una energía potente en tu interior. No lo ves, pero eres fuego. Intensa, fuerte, dominante. Qué triste que no pises más cabezas en tu vida personal. Quizá serías feliz.

Ricardo me ata los pies. Yo sigo en la misma postura.

—¿Tienes cosquillas?

Mis plantas de los pies están expuestas y Ricardo no duda ni un segundo en acariciarlas. Me río. No puedo parar. Quiero moverme, pero no puedo. Mis pies están atados. Diana sigue inmóvil. Creo que me voy a mear encima. Algo tan divertido, que me roba tantas risas, se transforma en una pesadilla. Me duele el estómago. Me cuesta respirar. Entro en un caos y no sé cómo ordenarlo. Me cuesta identificar las emociones. Feliz, triste, enfadada. Mandaría a Ricardo la mierda. Le daría una paliza. Una patada. Basta ya. Pero sigue. Es el dolor contra el placer. O la evidencia de cómo algo positivo se puede convertir en un puto infierno. Por alguna extraña razón, pienso en Raúl. Lo bonita que fue nuestra relación al principio. Los regalos, los mimos, los «te quiero», los «te extraño». La felicidad, el cosquilleo, las risas, la plenitud. Después se volvió controlador, posesivo, celoso. La tristeza, el dolor, las lágrimas, el vacío. El que siento en mi interior. Me agobia recordarlo. Ya estaba superado. O eso creía. Cierro los ojos, me escuecen. Mi *eyeliner* se ha corrido. Sigo riendo a carcajadas. Por dentro lloro. Tiembla mi cuerpo. Me duele la cabeza. Es la peor tortura que he experimentado. Mucho peor que los azotes. Ricardo para. Se da cuenta de que algo no va bien. Me acaricia las piernas. Calma mi caos. Consigo acompasar la respiración. Me tira del pelo; Diana retira su pie. Raúl se esfuma de mi mente. Me quedo de rodillas, otra vez. Los miro. Debo de parecer un puto mapache. Con la misma cuerda, me ata las manos al cuerpo y de un solo tirón me levanta. Me lleva al potro. Veo que se acerca con un pequeño látigo. Anuncia a la gente que hay alrededor el juego que se presenta. No sé si estoy dispuesta. Primera descarga en mi nalga. Ahogo el grito. Me quedo muda. El dolor es intenso. Muy muy localizado. Es un punto. No sé gestionarlo. Pierdo el ritmo de la respiración. Vuelve, Alicia. Diana está de pie, observando. Sonríe. Segunda. Se me doblan las rodillas, caigo al suelo. Es demasiado.

—Diana, coge una pala.

Ella le hace caso. Ricardo deja el látigo. Respiro. Menos mal. Estoy intentando recuperarme, otro golpe. Esta vez no es tan intenso, pero duele. Joder si duele. Diana es la que lleva la pala. Me excita. Cierro los ojos. Pido perdón. A mí misma. Por pensar en alguien que no debía. En ese. Te creías perfecto y eras la representación de la más absoluta carencia. Ausencia. Fuiste un capullo, la persona más malvada que he conocido. Ojalá te pudras. Ese odio, esa venganza, esa maldición salen a golpe de pala. La rabia, el dolor, la contención de algo que no debía reprimir. Te odio con todo mi ser. No queda ni un poro ni un átomo de mí que no te repudie. Parece increíble, pero sacar eso en este momento es terapéutico. Una forma de materializar el pasado, el trauma, y llevarlo al mínimo exponente. Con cada azote se hace más pequeño. Y menos pesado. Se estrella contra mi culo, se reduce a cenizas. Qué tendrá el BDSM que me hace elevarme, adentrarme y sumergirme entre tanta mierda. Qué necesario resulta. Ricardo tira de la cuerda.

Me quedo de rodillas. Me aprieta la mandíbula y me obliga a abrir la boca. Suelta una saliva espesa y elástica que conecta sus labios con mi lengua.

—Ahora tú.

Diana repite sus pasos. Agarra con fuerza mi cara. Sonríe. Casi se me escapa una carcajada. Lanza un escupitajo débil y sin demasiada consistencia. Vuelve a intentarlo y esta vez nos une un hilo denso y transparente. Nos miramos a los ojos. Su iris es tan profundo... No encuentro la salida. Es un laberinto. El corazón me va a mil. Es el primer contacto físico que tengo con Diana. Con ella, con quien vibra mi tensión sexual. Con mi amiga, mi compañera de aventuras zorriles. No me planteo si esto repercutirá en nuestra amistad. Al contrario, nos acerca.

El tiempo no pasa. El reloj no hace ni tic ni tac. Este sería el momento en el que las protagonistas se besan. Cuando aprietas con fuerza el bol lleno de palomitas, gritas y tensas hasta los pelos del coño. Pero no, aquí no es así. Diana me besa la frente y nos abrazamos fuerte. Ricardo se une. Y ahí estamos los tres, arrodillados en medio de una mazmorra, dándonos amor. Un amor eterno e infinito.

—Gracias por la experiencia.

—No, gracias a ti. Eres maravillosa, cachorrita.

Se acerca la fotógrafa y nos regala una última foto. Ha captado el instante en el que Diana y yo estábamos unidas por nuestros fluidos. Repetimos el abrazo con más intensidad todavía.

Vuelve Emily. Nos cuenta su experiencia como dómina. «Se me acababan las ideas. Es más difícil de lo que parece», dice. Decidimos que la noche ha terminado. Ricardo se queda un rato más. Recogemos los abrigos del guardarropa.

—Tías, guardad vosotras las fotos. Yo seguro que las pierdo —dice Emily.

—Dame. Las escaneo y os las paso —responde Diana.

—¡Hecho!

—Yo compraré un álbum para nuestras fotos de aventuras zorriles —añade Emily.

Salimos a la calle. Madrid nos pega una hostia en la cara. Ruido, movimiento, alcohol, gritos. Pido un taxi. Nos despedimos.

—Os quiero, zorras.

Vuelvo a casa. Me peleo durante quince minutos con el vestido de látex. Al final, consigo quitármelo. Me tumbo en la cama. Respiro. De repente, siento miedo. No quiero perderlas. Se han convertido en lo más preciado que tengo. ¿Cuándo terminará? Dejo de pensar. Cierro fuerte los ojos y pido un deseo. Por favor, por favor, por favor. Que nuestras noches sean eternas.

XXVI

Un giro inesperado

Me levanto sobresaltada. Una pesadilla. Es domingo. Son las nueve. He soñado que volvía a Montgat, con Diego. La misma rutina. No era agradable. Cuántas veces he pensado en si había hecho lo correcto viniendo a Madrid. Claro que sí. No cambiaría mi vida por nada.

El domingo se presenta tranquilo. Me quedo en la cama dando vueltas. Entro en Instagram, busco memes en Twitter. Alargo tanto el desayuno que lo acabo enlazando con la comida. Paso la tarde viendo series. Me dejo seducir por los cinco segundos de cortesía que hay entre un capítulo y otro. «Uno más y ya está.» Mentira. Son las siete de la tarde. Llaman al interfono. Insisten. «Ya voy», grito, como si me fueran a oír. Sigue sonando. Pero qué coño. ¿Quién será? Descuelgo. «¿Sí?» Al otro lado alguien llora. Llora tanto que no puede hablar. Ni una palabra. Por un momento, pienso en si debo abrir. ¿Y si es un loco? Después pienso en cómo está esa persona, en su desesperación. Abro la puerta del portal. Sea quien sea, al menos que se quede allí. No pasan ni treinta segundos cuando suena el timbre de arriba. Me asusto. Miro por la mirilla. Y ahí está. Ella. Abro la puerta.

—¿Qué coño ha pasado?

Sigue sin poder articular palabra.

—¡¿Qué pasa?! —grito asustada.

Me mira. Tiene los ojos hinchados. No lleva maquillaje. Hay un par de maletas. No entiendo nada. Le digo que pase. Casi no puede moverse. Meto el equipaje. Cierro la puerta. La abrazo durante minutos. Sin duda, el abrazo más largo que he dado.

—Diana, ¿me vas a contar qué ha pasado?

Es tal su desconsuelo que no controla los mocos ni la baba. Se ahoga en su propia saliva. Tose tan fuerte que parece que se le vayan a romper los pulmones. Sigue llorando. Le cuesta respirar.

—Yo...

Nos sentamos en el sofá. Dejo que se calme. Que llore lo que tenga que llorar. En algún momento se cansará y me contará qué ha pasado. Mientras tanto, amiga, aquí estoy. Este es mi hombro. Desahógate.

No sé cuánto llevamos en este bucle de intentar hablar y no conseguirlo. Me levanto. Hago una tila. Cojo vino también, por si acaso. O para ella o para mí. Parece que se calma. Respiramos juntas, igual que la noche anterior cuando Ricardo le estaba pinzando los pezones. Se relaja. Y ahora sí, empieza a hablar.

—Yo no sé..., no sé cómo ha podido pasar, Alicia —balbucea.

—¿El qué, Diana?

—Es que... no lo entiendo. No sé qué voy a hacer.

—Diana, ¿qué ha pasado? Si no me lo cuentas, no puedo ayudarte.

—Joder, no puedo más, Alicia. No puedo más. No sé qué voy a hacer.

Entiendo que necesita tiempo. De acuerdo. La abrazo fuerte una vez más.

—Diana, todo saldrá bien. No pasa nada.

No tengo ni la más remota idea de lo que ha sucedido. Lo único que sé es que está destrozada. Una imagen se cuela en mis pensamientos. Veo a Diego la última noche que compartí con él, hundido. Suspiro. Diana llora con más fuerza. Yo le acaricio la espalda con movimientos circulares. Mi madre me hace eso cuando estoy mal, y funciona. Es sanador.

—Bebe un poco de infusión. Te sentará bien.

Obedece. Coge la taza caliente y sorbe con delicadeza. Los mocos no la dejan respirar bien. Voy a por un rollo de papel del váter.

—Gracias.

Se suena con fuerza. Le siguen cayendo lágrimas y tiene el rostro inflamado. Retira las trenzas de su cara. Le vuelven a caer.

—Perdona. Ahora te cuento —dice.

—Tranquila. Cuando quieras.

Inhala y suelta el aire de un solo golpe. Otro sorbo. Más mocos. Y después de esa nueva rutina, habla por fin en un lenguaje comprensible.

—Ayer dejé las fotos encima del escritorio. Iba a escanearlas, tal y como os dije. Esta mañana he ido al Rastro y cuando he vuelto mi madre estaba gritando y mi padre, muy enfadado. No puedo..., es que... no puedo olvidar su mirada, cómo me miraba.

—¿Por qué?

—Mi madre ha entrado en mi habitación y ha empezado a mirar mis cosas. Últimamente estaban raros, no se fiaban de esas «fiestas de pijama». Todos los días me preguntaban con quién iba a salir y quiénes eres mis nuevas amigas. Yo les decía cada vez una cosa diferente: unas amigas de la uni, gente que conocí en un intercambio de idiomas... Pero no se lo creían.

—¿Y?

—Mi madre ha visto las fotos. Sí, Alicia, las ha visto.

Rompe a llorar. Solloza tan fuerte que grita. Pienso en mis vecinos. Le cuesta respirar. Está nerviosa. Hiperventila. Tose. Su mirada busca una salida de forma desesperada. Si algo me ha enseñado la vida es a identificar un ataque de ansiedad. Bendita experiencia. Cojo su mano.

—Ey, Diana. Mírame.

Sus ojos se mueven por el espacio.

—Diana, mírame.

Ahora sí. Sus ojos negros se clavan en mis ojos verdes. Concéntrate.

—Necesito que respires conmigo, ¿vale?

Inhalo profundo. Su respiración es caótica, sigue ahogándose.

—Diana, respira conmigo.

Repito el mismo ejercicio. Le tiembla el cuerpo. Aprieto fuerte su mano. Inhalo y suelto el aire en tres pasos. Al principio le cuesta. Poco a poco retoma el control de su cuerpo y, sobre todo, de su mente. Pasa una hora. El ataque de ansiedad la ha dejado destemplada. Le doy una manta. Bebe la infusión fría.

—No sé lo que ha pasado, Diana, pero no estás sola.

Asiente con la cabeza. Reina el silencio. Los minutos pasan despacio. No voy a mentir, estoy impaciente. Quiero saber qué ha pasado, la gravedad del asunto. No la presiono.

—Mi madre ha visto las fotos y ha llamado a mi padre. Han empezado a registrar mi habitación y han encontrado todo, Alicia. El succionador, la ropa que nos compramos...

—¿Y?

—Cuando he vuelto del Rastro, los dos estaban de pie

en medio del salón. Mi madre, destrozada, y mi padre, muy enfadado.

—¿Te han dicho algo?

—Sí, cosas muy feas, Alicia. Es que..., joder.

Llora. Asumo que la información será limitada, con cuentagotas. Cuatro frases y el dolor que no deja salir la voz. Se suena la nariz. Tiene los ojos entreabiertos por la hinchazón. Me rompe el alma verla así. No sé qué más puedo hacer. Supongo que acompañarla en este momento ya es mucho.

—Me han llamado de todo. Y, como siempre, me han comparado con mi hermana.

No sabía que Diana tuviera una hermana.

—¿Tu hermana? No nos has hablado de ella.

—No. No nos llevamos bien. Mi hermana mayor es el ejemplo de hija perfecta para mis padres. Está trabajando fuera, en Hong Kong. Estudió Relaciones Internacionales y fue la mejor de su promoción. Hizo un máster en Alta Dirección en una de las mejores escuelas de Estados Unidos y consiguió trabajo en Hong Kong como vicepresidenta de una empresa de tecnología.

—¿Cuántos años tiene?

—Veintisiete.

Joder, Alicia, ¿qué estás haciendo con tu vida?

—Vaya...

—Sí. Mis padres sienten devoción por ella. Es su favorita. Yo soy el patito feo que lo hace todo mal. Ellos se quedarían solo con mi hermana. Yo les sobro.

—No digas eso, Diana.

—Es la verdad. De pequeña me encantaba el arte. Me pasaba el día pintando. Al principio, me dejaban. «Así desarrolla su mente», decían. Cuando cumplí diecisiete, tuvimos una bronca terrible porque les dije que quería ser artista. Tiraron mis carpetas llenas de dibujos y todo el material. «Estudiarás Empresariales, como tu hermana». Me prohibieron volver a dibujar.

—¿Estás de coña?

—Alicia, mis padres son muy religiosos y muy conservadores. Y encima cada año tenemos que mudarnos por culpa del trabajo de mi padre.

—Es cierto, recuerdo que me dijiste que era diplomático.

—Parecía que íbamos a quedarnos una larga temporada en Madrid.

—¿Te vas?

—No. Bueno, en parte sí, me voy. Me he ido de casa, Alicia.

—¡¿Qué?!

—Además de las fotos de ayer y del arsenal sexual que tenía en casa, han encontrado mis libretas de dibujo. Llevo años dibujando a escondidas. Así que ahora ellos están diseñando el perfecto castigo. «No vas a volver a ver a esas putas. No vas volver a tocar un pincel. No saldrás hasta que no acabes la carrera.» ¿Quién puede vivir así?

—Nadie.

—He explotado. No aguantaba más.

La abrazo.

—No sé qué les ha dolido más, si mi pasión por el arte o las fotografías guarras de la fiesta.

—¿Tan guarras eran?

Diana se levanta. Abre una de las maletas. Rebusca entre la ropa, los papeles y los zapatos. Se acerca. Me enseña las fotos. Me moriría si mis padres las vieran. Se ve claramente cómo le comemos las tetas y cómo Ricardo la azota con el *flogger*. Cómo jugamos con su culo mientras ella gime. Y la última..., esa unión de sus fluidos con los míos. Madre mía... La miro. Ella se lleva las manos a la cabeza.

—¿Qué voy a hacer ahora, Alicia? No tengo a dónde ir.

—No te preocupes. Encontraremos una solución.

—Si algo tengo claro, es que no quiero volver. Aunque tenga que vivir en la puta calle.

Le aparto con delicadeza una trenza que se rebela.

—Alicia, no me dejan ser yo misma. Vivo vigilada y siempre me comparan con mi hermana. Lo que hago, lo hago mal. Estudio una carrera que odio con todas mis fuerzas, y si no saco sobresalientes me castigan sin salir. Están pagando muchísimo dinero para que vaya a esa universidad privada llena de pijos que defienden la meritocracia. No puedo más. No lo aguanto. No puedo volver.

—Te entiendo.

—Además, si vuelvo, tendré que separarme de vosotras, dejar el club. Mis padres me van a organizar cada segundo del día. Para ellos, vosotras sois las culpables de todo, su hija no puede ser así. Pues mirad, vuestra hija es una zorra que quiere vivir la vida, experimentar, y que, a sus veinticuatro años, está hasta el coño de hacer lo que vosotros queréis.

Siento el impulso de aplaudirla. Esa energía, esa Diana. Por fin toma las riendas de su vida. Empatizo con la espiral de emociones que debe de sentir en estos momentos. Por fin se ha dado cuenta de para quién estaba viviendo. Y no, no era para ella.

—Diana.

Clavo una rodilla en el suelo. Cojo sus manos. La miro.

—¿Quieres vivir conmigo?

Ella esboza una sonrisa. Se le caen las lágrimas. Esta vez no es dolor. Es otra cosa.

—Alicia... No quiero ser una molestia.

—Eres mi amiga y te quiero.

—Pero...

—¿Quieres vivir conmigo?

—Sí, sí quiero.

Nos abrazamos.

—No estás sola. Has sido muy valiente.

—Necesitaba salir de ahí.

—Lo sé.

—No puedo evitar sentir que soy una mala hija.

—¿Acaso han sido ellos unos buenos padres?

Decidimos poner fin a nuestro abrazo.

—Siempre he querido vivir con una amiga —le digo.

—Yo también.

Nos reímos.

—Me lo imagino como en las películas de Hollywood.

—¿Verdad?

—Aunque la realidad no será igual.

—Sobre todo cuando empecemos a tirarnos pedos.

—Cuando eso pase, significará que nuestra relación es inquebrantable.

—Total.

Pienso en Carolina. Debería contarle lo sucedido.

—Más tarde hablaré con Carolina, la casera. Seguro que no hay ningún problema.

—Te pagaré la mitad del alquiler, Alicia.

—Ahora no te preocupes por eso. ¿De dónde vas a sacar el dinero?

—Tengo una cuenta de ahorros propia.

—¿Tus padres tienen acceso a esa cuenta?

—Sí.

—Pues yo no contaría con ese dinero.

Diana se queda pensativa. Le cuesta asimilar que su vida ha cambiado y mucho. Ya no hay padres, caprichos, universidades caras ni grandes lujos.

—Buscaré trabajo. Voy a dejar la carrera. No quiero seguir.

—¿No quieres seguir estudiando?

—Sí, pero no Empresariales. Quiero estudiar algo relacionado con el arte, pero más adelante, ¿sabes? Llevo estudiando desde que tengo uso de razón. Idiomas, extraescolares, cursos... No puedo más. Necesito ver qué hay más allá del mundo académico. Encontrarme a mí misma y después invertir tiempo y dedicación en lo que me apasiona.

—Es tu vida, Diana, por fin. Puedes hacer lo que quieras.

—Dios, qué vértigo da esto.

—Lo sé. Me pasó algo parecido cuando lo dejé todo y me fui de Montgat. Salvando las distancias, claro.

—No creo que haya tanta diferencia. Al fin y al cabo, tú decidiste ponerle fin a una vida que no te hacía feliz.

—Más que eso era que estaba sobreviviendo. Iba con el piloto automático. No sentía nada, no me emocionaba con nada.

—Igual que yo. Antes de conoceros, estaba sumida en la constancia, el conformismo y la sumisión.

—La sumisión es algo que quizá siga estando presente en tu vida, pero no de ese modo. Ayer vi que te lo pasabas genial.

Diana asiente con la cabeza. Nos reímos.

—Fuera bromas, comprendo lo que dices. Recuerdo que, cuando estaba en Montgat, pensaba en cuántas personas estarían viviendo su vida al máximo en ese momento.

—Pero piensa también en las que no, Alicia. Yo creo que son más, muchas más.

—Da miedo dar el paso, es cierto. Pero compensa tanto tomar, por fin, las riendas de tu vida...

—Estoy cagada, aunque... qué bien sienta ser libre.

Nos quedamos en silencio. Cada una piensa en sus decisiones y en las consecuencias que conllevan. No sé cómo saldrán las cosas. Bien o mal. Poco me importa. Lo único que conozco es el abismo. El vértigo de asomarse y ver la caída. Aferrarse a la pared para no tropezar y entrar en el olvido. Desde ahí se ven las mejores vistas. Indescriptibles. El riesgo merece la pena.

—Voy a llamar a Carolina.

—Vale.

A Carolina no le importa. «¿Necesitáis algo?», pregunta. No es necesario. Diana está bien. O todo lo bien que se puede estar en una situación así. «El sofá es sofá cama.» Ya veremos cómo hacemos. Cuelgo.

—El armario es grande, caben tus cosas sin problema.

—He cogido lo esencial.

—¿Para qué necesitas más?

—Para nada. Que se lo queden. Su dinero, su control y su paternalismo.

Sé que esa rabia que siente se le pasará. Y llegarán otros sentimientos, diferentes. La sonrisa por ser libre. El miedo a esta soledad inamovible. Los llantos por quien fuiste. El anhelo de los que ya no están. El júbilo de un nuevo día sin rutina. La nostalgia de no pensar. El duelo por una vida pasada que no vuelve. La duda de si hiciste bien en decidir que ya no más y largarte. Me viene a la mente una de mis canciones favoritas. *Dawn Chorus*, de Thom Yorke. Esa frase. *«If you could do it all again.»* Si tuviese que hacerlo de nuevo, no me lo pensaría. Elegiría estar aquí y ahora. En este maldito momento en el que los llantos protagonizan una tarde de domingo en Madrid. Espero que ella entienda que ha tomado la decisión correcta. O al menos la que la acerca a su ser.

Diana deshace las maletas. Quiere que sea real, aunque no se lo cree. Es normal. A mí me costó aceptar que estaba aquí y que él no. Ni la humedad. Ni mi jardín. Solo las ganas de gritar.

Cojo el móvil y le envío un mensaje a Emily. «Diana se ha ido de casa.» Emily llama de inmediato. Le cuento la situación. En cuestión de minutos, se presenta en el piso.

—¡¿Qué coño ha pasado?! —exclama.

—Me he ido de casa —cuenta Diana.

—Tía, menuda locura. ¿Estás bien?

—¿La verdad? No. Dame tiempo. Poco a poco.

—¿Vas a vivir con Alicia?

—Sí. Es algo pasajero —dice.

—Ey, Diana, quédate el tiempo que necesites. No eres una molestia, al contrario. Estaremos bien.

—Dios, chicas, sois lo más importante que tengo ahora mismo. Sin vosotras, esto no habría sido posible. No sé cómo agradeceros vuestro apoyo.

Nos abraza tan fuerte que no me deja respirar.

—No, gracias a ti, Diana. Sin vosotras, yo habría estado sola en esta ciudad. Me ayudasteis y me apoyasteis desde el primer momento. Para eso están las amigas —digo.

Otro apapacho. De los que duran más de veinte segundos. Los que son reales y se dan con el alma. Esos.

—Diana, tía, estoy segura de que esto te vendrá muy bien. Joder, ahora no puedes verlo, pero es lo que necesitabas. No podías seguir en esa situación.

—Sí, era una mierda.

—No te sientas mal por irte de casa. Es por tu propio bien.

—Por cierto, ¿no nos vas a enseñar ese arte tuyo? —pregunto.

—Ay, me da vergüenza, chicas —añade Diana.

—¡Anda ya! Tía, que te acabas de ir de casa. Enseña esa artista que llevas dentro —la anima Emily.

Diana se agacha. Coge una hoja de entre su equipaje. Es una mujer desnuda pintada con una explosión de colores. Su piel forma un mandala precioso. Hay elementos simbólicos escondidos dentro de la obra: ojos, astros, serpientes...

—Esto es lo único que he podido rescatar.

—¡Amiga, es increíble! —grito.

—Si vendes estas cosas, seguro que te forras —dice Emily.

—No es tan fácil, pero gracias por el apoyo. Tengo ganas de volver a pintar. Pueden salir cosas muy interesantes de esta mierda que llevo dentro.

—Eso seguro.

Emily se queda un rato más y se despide. Mañana entra temprano en la cafetería. «Algún día haré como vosotras y lo mandaré todo a tomar por culo.» Espero que no sea demasiado tarde.

Mi nueva rutina es extraña. Parece provisional. Cenamos algo ligero.

—¿Cómo hacemos? —pregunta.

—¿El qué?

—Para dormir.

—Ah, Carolina me ha dicho que el sofá se convierte en cama.

—¿Te importa si esta noche duermo contigo?

—Claro que no. Vamos a dormir, compi.

Nos lavamos los dientes. Diana se pone el pijama. Esta vez no va al baño a cambiarse. Lo hace delante de mí. Miro su cuerpo. Su piel negra y sus marcas. Sus pliegues. El roce de sus muslos. La caída de sus enormes tetas. La barriga que tanto odia. Por más que lo intento, no veo ningún defecto. Es ella, en su totalidad. Su unicidad. Su autenticidad. Ella es capaz de romper realidades.

Se mete en la cama. Se acurruca. Ha sido un día muy difícil.

—Quién me iba a decir que el día acabaría así, viviendo contigo, yéndome de casa, dejando los estudios... Joder.

—Quién te iba a decir que hoy empezaría tu vida, ¿verdad?

—¿Cómo fue tu primera noche en este piso?

—¿Mi primera noche? Me sentía sola. No me lo creía. Pensaba: «¿Y ahora qué?».

—¿Te costó dormir?

—Sí. No paraba de pensar en Diego, en mi decisión. Me parecía que estaba soñando, pero era la realidad pura y dura. Allí, delante de mis morros.

—¿Te arrepientes?

—A veces lo he echado de menos, sí. He meditado mucho sobre si tomé la decisión correcta. Y no hace tanto de eso.

—¿Y fue la correcta?

Me quedo en silencio un rato. ¿Lo fue?

—Creo que es lo mejor que he podido hacer. Aunque la soledad pese, el miedo aflija y la nostalgia protagonice algunas noches. Por primera vez, estoy viviendo como me sale del coño.

No hay palabras. Sigo hablando.

—Cuando tenía veintidós años, me dio un ataque de ansiedad. Me pasaba los días encerrada, dándome baños de espuma hasta que el agua se quedaba fría. No podía salir. Pensaba en la muerte. Mucho, muchísimo. En lo efímera que es la vida, en lo rápido que se esfuma. En esa época murieron dos familiares, que ya es casualidad, los dos la misma semana. Eso enquistó más ese miedo a morir. Me sentía vulnerable, débil, expuesta; no entendía el sentido de la vida. ¿Por qué estamos aquí si, en unos años, dejamos de estar?

—¿Y qué pasó?

—Un día me di cuenta de que no podía hacer nada. La muerte nos iba a llegar, a todos. Pero después entendí que sí podía hacer algo: vivir. Dejé de pensar en mi irremediable final y opté por aceptar mi existencia. No creas que lo conseguí de un día para otro, tuve ansiedad mucho tiempo. Pero empecé a luchar por vivir de la escritura y, cuando acabé periodismo, me lancé a probar suerte. Me empezaron a salir proyectos como escritora fantasma y los aceptaba porque tenía facturas que pagar. Diego y yo teníamos el sueño de dar la vuelta al mundo. Él era fotógrafo; yo, periodista. El tándem perfecto. Nunca llegamos a hacerlo. Para él era mucho más fácil pensar que tal vez, en un futuro... La idea de la muerte volvió a angustiarme.

—¿Otra vez?

—Sí, otra vez. Y que no falte. Para mí es un termómetro. Cuando se presenta, significa que debo cambiar algo. Esa noche vi mi vida organizada, aburrida, acomodada en el conformismo y la rutina, y sin pensarlo dije «Basta». Tuve claro que si seguía en esa casa, llevando esa existencia, el día que me muriera me iba a arrepentir y mucho. Te cuento esto porque esa es la respuesta a mis dudas sobre si tomé la decisión correcta. Aquí y ahora, Diana, si muriera, moriría siendo yo, no otra persona. Estaría viviendo mi vida, mi historia. A ver, hay cosas que quiero cambiar, claro. Quiero trabajar menos para otros e invertir más tiempo en mi nuevo libro. Pero estoy en el camino, tengo la intención, estoy despierta. Recuerda esto cuando el dolor vuelva.

Me abraza. Llora bajito, casi no se escucha. Se siente.

—Gracias, Alicia. Te quiero mucho y no quiero que te vayas de mi vida, por favor.

—Ni tú de la mía.

Se queda dormida. Miro el reflejo de las luces que se cuelan por la ventana. Se me escapan las lágrimas. No tengo ni puta idea de a dónde voy. Lo que sí que tengo claro es dónde estoy. Estoy en mi vida.

Epílogo

Es raro. Amanece temprano. Estoy cansada. La intensidad del día de ayer. Parece un sueño caprichoso, pero no. Es real. Diana está a mi lado. Abro los ojos. Ella está mirando al techo.

—Buenos días.

Sonrisa forzada. Supongo que se está dando cuenta de la gravedad. O de la liberación, no sé. La responsabilidad que implica ser dueña de tu vida. Intentar crear rutina dentro del enredo. Es cuestión de tiempo. De eso se trata. Crear un nuevo hábito a partir de un día y otro y otro. Hasta que, de pronto, miras atrás y tienes que volver a contarte la historia porque parece que sea la de otra persona.

Meo, me lavo la cara. Abro la nevera.

—¿Quieres desayunar algo? —pregunto.

—¿Qué hay?

—Cereales, unas tostadas con...

Miro en el cajón. Da pena.

—Con un aguacate un poco rancio.

—Cereales está bien. Gracias.

Preparo dos boles.

—¿Te gusta la leche de avena?

—Sí.

Conocer a la persona a través de la repetición. Será interesante. Quién hay detrás. O quién se presenta delante.

Acerco los cuencos a la mesa. Vuelvo a por los cereales. Diana se levanta. Mea y se sienta en el sofá.

—Qué raro es todo.

—Te acostumbrarás.

Nos quedamos calladas. Qué puedo decir que no rompa el momento, que llene el espacio. A veces es mejor dejar que el silencio sane. Suena el tintineo de la cuchara en la cerámica azul. El crujido del muesli en la boca. El sorbo de leche. La tos de Diana. Ambas tenemos el móvil en la mano. Desconexión de la vida. Viajamos por el mundo digital. Nuevos seguidores. Nuevos memes graciosos en Twitter. Algo de porno que paso rápido sin que llegue a hacer efecto. Noticias de última hora. Solo leo el titular. Entro en Instagram. *Scroll*. Perritos adorables. Vídeos cortos que te hacen reír porque reflejan situaciones cotidianas. El nuevo *outfit* de la *influencer* de moda. *Like*. Y justo en ese momento, un vídeo promocionado: «El festival lésbico más grande de Europa». Vale, me interesa. Salen chicas en bikini. Gente sonriendo. Fiesta, alcohol. Mujeres besándose. Locura. «Cinco días. Cuatro noches.» Del 10 al 14 de junio. Un hotel de cuatro estrellas frente al mar. Esa maravillosa isla.

—Tía —digo, tocando a Diana.

—¿Qué?

—Mira lo que voy a enviar al grupo.

Se queda embobada.

—¿Y esto?

—Es un festival lésbico.

—Es brutal.

—Joder, ya ves.

Al momento nos llama Emily. «Tenemos que ir. Joder,

tengo que pillar vacaciones ya. No soporto estar en esa cafetería ni un día más.» Es una buena forma de olvidar lo sucedido. De empezar. «Además, Diana, es tu fantasía. ¿Te acuerdas?», comenta Emily.

—Estoy como para pensar en mis fantasías.

—Pues deberías. Ya no tienes que dar explicaciones a nadie. Y creo que un cambio de aires te iría muy bien.

«¡Estoy de acuerdo!», grita Emily. ¿Entonces?

—¿Nos vamos?

—Por mí sí. Avisaré en el curro de que pillaré esos días de vacaciones. Bueno, quizá algunos más. Una semanita —dice Emily.

Miro a Diana. Repito la pregunta.

—¿Nos vamos?

Sonríe.

—Creo que lo necesito.

Gritamos y saltamos como locas.

—Voy a mirar los billetes de avión —se despide Emily.

Cuelgo. Me quedo mirando el móvil. Alzo los ojos. A Diana se le escapan las lágrimas.

—¡Que nos vamos! —grita.

Se me escapa una carcajada. Nos levantamos y bailamos. Celebramos la vida, los cambios, los problemas y lo que nos espera. Allí, en ese lugar. En la isla. En el mar. El sol. La puta humedad. La magia contenida en escasos kilómetros.

Próximo destino: Ibiza.

LAS FANTASÍAS DEL CLUB DE LAS ZORRAS

EMILY:

- ~~Probar el MDMA~~

- Participar en una orgía

- Follar en un club de intercambio de parejas en Cap d'Agde

ALICIA:

- Hacerlo con una tía

- ~~Probar el sadomasoquismo~~

- ~~Hacer un trío con dos tíos~~

DIANA:

- ~~Masturbarme y tener un orgasmo~~

- Ir a un festival

- Ser otra persona

Agradecimientos

Soy ese tipo de persona que da las gracias tantas veces que resulta molesto. Pero este libro no sería posible sin ti, Carmen. Editora, psicóloga, confidente, amiga y compañera de tacos. Tú, que aguantas mis crisis creativas a través de llamadas que duran más de una hora. Tú, que pusiste la semilla para que esta trilogía fuese tangible. Tú, que me alientas para seguir con esta lucha que a veces pesa. Tú, que crees en mí más que yo misma. Es un regalo trabajar a tu lado. Gracias por tanto. Por muchos (libros) más.

Tampoco sería posible sin ti, Bárbara. Gracias por corregir este libro con tanto mimo. Gracias por mejorar expresiones, señalar mis «pajas mentales» sin sentido y quitar mis malditos leísmos. Haces magia.

Clara, gracias por ser el conejillo de Indias de esta trilogía. Es motivador escribir sabiendo que hay alguien detrás que reclama capítulos.

Anna, gracias por darle un sentido estético a las cubiertas. Y a Matu, por ilustrar a nuestras zorras como nos las imaginamos.

Gracias a Irene por aceptar mis locuras y trabajar codo con codo en la comunicación. Gracias por escuchar mis inseguridades, mis nervios, mis alegrías y mi realidad.

Y, finalmente, Eva, agradezco de corazón que apuestes

alto por el marketing para que la liberación de lo establecido llegue al máximo de personas posibles.

Este libro va por vosotras, compañeras. Vuestros nombres están escritos junto al mío. Carmen Romero, Bárbara Fernández, Clara Rasero, Anna Puig, Matu Santamaria, Irene Pérez y Eva Armengol.

Alzo un chupito de tequila a vuestra salud y os dedico un perreo intenso hasta romper el suelo.

Y, por último, gracias a ti, lectora. Gracias por acompañarnos a Alicia y a mí en este viaje. Puede que ahora sea el momento de empezar el tuyo... Te dejo un folio en blanco para que ahora seas tú quien escriba (y cumpla) su propia lista de fantasías.

MI LISTA DE FANTASÍAS